VANITY FAIR

Uniqlo
Louis Vuitto

浮華世界

職場
生存指南

時尚小說
國際中文版

It Boy in Taip
明星灼
STARMONARC

重量級媒體／時尚名人好評推薦（按姓名筆畫排序）

men's uno創辦人暨集團出版人　林浩正

豐富的想像和細膩的敘述，翻了幾頁，就隨之跌入那看似遙遠，其實就在你我身邊真實上演的浮華世界，令人期待的新生代作家，再一次嶄露不容小覷的鋒芒。

東森新聞雲資深副總編輯　林蕙娟

職場小鮮肉擁有洞悉人性的老靈魂，作者刻薄辛辣的描述中，卻也見溫柔敦厚的微言大義，讀來相當過癮。

鏡文學總編輯　董成瑜

詼諧幽默的刻畫媒體職場，劇情緊湊明快，妙趣橫生！

目次

生存指南 01

世界那麼大，

何必把自己的路走窄。

iPhone螢幕顯示9點56分，洋洋的腳步快到幾乎要起飛。電視台面試時間是十點，他剛剛跑出捷運站，還要經過兩家7-11和一條漫長的馬路，最後再穿過一座公園就可以抵達公司。他水藍色襯衫下的肌膚沁出一層薄汗，一台呼嘯轉彎的機車差點撞飛他，「不好意思。」不是他的錯，但他沒時間計較，求職跟生命安全孰輕孰重太好分辨了，他焦急的再把螢幕壓亮，9點58分。

他奔跑進了大廳，警衛直勾勾的看向他，一種不妙的感覺浮現心頭。

人果真不能亂想。

「你找幾樓。」

「十三樓新聞部，我的信件讓我今天來面試。」

「請你出示他們寄的通知書和證件，先換證。」

洋洋睜著大眼，企圖賣萌或是讓自己的手忙腳亂明顯到足以讓人同情，「我其實已經遲到了，能不能請你儘快放我上去。」洋洋歪頭想了想又說：「我叫北唐洋洋，你手下那張簽名單有我名字，我看見了，面試完我一定立刻下來換證。」

「不行，這是程序。」

洋洋強忍想敲暈保全的衝動，手往黑色的porter手提袋探了探，他的背脊又涼又濕，「我沒有帶通知書，因為他們沒告訴我要帶那個東西才能上樓。」他在警衛重開金口之前舉手阻止了他，「我可以開網路給你看，你只是要證明我是北唐洋洋本人，而不是某個企圖朝這投彈的傢伙對吧。」

「這是規定程序，你不用覺得煩，就算你是川普沒有東西我就不讓……」警衛開始曉以大義。

洋洋頭發暈，急得眼前看出去一片都是花非花，霧非霧。他想法律還不外乎人情呢，這警衛怎麼這麼不通融呢，他絕望了，哭喪大道如青天，偏偏我獨不得出，他的職業生涯就被一個警衛給扼殺了。他無力的看著電梯，那裡沒有警衛開門進不去，視線擺擺盪盪，忽然瞄見一扇銀色把手的白色大門，哎呀！他頓時真有了謝天的感激，眼下要逃出困境全靠逃生門了。

「你到底讓不讓我上去，我可以壓手機壓證件或者壓歲錢，我就是沒有帶通知單，求你了。」再耗下去，還真的是要白了少年頭空悲切回家吃土了。

警衛徹底跟他槓上，擺明往死裡刁難。洋洋搖搖頭說聲算了，警衛沒好意思盯著他的挫敗，就低頭一瞬間，洋洋不顧一切地衝往逃生出口，他關上門時確信聽見警衛大吼了一聲，他不敢回頭再望，逃命似的往樓上奔竄。

洋洋的心臟狂跳到像是要中風，跑到十一樓轉角時腰都挺不直了，跟小老頭似的扶著牆喘息。

「妳還要我怎樣？我為了妳從國外回來進到這家公司，就是希望能融入妳的生活圈，等妳五年又陪了妳一年，我們還要多久才算是可以了。」說話的男人聲音充滿磁性，從樓道上方傳進洋洋耳裡。

他沿著牆緩慢的前進，越來越清晰的聲音顯示逐漸逼近的距離，他看見一個身穿黑色正裝的男子，半邊側臉線條剛毅，表情凝重，三分陰鬱的神色不妨礙更加耀眼的七分英俊。好眼熟，他還知道這人叫宋承翰，怪了！難不成是孟婆湯沒喝乾淨殘留的上輩子記憶嗎。

「我很感謝你的付出，可是這不代表我欠你，你做的一切都是心甘情願，無論是現在還是過去在美國的時候，我都告訴你我和你想法不同，我有工作上的理想，為了工作我可以放棄戀愛，所以我不可能嫁給你，五年前不行，一年前不會，現在的我也不肯。」說話的女人一頭棕色長髮垂在白襯衫上，Dior小黑裙下的雙腿纖細而勻稱，腳上的Manolo Blahnik麂皮高跟鞋和唇膏顏色都是亮眼的一抹紅，整個人十足性感卻又沒半分露骨。

她迴避他凝視的燒燙眼光，「我不想騙自己說我們還有可能，所以讓你放棄我甚至是恨我，都比繼續艱難的在一起還要好。」

宋承翰的手緩緩抬起，拉住她的手腕，像是投降般哀求的說：「我尊重妳的想法，因為我比任何人都欣賞妳，也知道妳的能力有多出色，所以只要妳給我一個承諾，只要妳給，無論是再一年還是再五年，我都等。」

她潮濕的眼睛瞇著，不斷搖頭。

洋洋看見宋承翰拿出一個深藍色絨布的小盒子。他用力深吸氣，嘴巴微微張開，瞬間投入在即將發生的浪漫。他是個感性得太不理性的人，參加過的幾次婚禮都哭得像自己女兒嫁人，就連他吃飯隔壁廳在辦婚宴，他也能在門口看哭，一旁服務員還以為是前男友來表衷情。

女人的胸口起伏著，眼神的柔軟漸漸地凝固起來，像是春日裡的一池暖水層層冰封，她用手心推開盒子，「你一直沒懂我說的。」

「我可以等，我無所謂。」

「所以你沒懂，這麼多年了，我一直捨不得你，可我也心疼你，所以我才把你放下了，我每次拒絕，你為什麼就沒想過也許是我不願意跟你一輩子呢。」

宋承翰吞嚥了下喉嚨，不生波紋的臉色漸趨平淡，「我知道，但我還是能等，妳只是需要更多時間，我願意這樣跟妳耗著。」

柔順的髮絲隨著轉頭飄揚，她伸手揮落宋承翰手中的戒盒，昂貴的藍色盒子咚嚨咚嚨的滾下台階。「最後一次告訴你，謝謝你，但我真的把你放下了，你也應該這樣，我們都不是小孩子，所以要明白怎麼讓自己活得輕鬆些。」她俐落的聲音像是一把匕首。說完便雲淡風輕的推門離開。

宋承翰對著寂靜的空氣低低的說：「放下過，我是放下過感情，但我從沒放下過妳。」

洋洋撿起盒子，顫抖的打開，一顆淨度完美的鑽石散發冰冷的光芒。他對悲劇向來缺乏抵抗力，還記得他第一次看見那張贏得普立茲而舉世聞名的照片〈飢餓的蘇丹〉時，他全身起雞皮疙瘩淚流不止的哭了十分鐘，他不會用善良來形容自己，可是無論長多大，他都為悲劇傷心。

他鬱悶地嘆了一口氣，啪的關上盒蓋，聽起來多像夢想碎裂的聲音呀。

不過當宋承翰抬頭皺眉瞪向他時，洋洋快速跳動的心臟開始為自己難過起來。

「你是誰。」惱火的語氣。

洋洋尷尬地抬起手掌，「我不是故意偷看，我是因為要趕著……」他忽然想起自己的目的！他抬起準備狂奔的腿，匆匆的喊：「我面試要遲到了。」

一間敞亮的大會議室，門口坐著人資處的小姐，她一看見洋洋就會意他是來面試的，用眼神和善的打了招呼。

「對不起，我遲到了。」

「先簽到，第一位才剛剛進去，你是第二個，看來你很幸運喔。」

「要怎麼稱呼妳？是不是因為我來得很慌張，所以妳才知道我就是洋洋。」他不好意思的說，一邊用手撫平自己的襯衫。

「我叫Anna，是負責寄信給通過資料審核的人，我那時候看到你的名字——北唐洋洋，很好奇就上網google一下，沒想到是個小鮮肉。」她甜美的笑容立刻博得洋洋的好感，何況這是整棟大樓第一個對他微笑的人。

洋洋抿嘴一笑，還好當初是因為外貌驚艷了路人而登上新聞，報導熱熱鬧鬧風行一時，不過那陣子他去學校都只敢低著頭走路，就怕讓人以為「嘿，看那個小子，囂張起來啦」。這年頭跟新聞扯在一起哪有甚麼吉祥如意的好事，他覺得自己是走好運了。

房間裡五位主管坐在白板前的位置，桌子是環狀設計，他挑了正中央的位置站定。一個灰色西裝，臉上有著一些看起來睿智皺紋的男人淡淡微笑，他坐五人中間，有點老闆的派頭，「這麼帥，你應該去當偶像，不是來選主播。」

「誰說的，現在連當警察都開始挑長相了，我們對主播的要求也是很高的。」說話女人的聲音很清亮，「歡迎你，北唐？請坐。」

很好的開始。淺淺的微笑，眼睛不要亂飄，洋洋暗自嘀咕，當目光迎向那個說話的女主管時，他扶著椅子腰軟了一下。這不是剛剛那個拒婚的女人嗎。

「先跟我們介紹你自己。」

洋洋視線無法從她身上移開，她面前有一個小桌牌標註著廣告部經理，原來她叫程喬。

「各位主管早上好，我叫北唐洋洋，大多數人挺少見這個複姓，可能歐陽或諸葛還熟悉一點。我的朋友都叫我洋洋。」

「你連藝名都有了啊。」正中間的新聞中心經理依舊帶著微笑，「你的外表很明星，履歷也很特別，不是新聞系也不是傳播學院，念中文，上過新聞也上過節目，應該有無數演藝機會的你卻對主播台有興趣，一定有特別的理由吧。」

另一個顯然沒對履歷用心的主管說：「這孩子活得很精彩呀。」

程喬從桌上複印好幾份相同的文件中抽了一張出來，「這邊有一份稿子，你可以邊看邊念，剛剛有個蠢貨就這麼做，或者我給你五分鐘，你準備好就試播給我們聽。」

洋洋的手心在褲子抹了一下，沒人說有這一齣考驗啊。高中時代他曾好幾次以優秀學生身分在大型場合致詞，大學時也被邀請過為校慶、舞會或藝術季一類活動主持，但緊張程度跟此刻完全不能相較。他硬著頭皮把一則台北捷運線房價起伏的新聞說完。說實話沒有大錯，但他也不覺得有特別出彩的地方。

「你對我們有甚麼問題嗎？」程喬雙手抱胸笑著問，「如果你沒有問題，那就換我們提問囉。」

總經理說：「為什麼來應徵主播。」

洋洋在心裡微笑，這是他準備過的問題，「畢業的第一份工作該做甚麼？我一直在想，雖然繼續考試成為公務員是一條穩妥的選擇，可是太乏味了，世界那麼大，何必把自己的路走窄呢。因為還很年輕，我想如果人生有甚麼年紀是可以大膽的去嘗試，應該就是現在。」

他點頭，「年輕人這樣想很好，我倒希望我的小孩也有這樣的思想。」

「可是要我們把主播這麼珍貴的位置讓給一個雖優秀但非常青澀的你去挑戰，對我們來說會不會太冒險？你不知道，你的履歷的確漂亮，但在所有通過資料審查的人裡你是最年輕的，如果我有耐心應付小呆瓜，我就會去當老師或是生孩子。」程喬傾向桌子，皮笑肉不笑的說：「必須要有錯過你很可惜的這種心情讓我們感覺到，你才會中選。」

洋洋知道自己露出了放空的神情。他在思考，中規中矩的回答顯然能讓年紀稍長的主管滿意，但對眼前這個有話語權的時髦女性來說，不給出強而有力的一擊是不能得分的。

很冒險，自信跟自傲只在一線之隔，端看人怎麼解讀。

「如果是要百分之百專業，新聞系、大傳系是最適合的，那不是我，如果是要工作經驗，大學剛畢業，即便是出身最高學府的我，也不符合，可是我現在坐在這裡，就代表我身上具備了某些別人無法取代的優勢，恰巧，你們並不一定要學院出身，否則何必舉辦公開徵選，內部舉薦就好了，並且我稍嫌空白的年輕也是你們根本不擔心的，規模這麼大的公司，我想早有一套訓練新人的標準流程。」

空氣彷彿凝固成看不見的牆，兩相沉默。

「那只能說明你有資格進到第二關，也許僅此而已。」程喬的眼神慢慢離開他。

這場面試被這樣的一句話畫上句號。

洋洋知道他沒拿到強而有力的高分，然而那就等於失敗。

在走出會議室前，洋洋看見牆上播報著新聞的電視牆。他忽然停下腳步，端詳著螢幕裡的男主播，原來呀！這就是剛剛看見的男子。

洋洋輕輕笑起來，轉身問起：「想跟前輩們請教一個問題，如果一個人他具備勝過新聞業同仁的文字感與媒體素養，又有豐富的電視談話經驗，以及加上一張就算不迷人也堪稱討喜的臉蛋，那他還需要具備什麼絕對不可少的條件，才能當上主播？」

程喬眼睛睜大，抬高了下巴，露出一個令人玩味的笑意。

總經理思索，打破沉默說：「也許只差一個機會。」

愉快的笑聲從會議室傳出門外。

七天之後，洋洋報到從Anna那裡領到註有「北唐洋洋」的工作證，他第一個想分享的人就是大堂警衛……在台北獲得工作是一件小喜事，若不然每個沒有收入醒來的日子，就是不難過，恐怕也有幾分寂寞沙洲冷的淒涼。

通過考核的人一共十六位，很整齊的男女各半。果然除了洋洋外，大家不是相關科系出身，就是過去從事新聞媒體業工作，洋洋格外稚嫩的容貌引起其他人更加關注。

整個上午他們都在填表格，因為他們得到這個指令之後就再也沒有人理會過他們了。起初的兩個小時大家都還在會議室裡面面相覷，再過一陣子，開始有人攀談，到了中午，大家默默取得一起放飯的共識。

一個身高逼近一百九的大男孩穿著Zegna黃色純棉上衣，走到正對著飲料機猶豫的洋洋面前，直接投幣，兩罐綠茶掉下來。他拿了一瓶給洋洋。

「謝謝。」洋洋有些意外的接過去。

大男孩吸著飲料，率性的伸出右手，「我叫祝賀，我們是同梯的喔。」

洋洋嘀咕著他的名字，「我叫洋洋，北唐洋洋，你的名字好特別，當然啦，我知道我也是。」

「祝也不多見吧，而且不覺得祝賀聽起來很喜氣洋洋嗎。」他發覺自己說了洋洋的名字，開口大笑。

「一點也不，我以前有個很好的朋友也姓祝，再說火神祝融、蝴蝶女祝英台還有唐朝宰相祝欽明都姓祝，你一點也不孤單。」

他們一起在公司附設的餐廳吃飯，十六位人選開始三三兩兩出現小圈子，大家都擔心被落下，果然有人的地方就少不了成群結黨，結黨營私……私相授受。而洋洋和祝賀一瓶飲料接一瓶的聊天，約好下班一起吃飯，延伸到隔天一起訂午餐，再一起思考下班的晚餐，身在同樣的處境讓他們迅速熟絡起來，在公司裡就像學生時代互相等對方到外堂課教室，下課一起去合作社的好夥伴。

「你為什麼想當主播。」祝賀瞪著那小狗般的單眼皮問。

「因為……想要說一些話，正確又能幫助到人的話。」洋洋低下頭，筷子撥弄碗裡竄著熱氣的麵，「我很討厭說謊，所以如果這麼做了，就想要彌補。」

「你曾說過甚麼謊導致誰因此game over嗎？」洋洋皺起眉頭，模樣像被噎著了。祝賀用手肘推了下他，笑說：「太誇張了吧，你應該是說想要多幾個女朋友才想坐主播台的啊，這年頭的小孩都流行裝正義超人，真受不了。」說完伸手從洋洋瀏海往下滑過摀住他的臉。

洋洋拍開他，語氣凶狠說：「雖然你比我大，但我們是同一年的。」

祝賀搖搖頭，「這種事就不要計較這麼多了，把我當年紀大的哥哥就行。」

熟悉公司的新聞系統後，也就是加入一堆公司內部的網路社團，全台灣到世界各地剛出爐的事件都會分門別類地被丟入這些社群，變成臉書上不斷閃爍的紅色提示，等著有人去把它當變成一篇有價值或者單純賺點擊率的新聞。他們接著要分配到不同部門底下學習，但即便不是在新聞部，也還是必須撰寫稿子。

會議室裡大家圍著一張紙叨叨絮絮地討論著，辦公室以及部門的選填！

洋洋看見選擇已經不多，跟主播同層的十三樓就剩兩個名額，他簽完名後正想叫祝賀時，單子就被人硬生生從手中抽走。洋洋瞪著那個男的，模樣不是太討喜，兩頰的稜角很明顯，刻意營造的笑容底下有著巨大的偽善感覺，像是披著羊皮的黃鼠狼。

洋洋伸手捏住單子的一角，「祝賀，把名字寫上去。」

「我很快就寫好。」他無視於洋洋的阻止，在他座位旁的空格寫下「葛若男」三個字。

「你現在是在插隊嗎，光明正大？」洋洋不可思議的看著他問。

「你選的位置前面是主播宋承翰，你不在新聞界所以可能不知道，他是出名的嚴厲，如果他成為你在實習期的導師，不用多久你就會熬不下去的。」葛若男語氣像在分享一件有趣的八卦，他遞出單子，「你可以把位置讓給你的朋友，隨便你。」

「才第一天就出現了傳說中的辦公室惡人，真是讓我大開眼界。」祝賀的模樣不以為意，把單子接過，填了十二樓活動部的空位，「不是十三樓也好，萬一停電我還少爬一層，安全。」他笑笑。

名單很快送到程喬手上，她在走廊時助理跑上去交給她。被填滿的單子除了金太亨、祝賀、晉亞蒸這三個名字坐落在十二樓的活動部，還有十三樓廣告部唯一的一位方才媛，其餘的十二位都編入了新聞中心編輯部。

程喬對在一旁亦步亦趨的助理說：「妳去把一個叫北唐洋洋的人找來，我有事跟他說。」助理放下手上記事本，「只找他？」

「不，妳順便叫布萊德彼特也來一趟。」程喬快步拋下她。

指令兩分鐘後傳到洋洋面前，並且也落到了隔壁的葛若男的耳裡。

「我以為你最少可以撐一個月，沒想到你的能力只能讓你走到這，祝你下一份工作順利囉。」他祝福的聲量不小，其他人也好奇他是做了甚麼好事導致這麼快就搭上了離職郵輪。

洋洋不敢想像自己就這樣被炒了，難道因為和葛若男的口角爭執？雖然才上工不久就和人衝突是很扎眼，好事花空煙水流，但自己也太悲催了吧，都還沒領到第一份薪水。他懷疑難道是因為那天撞見了不該看到的事嗎。

「我們又見面了，北唐。」程喬沒有起身，只是示意他也坐。

「你看起來很懊惱，是承翰已經給你事情做了？他帶人總是特別嚴厲，不過你別擔心，他只會讓你難受一下子而已。」

洋洋難過到根本無法集中精神，只能抓著她的話語問：「剛開始不懂得比較多才這樣嗎，以後會好的對吧。」

「當然不會，再繼續讓你難受一陣子，久了你也就習慣了。」

洋洋傻傻的發出疑惑聲。

程喬像是失去談話的興趣，視線盯著電腦螢幕。

「我不知道為什麼我……」洋洋覺得很尷尬，自己被辭職的速度比泰勒絲換男友的頻率還快。他雙手捧著小箱子，一臉委屈的像被剃光毛的小綿羊。程喬理解的笑出來，「你面試時那股不選我你們就是白癡的態度去哪了，有人跟你說你要被辭職了嗎？」

「唔！」洋洋才想明白，虛驚一場的喜悅讓他決定不多追究，「那為什麼要我收拾東西。」

「我希望你到廣告部，雖然你們都是想坐上主播台，不過新聞媒體的位置很多，主播只是其中一個，如果你真的是對這個產業感興趣，應該多多理解這些連動而不可分的單位，這也是為什麼會讓你們分散到各部門多看多學。」

「還有其他人跟我一樣再調動的嗎？」

「我現在討論的對象是你，我希望你來廣告部。」

他摸了下鬢角，擔心她是要長期盯緊自己，並猜測宋承翰一定告訴她自己撞見了。

「我需要機靈的人在我的組別，你在面試時的口語對談讓我印象深刻，你很會表達想法，具備大膽的幽默，聰明又懂得見好就收，而且能夠創造舒服的對話環境，這正是我們廣告部在業務上最需要的能力。」

「可是我必須當上主播，我有非這樣不可的理由。」

程喬安靜地盯著他好一會，像是時間夠長他就會改變心意，「我很願意知道那個理由。」

「因為我必須說到做到，這是我唯一能得到原諒的方式，特別是……」剩下的話他沒說出口。特別是要原諒我的人已經死了，而我曾這麼許諾過，他心裡想著。不過洋洋還是很高興自己被欣賞，事實上當你以為要被炒了，之後的任何際遇你都會覺得是神的恩典。穩定精神後，他想起那個被拒絕的戒指，他從包包裡敬畏的拿了出來。

「這個應該交給妳。」

「甚麼！」巨大的驚嘆聲從祝賀的喉嚨裡喊出來。如果說他的路過是一種湊巧，那麼瞧見洋洋對著程喬高舉著戒盒的景象就是一場誤會，而兩個伶牙俐齒的人竟無法說出個所以然的失措，則可以稱為命運的捉弄。

在程喬把門關上密談了三十分鐘後，北唐洋洋的牌子再度回到了宋承翰身後的座位。洋洋看著莫名其妙的葛若男，帶著蜜糖般的微笑比出V的手勢，「在沒看見你走之前，我是不捨得離開的。」但程喬剛剛告訴他的事，卻讓他的內心掀起了另一股漫天的糾結

夏季的驟雨拍打在十三樓的玻璃窗上，看起來像是洋洋，或者是程喬流不盡的許多憂愁。一條又一條的銀色絲線將這棟大樓密密麻麻的包裹起來。

洋洋迎來了第一個秘密。

每個實習生都在自己的導師底下擔任助手的角色，偶爾被當成人力派遣。而洋洋和葛若男這幾天一直練習從其他家媒體找出熱點重製稿子，這是宋承翰唯一交代的功課。儘管宋承翰是個面容斯文而英俊的男人，並且還有一副跟足球員同樣性感的身體，但他傲慢的程度也跟外貌一樣高得嚇人。

葛若男負責他的衣服，洋洋負責他的飲食。有一次宋承翰讓葛若男去拿深紅色領帶，他拿來的顏色幾乎沒錯，只是宋承翰瞄了一眼便說：「你是色盲嗎。」在他三次失敗並讓宋承翰大怒後，洋洋被叫去做同樣的指令。洋洋發現宋承翰一共有十條能被稱為深紅色的領帶，並且如果不用光學顯微鏡是不能區分它們有所差別的，直到在「為什麼人還沒來，他正在做一條領帶給我嗎？」、「我要你下班去眼科做檢查。」、「哦我明白了，看來出問題的不是你的眼睛，而是你根本就是聽障對吧。」這些完全可以申請保險的羞辱後，洋洋終於抓到要領了。當他說深紅色並沒有多提額外描述時，拿Dunhill的便不會錯，而其他牌子如Lacoste或Gucci則有花紋可以作辨識，冒死提問一下就行了。真正困難的是當他說：「我的黑色領帶在哪？」，首先你要克服想朝潑他硫酸的衝動，接著再從數量是紅領帶兩倍之多粗細不一品牌多元的物件中，感應出我們觀眾最愛收視率又眷顧的主播今天靈光乍現想到的是哪一件呢……洋洋慶幸他的領帶顏色就這兩種，時間久了也便能稍微掐準他的天意何在。也因為葛若男始終跟精品陰陽兩隔，學習起來又道路阻且長，無法混熟，於是幫他挑選衣服並送洗的任務一併落到洋洋頭上。

當洋洋以為自己已經足夠哀怨時，一個猛烈的消息提醒了他應該知足。

還未滿一個月，不過三周光景，兩個人被辭退了。

在公司茶水間，那個由高級大理石牆面鋪成的區域，在裡頭待著的太亨沖洗著杯子的雙手不斷顫抖，因為被辭退的人他也認識。洋洋發楞時的模樣有些呆萌，但骨子裡聰明，而太亨是純度百分百一臉傻氣，連詐騙集團都不忍心下手的老實男孩。

「我原本以為我的直屬BOSS才是最惡劣的。」截至今日，洋洋和宋承翰除了公事外唯一的一句對談便是他對洋洋說：「你一直掛著工作證不會是因為你覺得這樣很時髦吧。」

「不過是挑選的新聞太過無聊，又大概沒寫好，他們的BOSS破口大罵，說要讓他們滾去器材部，他們一時氣不過離開現場，誰知道再回到辦公室時就被開除了。」水龍頭嘩嘩的水流無限似儂愁，太亨彷彿也在為自己擔心，「其實我們都以為進公司後就會受主播訓練，沒想到是各種雜事。」

「他們太衝動了，熟悉整個公司的業務，各部門跑一跑，我覺得也是一種合理的經驗，當然啦，能直接當主播是最棒的。」

「只是有點意想天開。」一雙穿著Diesel灰色牛仔褲的長腿踏進來，祝賀捧著一個馬克杯，裡面是可樂口味的冰沙，他伸手關掉水龍頭，把飲料塞到太亨手裡。

「公司裡哪都能遇見你啊。」洋洋調侃，整天就見祝賀拎著杯子這裡說說那裡笑笑。他多人幾分顏色，又總是張著笑臉，跟他相處過的同事與長官倒是人人都喜歡他。洋洋低頭看見他的鞋子，黑色的小牛皮，腳背處的黃色皮革上有金屬鉚釘，「好可愛的鞋子。」

「那是——」

「——FENDI我知道。」洋洋眨眼，嘲弄說：「原來有人是富二代。」

祝賀思索了很久，吐口說：「我也希望。」

日子並不乏味的翻過去，宋承翰開始給了很有創意的工作，「老人的長照政策未來十年將需要多少社會資源」、「霧玫瑰色為何會是巴黎秋冬的大熱門」、「臺北三個鮮為人知適合慢跑的地方」每份寫成三千字報告，洋洋覺得自己回到了大學課堂，但那些曾經讓他想謀殺的教授們也沒這麼狠心。

宋承翰說：「明天中午我進公司之前你們兩個要交到我桌上。」他像陰森的幽魂把頭轉向洋洋，「不要再向我提問了，難道我長得像Siri嗎。」

洋洋很想把手機扔到他臉上說：「來啊，互相傷害啊！」

當洋洋把這個任務內容告訴依舊拎著杯子一臉悠哉的祝賀時，他說：「你這還算好的，聽說他以前還問過『老外在吃小籠包的時候在想甚麼』這種心理變態的問題。」

很快的，勞心階級的他們立刻加入到勞動群體，為了協助公司拍攝網路短片，一半的實習生都被叫去現場，洋洋覺得他們好像廉價勞工，或者說根本就是，因為他正在搬一組感覺布滿跳蚤的沙發，手臂上浮現兩個發癢的小紅點。同時間不知道為了什麼，他看見在燈架底下的葛若男正對著太亨指手畫腳。

「把它拆開就這麼難嗎？」葛若男的語氣就像自己是主管一樣。

「你這麼棒怎麼不自己動手啊。」洋洋走過去為太亨反擊。

「看來你很閒，那你陪他一起吧。」他說完就離開現場，不知道去哪裡納涼。

「跟這種人一起做事真的會氣到胃出血。」

「但感覺這種人才能在職場上生存。」太亨笑起來，他微笑時眼睛就像兩道彎月。他將聲音變得神秘又小聲，「我媽跟我說工作上遇到可怕的同事千萬不要得罪，不然吃虧的一定是自己。」

洋洋正和一個黑色齒輪搏鬥，怎麼扭都不動。「雖然你媽說的是對的，但也不能老是這樣，人善被人欺，你不能指望別人會因為你的隱忍而放過你，要知道並非所有兩條腿的都是人。」

「我可是在勸你。」

洋洋發出長長的困惑聲，「我可是在幫你。」

「你跟他同個導師，誰知道他會做甚麼小動作，萬一他在我們的互評單上攻擊你，那不是很倒楣嘛。」

「難道我甚麼都不做，他就會變成小天使和我手牽手上班嗎。」

洋洋知道葛若男那種迫切渴望成功的人，若是必要，絕對會不惜一切代價剷除面前的威脅，即便那威脅是隻綿羊般無害的存在。別說他們還有競爭關係，對於自私自利的人來說，就是再好的朋友也都不過是隨時可以踩踏的跳板罷了。

洋洋他們在歷經了很多匪夷所思的訓練後，比如熟知哪家星巴克的人潮最少可以快速買到、午餐應該拿哪家餐廳的菜單會被前輩認為很睿智，或者該稱讚同事的辦事能力簡直跟巴菲特不相上下以獲得人際和諧……終於，他們這批通過考核的實習生要接下第一個嚴肅的活動，好萊塢影星克里斯・漢斯沃來台順便到公司受訪的企劃籌備。

「我要你們兩兩一組構思，到時候提出七組企劃，我們會選擇最優秀的版本或者綜合每組優點，讓你們所有人執行。」程喬靠著椅背，興致高昂地看著他們，彷彿即將進行的是媒體新鮮人的大逃殺遊戲，「這次企劃也算是考試，評鑑最差的一組人員會被直接刷掉，因為我們已經發覺你們當中有人並不適合這個圈子，所以這是那些即將被淘汰的人糾正我們想法的唯一機會。」

或許的確是大逃殺無誤。

洋洋發現有人開始散發一種尋覓伴侶的費洛蒙，沒錯，既然是小組鑑定那麼夥伴就是至關緊要的大事。而當洋洋和祝賀交換一個默契的眼神時，程喬在白板上用磁鐵貼了一張名單。當下所有人都在心裡罵髒話，因為在人人都有不對盤的情況下被硬生生組隊，這不如乾脆開擂台賽直接攻擊玩家好了。

祝賀和太亨一組，他們本來就都在活動部，彼此熟悉又是朋友，堪稱是唯一的停火點。而洋洋和葛若男分在同一組，造化可能偏有意，故教死敵非鬥得至死方休。洋洋思考要如何維持禮貌又能表達我懶得理你這種複雜情緒時，葛若男已經解決了這個困擾，他一臉紆尊降貴的看著洋洋說：「為什麼是和你這種靠臉蛋上位的傢伙在一組啊，不知道我會多累。」挑釁的煙硝味幾乎要嗆死人。

「你的自卑情結很讓我同情，到底是忌妒我甚麼呢，因為你想要的一切都是我輕鬆靠運氣就可以獲得的關係嗎。」洋洋露出非常困惑的表情，又說：「講實話你人前人後兩張臉讓我很疲憊，你怎麼不讓BOSS知道你這麼不堪啊，在他面前和藹的跟神父一樣，簡直是人格扭曲了你。」

葛若男臉色陰毒了起來，「你知道你跟我不同在哪裡嗎，你想在這場競爭獲得勝利並且還要那些將被你擠掉的朋友替你鼓掌叫好，我的心沒你那麼大，既然都是要剝奪別人的生存機會來換取自己的成功，早點脫掉惺惺相惜那套直接打起來不是比較痛快嗎。」

「那你知道你跟混蛋的不同是甚麼嗎，就是混蛋偶爾還有人性，而你二十四小時都非常渾蛋，所以你不是渾蛋，是混帳。」

葛若男一張臉繃得死緊，最後像是別有想法的瞪了洋洋一眼便走了。

洋洋留在會議室發楞，他幻想自己正在雲霧繚繞的五臺山頂上，勸說自己不要計較葛若男的小奸小惡，或許自己可以用宋承翰的領帶勒死他？他立刻用拂塵拍散這種念頭，施主呀，宋承翰要是知道自己的東西上沾有血跡，一定會大半夜逼你找到洗衣店立刻清洗的。一彈指傾等虛空，但洋洋不是被時光的無常跟虛無給感悟，而是想起葛若男在宋承翰面前敢怒而不敢言的窩囊模樣，立刻獲得了一種形而上的解脫，並肯定宋承翰的存在是必要之惡。

祝賀幾分鐘後跑回來在洋洋面前坐下，看著發呆到出神入化的洋洋，他悠悠的轉了椅子兩圈。下巴靠著椅背說：「你心裡是不是常有乾脆不幹的念頭，我可是每天早上起床都這麼想喔。」

「我知道努力不一定會成功，而且不努力一定很輕鬆，但我是絕對不會逃跑的。」洋洋猛然站起來，雙手握拳放在胸前，看起來就是一顆發光的太陽，「祝賀，你相信我會變成主播嗎？」

「相信。」祝賀很快的肯定他，然後皺起眉頭，「按道理我要是相信自己，就不該贊同你的。」他笑著伸出手臂在洋洋頭上拍了兩下，「別想太多，我們每個人都有些逼不得已，沒錯吧，所以即便你很討厭葛若男，也別鑽牛角尖非要跟他你死我活，順其自然就好。」

「或者三個月不到我們就被淘汰了，但在這之前，打殘我我都不走。」

洋洋揚起眉毛，盯著忍不住露出微笑的祝賀看，他忽然想問，為什麼永遠都像是從偶像劇走出來的祝賀，這麼光芒萬丈的人也要在這裡掙扎呢。如果是為了主播這個夢幻位置，那他的淡定也顯得太過無欲無求，連當初分辦公室被派到遠離主播們的樓層也沒一句怨言，要知道在這圈子跟對老師，拿好資源打通人脈幾乎是必做的功課。

「你是不是也有秘密？」洋洋把頭湊到祝賀面前，神秘兮兮地說。

「也有？這種說法是在自白你隱藏著甚麼不可告人的事情嗎。」祝賀跟著他擠眉弄眼，格外嚴肅的說：「我當然有秘密了，這年頭沒幾個秘密誰敢出門見人。」

洋洋對於能看見雷神索爾降臨的興奮感很快的就被企劃案的壓力掩埋，每天上班該交到後台的稿子一則也不能少，所有討論與籌備的時間都要自己生出來。本來洋洋的睡眠品質和時間都已經被宋承翰摧毀得差不多了，現在再加上與葛若男更緊密的共事，他已經列了一串著名的精神科醫師名單，他知道自己一定會用到。

「我已經幫你報名好國語日報的識字班，不用謝。」宋承翰把一疊藍色資料夾扔在洋洋桌上。

連續一周為了企劃熬夜加班，洋洋應付社群稿件的心力不斷被分散，交給宋承翰的新聞讀稿也出現了錯字，但他心裡覺得這隻大野狼根本不人道，他是用嘴巴說出來，音沒錯念得準何必斤斤計較。

「你不要想我在刁難你，這是我對你最基本的要求。」宋承翰轉頭說。

洋洋雙手緊握，一臉景仰的說：「連我這麼想你都知道，BOSS你還會讀心術啊。」

「我可以讀出智商比我低的人在想甚麼。」他臉上沒有玩笑的意思。

洋洋肯定這絕對是一種職場霸凌。

宋承翰漫不經心的開口問：「廣告部派給你們的企劃，你們兩個進行的怎麼樣了。」

「光是統合想法就一個難，我認為既然是難得邀請到的外國影星，認真的訪談就行，這樣對方公司配合意願也高，如果硬搞甚麼粉絲活動或者遊戲，不確定因子太大了。」洋洋皺起眉頭，彷彿在對空爭執，「可以用很簡單的概念做出完美的執行案，為什麼要以天馬行空的想法去證明自己充滿創意或是與眾不同？簡直一點市場經驗都沒有。」每次想到這他都幫在腦海中的葛若男配音，激昂的喊著：「我就是我，不一樣的煙火。」

通常洋洋陷入思考，或者話才說到一半宋承翰早就已經離開了對話框，但當洋洋把頭看向前方時，發現他還盯著自己，並且顯然還專注在他的想法上。他立刻開口說：「這不是對他的批評，只是我就經驗和想法的陳述，換個角度說，或許不同的想法可以讓一件事情有了更多可能，其實也滿好的。」洋洋尷尬的笑了笑，自從他知道宋承翰看見了他和葛若男的不對盤，並且還表示「我對你們是不是想弄死對方一點興趣也沒有」後，他就放棄從宋承翰那取得正義了。

「你認為這個活動交給你們來做最大的意義是甚麼，對你來說，又能藉著這個企劃證明甚麼？」

洋洋站起來，抱著一疊藍色資料夾，堅定的說：「你不要再勸退我，我一定會當上主播，所以這個企劃無法擊倒我的。」說完還是露出一個很高興和你談話的微笑，立刻離開辦公室。

宋承翰看著他氣昂昂離去的背影，不禁笑了一聲。

第五個洋洋和葛若男幾乎要掐死對方的夜晚，他們終於取得了共識。

「三十分鐘的談話，保留十分鐘開放粉絲和明星互動，只能有猜拳和拍照，請不要提出有任何一絲機會會被對方經紀拒絕的遊戲。」洋洋鄭重的重申。他很高興他們到了能區分任務展開各自作業的時刻，終於不用在落霞與孤鶩齊飛的傍晚後還要盯著葛若男那張可憎的臉。

平常洋洋要是不趕時間，他會走樓梯下班，也許是緣於面試那天培養的革命好感。經過十二樓時，他繞到了祝賀和太亨的辦公室，發現他們人都還在。

「要不要跟哥哥我一起去吃晚餐啊。」洋洋一隻手搭在門上，朝兩個盯著螢幕認真交談的人說。

他們去到附近一家憑員工證享有八折優惠的小火鍋吃飯。

洋洋充滿驚奇的說：「你們要讓他播報新聞！老天，我超超超喜歡你們的點子，我怎麼就沒想到。」

祝賀雙肘放在桌上，眨眼說：「不准抄襲喔。」

「省了吧，我只要能跟他和平交出一份不至於淪落到最後兩名的企劃，我就謝天謝地了。」洋洋覺得在晚餐時間還想到葛若男那張臉就很倒胃口。

為了快速了結這樁心事，洋洋把自己負責的場地租借、接機到進飯店的時間安排，以及一個預備的觀光行程的鉅細靡遺的規畫妥當。他打電話到101詢問能否提供額外的維安人員，不知道是甚麼單位的小姐不斷詢問：「他真的會來嗎。」好像洋洋不過是特地花十幾分鐘打來開玩笑的神經病。終於讓她相信之後，她又說：「那你可以幫我轉達我非常喜歡他嗎，他的每部電影我都好愛喔，不過其實我比較喜歡美國隊長啦！」於是洋洋當機立斷的把景點改成陽明山賞花……那裡他從小就常去，熟悉各種曲徑通幽的羊腸小徑，這點對於帶著一個巨星閒逛或許異常重要。接著又把節目流程以及活動道具、申請金額在兩天之內結案。第四天所有想法變成一份ＰＤＦ檔案，當他按下傳送郵件的按鈕時，他抬頭對隔壁的葛若男說：「你再加上粉絲活動的內容、招募規則與日期，還有確認機票，昨天他經紀人又說要再加兩個位置，此外看你還想搞甚麼，就是最後的版本了。」

葛若男皺著鼻子說：「因為有你的想法在裡面，所以我們不會是第一名。」

「就算你原先想做的比現行版本還好，你也不會是第一，祝賀他們的點子比你那種三流綜藝節目的想法好多了。」

「怎麼樣，他們要讓克里斯大跳鋼管舞還是請他用臭豆腐洗澡嗎。」

「他們要讓他上主播台，不管那個老外是不是能說出一句中文，光是那個畫面就足夠讓人想看了。」洋洋彷彿和祝賀他們站在同一陣線，只要能挫挫葛若男銳氣都好，「你還差人太多了，答應我你會加油，好嗎。」

地球大概被徹底玩壞了，時當秋末垂，橙黃橘綠時，凍僵人的冷煙卻瀰漫在早晨的空氣中，洋洋早上爬起來時忽然想著要是能這樣睡死在溫暖的被窩裡該有多幸福啊。

一進公司他立刻試圖去茶水間幫自己倒一杯熱水，但卻發現門被人鎖住。他憤怒了，畢竟茶水間是他在這個公司的一方樂園，他甚至和祝賀共同霸佔了其中一格櫥櫃，這必須要感謝祝賀不知道從哪得到了一支神祕鑰匙。

門裡傳出嗯嗯啊啊的掙扎聲音，以及一個軟糯的男聲說：「你不要動，我就快好了。」另外一個人爽朗的回應：「你快點，我這樣不太舒服。」

「我在努力了。」

如果說此情此情本來還具有一點娛樂性，當宋承翰出現在洋洋背後時，整件事情速迅變成了一場災難。因為洋洋聽出了裡面的人是祝賀和太亨，站在好朋友的立場他必須守護他們，所以他打算再替他們爭取三分鐘，希望到時候太亨可以完成「他要做的事」。

「你預備擋在這裡多久。」宋承翰臉上的情緒平淡得很無聊。

洋洋搶過他手上跟鏡子一樣亮堂的George Jensen咖啡杯，「咖啡還是伯爵茶，我幫你泡好送過去。」與此同時門板傳來祝賀大口吸氣的聲音，還抱怨：「這樣真的很痛！」

宋承翰敲了兩下門，嚴厲地盯著洋洋，「五分鐘，一杯黑咖啡，要非常燙。」說完便離開。

門也開了。

祝賀頂著一頭亂髮，多難得，他一向完美的隨時都像從廣告現場走出來。

「你在門口怎麼不進來幫我。」

洋洋眼神移到地板，荒唐的說：「做人是有底線的，很多事即便交情再好我都不能也不會伸出援手，你明白嗎。」

「我們超白癡的，這麼簡單的事情竟然搞了快五分鐘。」太亨傻傻的笑，然後拉了一把僵在門外的洋洋。

「你們應該要早點來公司，這時間……」洋洋看見太亨腳邊的Prada白色提袋，流理臺上還有剛拆下來的吊牌，「你們剛剛在？」

「這件黑色毛衣到底要頭多小的人才能塞進去，我就這樣卡在腦門上整整五分鐘，五分鐘！」祝賀用力的張開五根手指頭。他對著冰箱的倒影整理頭髮，「我想想還是換一身比較莊重的衣服好了，我的BOSS總說我穿得太不像樣，今天又是報告的日子。」

沒關係，是誤會啊！

當洋洋把足以令人三級燙傷的熱咖啡送到桌上時，宋承翰抬起頭問：「今天的報告你們有問題嗎。」

不確定這是質問還是關心，洋洋僵硬的勾起嘴唇，說：「洋洋品質，堅若磐石。」語畢立刻抓了葛若男討論。

「你一直沒寄給我簡報檔，我希望你不是沒完成，因為這樣不只是會讓我前往被辭退的結局，你也會。」

葛若男將一份簡報圖檔拎在手上晃，冷靜的說：「因為我臨時做了一點修改，不過你不用擔心，我寫得很清楚，只要你能識字然後沒有差錯的講完，這樣我就很感謝了。」他輕蔑的瞥了洋洋一眼，搖頭晃腦地走開。

「你更動我們的企劃為什麼沒有任何的告知。」

「因為沒必要。」

如果不是看在只剩下二十分鐘不到就要去會議室集合，洋洋一定先和他算帳。

到了會議室時，祝賀在身邊幫他留了一個位置。

洋洋一邊翻著手中的簡報圖，臉上緩緩浮現不可置信的表情。

「怎麼了？太緊張了嗎。」祝賀把手搭在他的肩膀上，拍了拍說：「別擔心，不管是我們還是你贏得這次企劃，今天晚上我們都要去慶祝，太亨還沒去過夜店，你去過沒有。」

洋洋下意識的搗住桌上的文件，他內心萌生的罪惡與憤怒並生，像冒泡的岩漿沸騰著。

祝賀看他愣愣不說話，揉了下他的頭髮，便和太亨到電腦前準備，他們是第一組。洋洋立刻在長形圓桌上尋找葛若男的身影。而葛若男似乎對洋洋此刻快要撲殺他的表情相當理解。

洋洋要花非常大的力氣才能克制自己不往葛若男臉上揮拳，他清楚這個男人的性格，卻從來沒想到會發生這樣的事。他把葛若男拖到走廊上，葛若男盤著手說：「北唐洋洋，你必須若無其事的完成這場報告，否則就像你對我說的，如果我被送往辭職的結局，那麼你也是。」

「你怎麼能這麼低級。」

葛若男聽到這話像小孩子得到了糖果般的微笑，「你以為你很善良，在這公司裡還有一群可愛的小夥伴，哈，多天真的小白羊，你忘記了最終的那個位置必須擠下所有人，包括祝賀，包括金太亨，把他們從競爭的隊伍扔出去你才能有更大的獲勝機率。」他惡狠狠的推開洋洋，「如果不是我們在同一艘船上，我不會對你這麼說，你給我打起精神，現在我們的企劃案是最棒的，你必須這麼相信。」

洋洋看著他堅定走回會議室的背影，胸腔裡無措和恥辱感像麻繩綑綁住他。他看見在台上模樣精神正說明著企劃內容的祝賀，還有在旁操作電腦單純而無邪的太亨。那將會是勝利的一組。

喔不！是在葛若男和洋洋的企劃案抄襲之前。

他不知道自己要如何面對十分鐘後的處境，比面試時還多的主管，進公司後的朋友和敵人，都在這個房間裡等待著他即將展示的報告。

鉛灰色的陰影覆蓋在北唐洋洋年輕而姣好的臉蛋上，他長長的眼睫毛顫抖著，然而此刻的他和所有在城市奮鬥的新鮮人一樣，被戰爭般殘忍的現實給嚇壞了，在自身利益和道德面前，一切問題並非是圈與叉這麼簡單。

他不可能全身而退，甚至他選擇將良心蒙上一層紗，才是做為生物優勝劣敗的睿智選擇。

在繁華又物慾橫流的社會裡，他終於見識到甚麼叫左右為難，身不由己。
葛若男將滑鼠游標在檔案上點了兩下，所有人的目光匯聚在投影幕上。

NOTE

生存指南 02

別去臆測有錢人的生活，

因為你的見識有限，

想像力也不豐富。

洋洋說的每個字都像尖針扎在自己心上，他很想朝會議室的人大喊這一切都是錯誤，但當他看見葛若男篤定的神情，他便明白此刻要是出了一點差錯，自己就會立刻被摔出這個地方。

「你們的演示很好，創意新鮮，可行性也高，只是為什麼跟祝賀和太亨報告的內容有重疊。」程喬翻著兩組交上來的簡報企劃，話說到這裡，大家面面相覷都知道有狀況了。

洋洋一雙大眼瞪著投影幕，他捏著手指頭，幻想這時候要是能來場大火或是地震把大家都趕出這個房間就好了。他的眼光在大家身上盤旋了一圈，最後停在祝賀臉上。祝賀濃密的眉毛皺了起來，洋洋不知所措的搖搖頭。

程喬沒得到洋洋的回應，順著他的眼光朝祝賀看過去，開口說：「你們有甚麼想法嗎？」

洋洋的手在桌上叩的敲一下，「其實我們的點子——」

「——還有其他人知道！」葛若男快速的把話接過去，他站到洋洋身邊，把洋洋從大家的焦點中心擠出去，隨後張手說：「讓明星到主播臺上播報新聞的點子我們一開始就想到了，只是還沒確定，可能是這個概念被洩漏了。」他聳聳肩，像是無奈的看著洋洋，「大家都知道他和太亨他們很好，如果是聊天甚麼的不經意談到也不意外，只是讓人很困擾。」

太亨雙手支在桌上，站起來喊：「我們沒有抄襲，這是我和祝賀想出來的點子。」

抄襲兩個字像把一大桶火山熱岩漿倒進了現場，坐立難安的緊繃讓大家都禁聲不語。程喬和幾個主管交換著想法，大家的目光不是看向一臉憤恨不平的太亨，就是對著洋洋和葛若男表示困惑。

葛若男一身平靜，彷彿眼下不過是要討論今天的天空藍不藍。他看著太亨說：「我也沒說你抄襲啊，你緊張什麼？」

洋洋覺得葛若男如果不在媒體業發展他就該去當演員，分分鐘秒殺一票金馬影帝，自己做賊還臉不紅氣不喘的幫別人開脫，這要不是他幹壞事已經習慣成自然，就是這人的血是冷的心是黑的。

太亨臉色脹紅：「明明是你抄我們的點子，怎麼可能那麼巧你跟我們想的一樣。」

「我怎麼知道你們是要讓藝人唱山歌還是播新聞，我就是要抄也要有辦法知道啊，不至於要說我駭客你們電腦吧。」

「洋洋知道我們的企劃。」

「那你的意思是洋洋抄襲你們了！」葛若男勾起笑臉又再問了太亨一遍，沒得到回應才說：「我相信你說的是真的，所以我就說了嘛，你們私底下百無禁忌的聊，不經意就把想法互相交流了，說不定，是你把我們的點子當成自己原創呢。」

「你這個人太太過分了。」太亨激動的雙眼通紅，看得洋洋心揪在一起。

「只是誤會，沒必要把事情搞複雜了。」祝賀說完立刻扯了太亨的手，像是耐心安撫一隻受傷的小動物。

「不管是誰的主意，把自己的內容外泄就是錯誤，如果今天是公司幾十萬或者數百萬的企畫內容，能給你們不小心洩漏嗎，你們沒意識到問題的嚴重性！如果你們還拿學校做報告的心態來面對職場的提案，那麼就是這次不吃虧，遲早也要倒大楣的。」

太亨不愉快的坐下，兩隻眼睛恨恨的咬著洋洋。

在沉重的氣氛下，剩餘幾組報告完，主管一說散會大家一秒也不肯待的跑出會議室。洋洋立刻找到太亨，抱歉的說：「我完全不知道會發生這樣的事，我就是輸了企劃案也不會剽竊你和祝賀的想法，真的。」

「那你為什麼不跟程喬姊解釋，倒像是我抄襲你們的。」

「我……絕對不是有意的。」

太亨眼角垂下來，他搖搖頭，「這都不重要了。」

祝賀手臂上夾著資料從洋洋身邊走過。洋洋抓住他的手臂，近乎哀求的看著他，「拜託別不理我，我真的可以解釋的。」

祝賀個子高高的低下頭，他聳聳肩，「太亨很受傷，不管怎麼樣訊息一定是從你洩漏出去的。」兩個人沉默不語的對看，祝賀歎息，留下洋洋待在原地。

洋洋看著從眼前離去的祝賀，還有在身後渾然不覺自己糟糕的葛若男，他忽然理解到工作一點都不討厭，討厭的是工作上的那些人和那些事。偏偏如果沒有那些糟心的人事，工作就不叫工作了。

「怎麼辦呢，你的小夥伴好像放棄你了。」葛若男拍著洋洋的肩膀，「不過你要知道你做的是對的，看了一下大家的提案和主管們的評價，我們就算不是第一也是前三，高興吧。」

洋洋不可思議的瞪著他，「你剛剛陷害了太亨他們，你就沒有一點愧疚？盜取別人的想法當成自己的，這種事情你做起來都不會臉紅嗎。」洋洋無敵厭惡葛若男那個欠揍的笑容，如果可以洋洋真想拿他的頭去撞鐵軌。

「那你想怎麼樣，去跟程喬姊說『我們』抄襲嗎？」職場生存多不容易呀，人都說萬事起頭難，但看來經營職涯是開頭難，中間過程難，最後收尾也難。一踏進公司大門便似人如風後入江雲，要往哪裡走根本由不得自己決定。

「我想拜託程喬姊一件事。」洋洋強迫自己微笑。

程喬沒有看他，盯著螢幕移動滑鼠，塗著Chanel霧光唇露的紅唇開口說：「有話直說，待會我還有事忙著離開公司。」對話到一半，喀喀喀的高跟鞋聲音走向他們。才媛穿著透明的襯衫，裡面是白色T恤，一條七分長的緊身牛仔褲，褲腳摺起，白皙的腳踝下是一雙Moschino紅底黑點的高跟鞋，一眼就能讓人意識到她是個時髦漂亮的年輕女孩。

程喬朝她冷冷的微笑，把桌上一疊跟字典差不多厚的客戶資料遞出去，要是才媛晚一秒伸手那疊文件肯定摔到地上。程喬聲音平靜，字字清晰但無比飛速的說：「上一季跟我們合作的電器商把廣告資金全移到了別家媒體，真可惡，我要妳找出可以負荷經濟版刊頭廣告的客戶，記住形象不要挑太差，最起碼兩年內都沒有鬧過官司的。還有替我送花給心如，卡片上就寫再次恭喜她獲得一個可愛的女兒，她老公？不不，不用提到他，我不認識她老公是誰，告訴花店我要粉紅色的芍藥，不要給我牡丹，我們又不是給老奶奶祝壽。馬上打電話把媚登峰的ＳＰＡ延後，改成明天還是後天？我又不會算命怎麼知道明天適不適合去紓壓，別問我這種怪力亂神的問題，晚上我要出去吃飯，先去確認侯布雄的訂位——」

「——我們BOSS也叫我去訂那間餐廳。」洋洋吞了一口口水，

程喬頓住，恍然有一秒鐘面露凶光，她手背朝外似有若無的擺了一下，才媛立刻捕捉到指令退出辦公室。

洋洋還以為宋承翰已經是天字第一號沒心肝，看了程喬剛剛一連串行雲流水的吩咐後，他對此感到猶豫。這樣子天造地設的兩個人，實在不該放生彼此出來禍害人間呀。他又覺得才媛面對程喬跟自己面對宋承翰是差不多的，唯一不同的是才媛從頭到尾都用一種剛往生五分鐘的屍體表情回應，即便程喬會對她的提問露出懷疑她智商的表情，但她也沒半點慌張，依舊是美麗的死人骨頭臉。

「看來程喬姊對我還算很好。」

程喬盯著他半天彷彿才了解他的意思。「親愛的，我對任何人都很好，我對才媛也很好，當她指甲油擦的顏色並不搭配她的眼影時，我也會溫柔地拎著她的手提醒她這個嚴重的錯誤。」她眨了下眼睛，提起桌上電話按下快捷鍵，「告訴設計師如果等會幫我洗頭的小妹爪子上有亂七八糟的紅橙黃綠，我就要讓他自己來幫我洗。」整個臨時發生的插曲不到五秒鐘便結束了，彷彿才媛早就料準這一切，事先黏在話筒旁邊，並且在沒有開場白的狀況下速迅理解事態。程喬端起保溫杯喝了一口水，繼續剛剛的話題說：「但是在工作的時候，任何人都必須是最佳狀態，我們部門每個月要管理幾百萬甚至千萬的廣告費用，開玩笑的說公司就靠我們發薪水，我應付該死的客戶都來不及了難道還要幫我的助理或助編梳頭髮嗎。」她拿起永遠在她辦公桌上佔有一席之地的紅色Givenchy肩背包，「我要去髮廊了，洋洋，珍惜你的工作，這一年對你來說太重要了，你會經歷你大學同學一輩子都不能見識到的人物和場合。」

洋洋看著她就要離開，才想起自己來的目的，「我能不能跟妳拿祝賀的住家地址？」

程喬眼神僵住，「你們這些年輕人不流行問電話，都直接問位址啊。」

洋洋懊惱的揉著頭髮，「不是的，我跟他有點不愉快，上班也不好找他聊天，再說了，很多事訊息也說不清楚。」

「所以你就直接賭人家門口了？」程喬抓起桌上的咖啡杯，打量洋洋的眼光讓他一陣寒意，「你要他的資料也應該去找人資，雖然他們不會給你，但你找我基本上就是對錯口了，你知道談合作時最怕的不是條件不夠，而是根本找錯人。」

洋洋盯著程喬錐子一樣的高跟鞋，裝可憐說：「所以我才來找程喬姊，這次我們所有備選生的履歷妳都有，只要妳肯給，我找妳是最對的一條快捷方式。」

「關鍵是我幹嘛給你？」程喬像雜誌模特兒的濃密睫毛眨了眨。

洋洋趴在程喬桌上，「就當作是日行一善可以吧。」

「我又沒有宗教信仰。」

「善良還有分宗教嗎。」洋洋困惑的皺起眉頭。

門板被敲了兩聲，走進來的是宋承翰，他的脖子緩緩轉向抱著桌子哀求的洋洋。洋洋立刻像被針戳到一樣跳起來，挺直腰桿。

「你在這幹嘛。」

「程喬姊讓我去跑腿！」洋洋隨手撕了一張黃色便條紙，「一個車廠忘了送廣告的模特兒資料。」他把紙條塞給程喬，「妳把地址寫給我吧，我現在趕過去說不定他們還沒下班。」

程喬用力的抽過便條紙，從電腦上抄了祝賀的資料，下面又附注：「回頭跟你算帳。」

洋洋離開後，宋承翰立刻把程喬拉入懷中，另一隻手把門應聲關上。

「別忘記你還有新聞要播，先去忙吧，晚餐就能見了。」

「等不到晚上了。」

他們的關係就是標準的分分合合，換成電視劇都可以演個八季，如果有觀眾長期關注的肯定會砸遙控器，大罵：「你們到底想怎麼。」但程喬卻清楚的知道他們絕對沒有未來，可是誰能抗拒一個英俊又體貼的男人不斷糾纏，就是她原本能，在他用嘴唇輕輕的在她脖子上半咬半親了幾下後，便也不能了。

洋洋抬頭看著龐大的社區建築，門口警衛黑襯衫黑褲子臉上一點笑容也沒有，像是誰越雷池一步就要挑斷他腳筋一樣。洋洋勾著無害的笑容，儘量讓自己顯得一派自然。一個提著Balenciaga藍色托特包的阿姨準備要走出來，在玻璃門被管理員拉開的瞬間，洋洋跟上去，點頭微笑，咕溜的跑到了電梯前。

一手心的冷汗，洋洋看著電梯門反射自己的樣貌，微笑的嘴角像中風一樣微微顫抖。

更驚悚的下一秒，管理員出現在他的背後。

「先生你找幾樓，我先幫你電話確認一下。」

「我找十六樓祝先生。」洋洋回頭瞥了一眼，轉回來依舊瞪著電梯指示燈，恨不得付錢讓它跑快點。

「我打電話確認後，再送您上樓。」管理員側著身體，示意他到櫃檯稍後。

「別，他還不知道我要來。」洋洋心一橫，他拿出印有公司臺徽的信封，「這是他的支票，他今天被辭退了，同事一場，我算是來慰問他的。」

「哪個祝先生？」管理員好奇的問。

「還有哪個祝先生，個子高高的、臉白白的，笑起來像動物的那一個。」洋洋把信封塞給他，「不然我不上去了，你給他吧，我還尷尬不知道怎麼開口呢，不過到時候如果有一些話沒交代清楚，可能比較麻煩。」洋洋盯著他右胸上的名牌，裝作在記憶的神情，「Andrew？安卓，謝謝你啦。」

說完他就踏步預備離開。拜託拉住我，拜託拉住我，洋洋奮力向天神祈禱。

果不其然，安卓拉住他，抱歉似的點頭，「還是請先生自己拿給他吧。」他替洋洋打開了電梯，躬身招呼他進去。

電梯打開，一條長廊有四戶。洋洋直覺貼春聯的兩戶人家鐵定不是海歸派祝賀的風格，另外一戶門口有鞋櫃，洋洋左看右看，像偵探一樣判斷，裡頭除了一雙黑色牛皮的Silvano Lattanzi，此外不是Veilisr就是Berluti，活像皮鞋博物館。洋洋判斷對門那間甚麼也沒有只有一塊墨綠色踏墊的應該就是目標。

連按了幾聲門鈴都無人回應。直到洋洋喊冤獄的爆打起門，才見人影。

祝賀大汗淋漓，胸膛緊實的肌肉像抛了光一樣閃閃發亮，他只穿著一條不知道是內褲還是極短短褲的布料，大腿的地方近乎濕透。他用脖子上掛的白色毛巾抹了抹臉，問：「你怎麼進來這的？」

「我再五分鐘，你隨便坐。」說完祝賀又坐回客廳那台模樣和時光機一樣，用來鍛鍊胸部的蝴蝶機。

整間屋子大而空蕩，灰白色色調，除了酒吧上擺著伏特加、白酒和蔓越莓汁的瓶罐，還有直直擋在電視機前的越野腳踏車，其他沒甚麼顯眼的物件，十足十單身男子的公寓，除了很整潔這點不像之外，不過一般宅男可沒有一周五天到府的清潔幫傭。

洋洋盯著牆上一張黑白色調的帝國大廈照片，邊框是冷冽的金屬框，他轉了一圈，覺得陳設很像是豪華升級版的IKEA室內目錄，或者是富貴子弟準備被法拍的住屋。他想起從前一個老師曾對他們說過，別去臆測有錢人的生活，因為你的見識有限，想像力也不豐富，現在看到眼前這一切，所言不假。

「你家跟羅浮宮的差別在於你家不收門票。」洋洋對著在喘氣的祝賀說。

「你還是要跟我說你怎麼會在這裡。」

祝賀站在他面前，洋洋可以感受到他運動完肌膚滾燙的氣息，但只要不是炙熱的憤怒就好。洋洋支吾其詞的說：「我想了一些辦法拿到你的地址，因為我有傳LINE給你，但你沒回。」

「我是指你是怎麼通過管理員的？」祝賀走到皮沙發把手探進包包，抓出手機一看，又拎著白色充電線說：「沒電了。」

洋洋尷尬的笑一笑，決定還是不解釋他剛剛「被辭退」的故事。

「跟我來吧。」

走過一條像觀光區但地板潔淨發亮的長廊，祝賀的臥室終於能看出有人類生活的氣息。幾件襯衫攤在書桌上，一套特意包了黑色膜的Apple桌上電腦，背後擺著兩個磚紅色的巨大盆栽，但裡頭並沒有植物。洋洋的目光很快就被一張king size的大床吸引，如果是在飯店洋洋會立刻撲上去打滾。

祝賀拿了換洗衣物，走進浴室說：「等我一下。」

隔著一個門板，洋洋說：「其實你們生氣也是應該的，換作是我，肯定不只是氣壞。」洋洋忍不住溜到床上，立刻掀起此心安處是吾鄉的感受，跟雲朵般一樣綿軟的肌膚觸感，誰讓他離開他就翻臉。他以前總覺得學校的標準木椅像是在告訴學生他們正坐在地獄，所以當他知道世界上有椅墊這個產品後他就開始往學校帶，起初有人覺得他太誇張，但到了高三，大家都開始仿效他。怎麼說呢，時間和磨難會證明誰是智者。

浴室傳來簡短的句子，但洋洋沒分辨出來他說甚麼。

洋洋自顧自地說：「不是我做錯事還想撇清責任，但我沒有選擇，一旦要為這件事情負責，我就幾乎幫自己送了一張板上釘釘的辭職信，不知道怎麼說，但我真的不能放棄這個工作。」

洋洋大膽地抓著枕頭靠在上面，雖然他覺得床鋪應該是洗完澡後才能爬上去的聖地，但內心的煎熬讓他沒有辦法抵抗這顆跟棉花糖一樣蓬鬆甜美的枕頭。

幾番掙扎後，他無比清晰知道自己怎麼樣都對不起祝賀和太亨，他深深吐了一口氣，走到浴室門口，字正腔圓地說著道歉。

沒得到回應，他又拍了拍門，喊了聲對不起。

這幾天祝賀和太亨對他的疏離，讓他覺得自己像是漂流在孤島上的難民。在公司要找到能敞開心胸說話的人可不容易。洋洋手貼著門，無比誠懇的說：「我真的真的很對不起。」然後並沒有合攏的門就這樣打開了。

祝賀摸了自己平坦緊實的小腹，神情目瞪口呆。

「對不起是為了企劃案還是現在？」他用手撥了下臉上的水，哭笑不得的看著洋洋。

祝賀平常看起來瘦瘦高高的，像是歐美那些臉色蒼白通體精瘦的模特兒，沒想到認真看來該有的精實胸膛、人魚線和六塊腹肌樣樣出色，這樣的人不穿衣服比披上Burberry還有魅力。祝賀在這場無聲對話中從淋浴隔間走了出來，對洋洋朝門旁的小櫥櫃瞥頭，洋洋趕緊找事做，從裡面拿了一條織密沉重的浴巾扔給他。

祝賀換上一件ferragamo綴有小牛皮的原領毛衣，他靠在椅背上，眼睛在挑高的天花板看來看去。洋洋不知道他走神去哪，但一定不是在思考自己的道歉。一杯現打的蘋果汁喝完後，祝賀拿起手機，大概是懶得打字，他撥起電話，沒多久對另外一頭的人說：「我臨時有事，過兩天再約你跑車，行啦，知道，如果我想不開要墮落就會找你的。」

在洋洋快要覺得自己被冷落的前一秒，祝賀的目光從發亮小螢幕看向他，微微一笑：「我根本沒你想的那麼在意。」

洋洋抓著他肌肉勻稱的臂膀，一臉說不出的感激。

祝賀拍拍他的腦袋瓜，又說：「不過，這不代表太亨會理解你，就算他理解你，也不等於他百分之百會原諒你。」

洋洋拿祝賀的手當求生浮木似的抱著哀號說：「拜託，你們兩個是我在公司唯一的朋友，我最不想傷害的就是你們了，當初我就不該和葛若男一組，多冤呀我。」

「我相信你的歉意，但你既然在意，為什麼不當場說清楚，如果你是在意會被辭退，那太亨完全就有恨你的理由，畢竟你是為了自己嘛。」

「我必須當上主播，我一定要。」洋洋收斂起笑意。

「這是你的夢想？」祝賀手指頭叩了下玻璃杯，不置可否的說：「為了實現夢想犧牲別人，坦白說我不意外，別說我們，就是檯面上那些赫赫有名的人物，為了成功誰沒幹過一兩件對不起人的事。」

「我必須當上主播是因為我害死過人。」洋洋眼神洞空，彷彿沒有靈魂的空殼又再說了一遍：「我曾經害得一個人死掉了。」

生存指南 03

職場就如伸展台，
不僅比誰站得漂亮，
還比誰走得更遠。

那年的回憶像是逐漸聚攏的黑色烏雲，盤旋佔據了洋洋的思緒。兩個穿著白色制服的少年看見一輛箱型車堵在小巷口，一個女孩發出短暫而尖銳的吼叫，聲音彷彿是應聲破裂的氣球。

洋洋緊緊摟著枕頭，模樣看起來全身都在受苦，「我當時嚇傻了，我朋友想沖上去被我攔住，但那兩個男人下手那麼狠，我甚至清楚聽見那個女孩撞到車門發出的巨大聲響，一時我甚麼也想不到，只想趕緊拉著我朋友逃走。」

祝賀緩慢的蹲在床邊，吞咽喉頭。

「我們沒事。」洋洋眼睛一眨，一顆滾燙的淚珠落下來，「可是那個女學生後來死了。」

他哽咽得無法言語。

殘破的記憶是潮濕冰冷的海水，一波又一波襲來，無數看不見的手用力將他拖回無人的深淵。女學生失蹤，綁匪聯絡家屬，案發地點附近的店家提供監視影像，一條條訊息都在報紙上炸出火花般的消息。

而洋洋朋友的身影則在錄影帶內曝光。

「所有人都以為他見死不救，你不會能想像有多少輿論鋪天蓋地的攻擊，用最難聽的字眼羞辱他，可是他是好人，他動過念頭試著拯救那個女學生，是我不堪，要是當下我肯和他衝上去阻止這一切，也許就不會有人死掉。」

「我能想像輿論的可怕，也能理解你的悲傷。」祝賀眉頭皺著，輕輕按摩著洋洋的肩膀要他放鬆，「這不是你的錯，你那時只是一個十六歲的學生，哪怕是大人，碰上這個情況都會嚇暈的。」

「是又怎麼樣，那些網路上的正義魔人不斷撻伐，他們批評他的人格，說他是垃圾，說他這種毫無同情心的人渣才應該被綁，不僅羞辱他，連對他的家人也往死罵。」洋洋用手掌抹去臉頰上的淚水，「每一個攻擊他的文字都像是在踐踏我，也應該是傷害我才對，而不是他。」

洋洋把頭埋在枕頭裡，安安靜靜的，不斷落下眼淚。他渾身冷得發抖，不是天太冷，而是心太涼。他不會忘記最好的朋友是怎麼從一個活潑的大男生開始變得沉默，他受到所有人的唾棄，就連老師都拿他開玩笑，說他媽媽是不是沒生骨氣給他，讓他學著怎麼有點道德心。大眾多麼幼稚，多麼殘忍，多麼膚淺，因為一個人拿起石頭扔出去，所有人就跟著群起效法了。

「他沒有說出實話，你知道嗎，一開始我是慶幸的，在他從醫院頂樓跳下去之前。」他的朋友因為重度憂鬱被抬進了醫院，洋洋去過一次，至今他還忘不了那天聞見的消毒藥水味道。洋洋只能說一句對不起，朋友無奈的看著他，似有若無的搖頭，「不怪你。」怎麼可能呢，他不信的，那不過是人之將死，無力再費唇舌怪罪罷了。無可奈何花落去，是恨或是怨都換成了洋洋今日的痛。他只知道意外那天的逃跑已經被社會批註成一種必須被大眾鞭笞到死的罪惡。

醫院的見面，是他這輩子最後一次見到寅憂。之所以沒再踏足，是因為寅憂的眼光看得他痛，那天太亨看他的表情，也是這樣的讓他惶恐。讓朋友遭到背叛的受傷他不能再承受半點。

「你當主播就是為了他嗎。」

「本來他都想好了，大學要念新聞傳播，畢業後坐上主播台，雖然我知道他也想當運動員，很奇怪，我甚至覺得那更適合他，但夢想不一定是最擅長的吧？就好像我其實想進飯店工作，但所有人都覺得我應該當作家。」洋洋接過祝賀遞來的毛巾，柔軟的毛布貼在他的臉頰。「摔到地面變成一片血肉的人應該是我，既然他替了我死一回，那麼我就替他活一遭，完成他的夢想，哪怕機會再渺小我也要儘力去做。」

祝賀深深震撼，他躺在床上充滿憐憫的看著洋洋，「你一定要相信我能理解你的悲傷，儘管你遭受的或許更沉重，但如果你是為了這個原因才迫使你成為主播，那你不會快樂的。」

「那可是一條人命呀！我不大愛，如果是一個不認識的人，或許我能不痛不癢，但是他是我最好的朋友，我還有甚麼辦法能補償他呢，這也是我唯一能釋懷的方法，起碼這可以告訴我，自己並沒有輕易忘記，我在贖罪，我很認真的彌補曾經犯下的錯。」

「我不怪你。」祝賀張開雙手擁抱他，像是懷裡摟著一隻模樣哭泣的精緻娃娃。「雖然那天在現場是錯愕、是氣憤的，可是一想到報告前你的鬱悶，我就大概能拼湊出個所以然，葛若男搞出來的事吧。」

「我心裡清楚所有事情都不怪人，只怨自己。」

祝賀輕輕拍著他毛茸茸的後腦勺，心疼說：「你以為自己不善良，恰好相反，一個忘不了過去的人總是善良的過份。」

往日重溯，一片傷心畫不成。洋洋覺得自己像被包裹在一條溫暖的毯子，他靠著祝賀哭到累了，在嘆息聲中昏昏睡去。

企劃案一事洋洋從祝賀那獲得了清白，但在公司裡，抄襲的風波才剛剛醞釀蔓延。洋洋寧可去阿富汗拆炸彈，也不願意忍受在公司行走的折磨。

他在茶水間遇見了太亨，太亨一見到他便轉身走人，根本不給他解釋的一秒鐘時間。洋洋懇求的說：「哪怕是責備都好，不要把我當空氣。」

太亨穿著橘色帽T，柔順瀏海下的兩隻眼睛冷硬的瞥著他，他離洋洋僅一步之遙，「我沒有想說的，算是我傻，真心拿你當朋友。」

「你可以讓我做任何事補償，但拜託別以為我是存心。」

太亨伸手用力的把他從門口撂開，憤怒的咬著嘴巴說：「有區別嗎，無心的也是抄襲，存心的也是抄襲，對你們來說可能只是一個拿來加分的點子，卻是我要熬好幾個晚上通宵才能寫出來的，最悲哀的是，我的費心費力還比不上你們的隨便做做。」

洋洋沒見過這樣咄咄逼人的太亨，他怎麼會不明白，一個再敦厚的人，若有必要，也是能扛起長槍的狙擊手。

洋洋不能反擊，也不願辯解，他被抵在牆壁，看著太亨咆哮的喊：「像你們這樣的人，有優秀的學歷，良好的家世背景，長得還討人喜歡，這就是為什麼祝賀能原諒你而我不能，我沒有你們的好運氣能活得那麼輕鬆，當學生的時候即便努力了卻還是差強人意，在這裡別人能準時完成的稿子我要好小心才不出錯，甚至交出去還要被主管酸我學校差就得更勤快學，被白眼、被髒話問候、被當小弟使喚。」他努著嘴巴，眼光濕潤，「我們這麼努力，沒有人在乎啊。」他用手臂擋住眼睛，背過身去。

洋洋試圖握住他的手，卻被他一揮差點打在臉上。洋洋知道太亨其實不恨自己的，他是恨這個社會，他的不能原諒是因為不願意向惡俗的職場妥協。洋洋理解他，於是洋洋更加痛恨自己。

幾個職員和備選生聽到吼叫忙著跑來，太亨低著頭離開房間。洋洋別過頭不去看那些湊熱鬧的人，他嘗到苦澀的眼淚，瞬間他疲憊了，他不想再說沒意義的對不起。

洋洋抬起肩膀，一一掃視在門口假意徘徊的人，笑出聲說：「八卦成這樣，有甚麼想問的直接問我。」他眉眼高傲的倚在門邊，刻意做出一派神采飛揚的姿態。他憶起在校園裡的過去，進入社會後，那些光影斑斕的日子像是遭受過颱風摧殘的池中芙蓉，支離破碎橫躺在水面上，而所有人的青春也正是這樣一點一滴的失去生氣，最後蒼老衰敗。他微笑的唇線格外好看，直說：「這裡不是國中教室，我見不得幼稚的把戲。」這番話把那些資歷比他長的人都罵進去了，但沒有人有臉面出聲，紛紛散去。

洋洋端著熱咖啡，杯身傳遞的滾燙讓他難以承受，當然他也幻想自己忽然打翻杯子接著被燙傷，住進醫院後終於能接受大家的關懷而不是此刻如坐針氈的煎熬。他一路走到宋承翰的座位旁，看了一眼葛若男，葛若男對著他小幅度的搖起頭，洋洋很開心看到他的慌張，將人一軍的勝利感帶給他更多勇氣。

「你有事嗎。」宋承翰接過冒煙的咖啡，如同往常沒有溫度的說。

洋洋心臟狂跳，語氣篤定，「我們的企劃案是抄襲的。」

才媛抱著一大束花走在長廊，紅色玫瑰美得像是用紅絲絨精心折成，和她姣好的臉蛋相互輝映。被追求對她來說不是新鮮事，從前在學校她就總是吸引男孩子的青睞，今時今日她這樣俏麗的女孩到了公司，基本上跟半枯的叢林裡突然綻放一朵香氣馥郁的薔薇沒有差別。即便是在明星常常出入的電視臺，年輕爽朗的她也有著不輸人的青春魅力。

她不僅外表出色，腦袋裡也有滿滿的知識和交際手腕，當初被錄取的十六位主播新星就她和洋洋同是台大出身。有一次洋洋聽見，她對一個要求她把巴黎時裝周外稿裡的英文全都翻成中文的資深同事說：「你要精品的中文翻譯？您可真是幽默啊，時尚是無法翻譯的，毫無善意？你要善意怎麼不去大潤發找找有沒有賣，Tom Ford的中文翻譯！你叫NIKE、PUMA還是喊耐吉、普悠瑪，你說Seven eleven還是我去七十一買飲料，你倒是告訴我iPhone你怎麼稱呼，愛瘋嗎，你是瘋了吧。」

洋洋笑得樂不可支的上網google才發現PUMA的中文是彪馬，他還沉浸在才媛「時尚是無法翻譯」的金言中，並告訴她：「妳說的普悠瑪其實是一種火車。」

「我看起來在乎嗎。」才媛表達自己也很討厭有人說話夾雜著英文，好像會幾個單字就矯情起來，可有時候是必須的，「誰會說唉呀我好喜歡哈嘍凱蒂，看國家籃球協會真刺激，我要去驗一下小孩的去氧核醣核酸……」洋洋覺得她說的太對，不然S.H.E還能是S.H.E嗎。

以業務表現來說，才媛的表現是不顯山不露水，僅是恰好。但要緊的是她已經悄悄把大家的底都摸清楚了，特別是此刻。

在無人使用的簡報室，洋洋把來龍去脈說了清楚。

他們並沒有發覺門外有一個捧著花的女孩把一切內容盡收耳底。

「你們的企劃案已經被選為最終的執行版本。」宋承翰說這句話的語氣像是報導誰往生了一樣，他盤著手背對洋洋，「你有沒有想過這件事會讓你被剔除，即使你不是主導，但此時此刻也是共犯。」

「所以你預備給我甚麼處罰？」洋洋幾乎要癱在椅子上，他盯著宋承翰銳利而緊繃的眼神，只得笑說：「你知道我沒有抄襲，我把這些都告訴你，代表我想過了最慘的情況，並且……我是在向你求救。」

「我救不了你。」

洋洋呼吸變得沉重，「葛若男是個攻擊性很強的人，他坑都挖好了我怎麼可能不跌進去。」

「我不會幫著你『對付』他。」宋承翰低頭瞪著洋洋，下一秒他要是用那口白牙咬住洋洋或是掏出一把左輪手槍射擊他都沒甚麼好意外。「你們都是我的實習生，犯了錯我會一視同仁。」

如果不是氣壞了，洋洋絕對不敢把雙手放在宋承翰的肩膀上，他們現在看起來隨時會弄死對方。他說：「那你要我怎麼辦，默默接受不屬於我的成果，等時間沖淡一切流言？我以為你會很高興你的助理那麼誠實。」

宋承翰站挺，把手放在額頭上，襯衫跟氣氛同樣緊繃。

洋洋臉色差到不能更慘的說：「我必須要還太亨清白，一點委屈我都不想讓他承受，我一定會受到處罰，但我認為那不到需要我被辭退的地步。」

宋承翰朝他靠過去，「事情沒有辦法處理到你想像的完美境界，會有人樂於見你摔下馬，你們彼此競爭，不要以為你的坦白可以感動誰。」

「我要怎麼樣才能讓你明白我不在乎別人對這件事的評價，只要把最佳評鑒還給太亨就好了，我當然沒幻想自己能全身而退，或者還要被大家稱頌。」洋洋發覺自己第一次這麼不知死活的對宋承翰說話，撇除他是上司，他襯衫底下那一副從高級健身房鍛煉出來的精壯身材，如果激怒了他，誘發他使出左勾拳技能自己肯定占不到便宜。

「總之我把真相說了，你的幫助是我唯一的希望，你可是嘆一口氣新聞部就要震動三下的大主播。」

「你想得美。」宋承翰叩了下洋洋的額頭。

才媛回到自己辦公桌，皺著眉頭理清剛剛聽見的資訊。

「還沒走啊。」程喬關上自己辦公室，走到她面前看著那束玫瑰，笑說：「還不下班跟這個送花的浪漫男子約會？」

才媛愣住，下意識的摸著tiffany玫瑰金色的垂墜耳環。隨即回應微笑，「我差不多要走了。」

程喬點頭，顯然也沒再聊下去的意思。她朝電梯走去，步伐像是在伸展台上被燈光聚焦的模特，每次才媛看她光鮮亮麗的出入公司，都會覺得職場就如伸展台，不僅比誰站得漂亮，還比誰走得更遠。才媛盯著程喬的皮短裙，希望自己六七年後也可以變成這樣成功又性感的女主管。

才媛小步快跑攔住她，「程喬姊，我有事想跟妳說。」

她快速又完整的把洋洋對宋承翰說的內容整理一遍，刪去軟性的詞語，讓整件事聽起來功利又殘酷。但在她說到一半時程喬便打斷她，語氣換上談論工作時單調而刻薄的態度：「為什麼要告訴我。」彷彿才媛正滔滔不絕的說著一個難聽的笑話。

「不該說嗎？」才媛的笑容像在強忍錯愕的怒意，「他們做錯事情，我有充分的理由跟主管報告吧。」她沮喪攤手說：「當然，現在只剩十二個人，大家氣氛有點緊張，不過如果他們因為違規被淘汰，我們進度又能更快了不是嗎。」

「恐怕妳不會如願。」程喬的表情看起來高深莫測，她篤定的說：「如果這件事屬實他們會遭到懲處，可能會被辭退，但不是一定，我們的決策還沒有簡單到是一個小女生可以操控的。」她拉近跟才媛的距離，摸了下她纖細的手臂，換上輕鬆的語調說：「不過我欣賞妳的積極，女孩子在職場上不容易，求生意識強烈些總是好的。」說完便無視才媛強行武裝的淡定，叮嚀她記得把燈關掉就走了。

「搞甚麼，不會洋洋是內定人選吧。」才媛立刻摀住嘴，顯然被自己的想法給驚嚇，她可不允許這種事情發生。打卡下班，她走出電梯時，看見祝賀和洋洋正要走出大門，她把那一大束玫瑰丟到櫃檯，準備追上去。

「小姐，妳東西不拿嗎？」

才媛焦急地掏著包包尋找員工證，忙應付說：「送你吧。」

「不用了，但是感謝妳的好意。」

才媛握著拳頭，抬頭說：「那送你的老婆可以吧。」謝天謝地，終於把卡找到，機器嗶一聲升起塑膠柵欄放行。

保全摸著頭說：「可是我沒老婆。」

「那是我的錯嗎！」才媛用力跺著高跟鞋，伸出脖子瞪他，「我沒有義務幫你討老婆，就這樣，再見。」

她跑到洋洋身邊，正好祝賀的白色BMW F30緩緩從地下室滑到他們面前，她撥了一下頭髮，擠出一個微笑說：「剛下班啊。」

洋洋面容凝重，聽到她聲音才意識到旁邊有人。

祝賀把車窗搖下來探出頭，髮型是時下流行的逗號瀏海，模樣像極韓劇裡那些搭訕年輕女孩的公子哥。「妳搭便車嗎？」

洋洋看他們兩個你看我、我看你，問說：「我們去吃飯，沒事的話一起？」

「聽起來是個好主意。」才媛呵呵的笑，「我們也應該認識一下，畢竟都是同事嘛。」

洋洋幫她開了後車門，要關上時她往裡坐挪出空位，拍著椅子說：「跟我一起吧。」她調侃的對前座的祝賀說：「你一定是最帥的司機。」

祝賀帶他們到上引水產大啖海鮮，那裡的觀光客特別多，耳邊飄過的盡是日語和廣東話。肥厚的鮪魚壽司，松葉蟹白嫩的鮮肉嚐起來甘甜誘人，祝賀點了半打的吉拉多生蠔除了他自己卻沒人敢吃。洋洋沉悶的跟大哭沒有差別，又為自己對著一桌美味的海底總動員卻沒食慾感到可惜。

吃完飯後祝賀神秘兮兮的不說去哪，等洋洋會意過來，他們已經身在東區有名的夜店流光裡。祝賀跟老闆一樣三步一個熟人，五步一桌朋友，每個見到他的女人都春滿人間的抖動起來。洋洋坐在包廂，拿著一瓶可樂當作高粱在喝。

才媛忙著打發前來搭訕的男人，這些年紀二十幾的傢伙拎著一杯酒輪番上前，她覺得他們的大腦基本上是擺設，一個臉紅微茫的男子堅持在包廂坐下，才媛彷佛看見飛翔的大蟑螂撲過來，冷冷的說：「去找別的女人消費，煩死了。」

「我沒這個意思，只是覺得妳很漂亮，想跟妳做朋友。」

「那你一臉嫖客的氣質是怎麼回事，閃到一邊去。」

祝賀連哄帶騙的讓洋洋吞下一杯柯夢波丹，結果他就後悔了，因為洋洋很快的就兩眼發直，無論他們說甚麼都能笑上一陣子。祝賀本來想扛他回家睡覺，但才媛阻止他說：「你去玩吧，我照顧他就好。」

祝賀一口飲盡Whisky Sour，「我不知道你們這麼好交情？」他在公司晃過來晃過去，是每個辦公室都喜歡的新生代，同時也對裡頭盤根錯節的人際網路熟悉得不得了，因此好奇才媛的意圖，但見她一笑帶過便不再多問，留下他們自己找其他朋友說話去了。

洋洋在睡意跟放鬆之間擺盪，有一搭沒一搭的跟才媛說著話。

DJ用力搖擺的放著艾倫•沃克的〈Faded〉，這首歌被播到快成老歌經典了。洋洋晃著腦袋瓜，沒聽清楚才媛說的話。「妳說甚麼。」

才媛的嘴唇在他的臉上輕輕碰了一下。

洋洋聞見她髮絲間清淡的玫瑰花香，不知道是酒精還是她的親吻，他覺得腦袋輕飄飄的，像是失去重量的飄逸。

「我喜歡你，那你喜歡我嗎。」

洋洋往後一靠，沉重的睡意讓他閉上眼睛。因為酒精的緣故。

隔天一大早洋洋睜眼看見祝賀迷濛的臉龐，才正想思考，襲來的暈眩像是有人拿電鑽在腦門裡熱舞。他沒享受到微醺的快樂便直接跳到宿醉的悲慘世界。他的手指摸著柔軟的床單，用手臂撐起自己，他掀開棉被，看見自己穿著一件印有大大NYU字樣的紅色大學綿T。金屬數位鬧鐘亮著五點零七分，他放棄抵抗又睡過去。

再次醒來時，他仍舊全身疲憊，連呼吸的舉動都讓他累到不行，他爬到浴室洗了一個充滿薄荷香氣的熱水澡，浴室欄杆有一件刻意掛上的KENZO飛行員黑白襯衫，洋洋穿上去有些大，但衣服上的逗趣圖案恰如其分的沖淡尺寸在視覺上的問題，倒顯得有趣。

廚房裡雇來做早餐的鐘點阿姨正把煎得酥黃的雞蛋放到盤子上，洋洋只穿著襯衫和內褲就走出來，他們撞見彼此尷尬的點頭，阿姨刻意避諱的眼光讓洋洋覺得自己好像是來偷腥卻來不及逃走的角色。

他正想打電話給消失的祝賀，鈴聲便嘰嘰喳喳響了起來。

「你在哪？」

「我還想問你，你難道沒有收到我昨晚傳給你的採訪資料嗎。宋承翰半夜十二點打電話來問我他的高爾夫球桿在哪裡，我怎麼會知道，他還指責說我午餐不要再準備優格給他，自己又不是怕胖的國中少女，但他前兩天不是還對藍莓優格頗有食慾嗎……」葛若男花了十分鐘去描述宋承翰昨天三十秒的電話內容，洋洋分析他應該是要換一個球友俱樂部了，該死，那代表中午之前他要查到能讓他滿意的新會管，但萬一他心血來潮九點就出現了呢，那就拿高爾夫球桿砸暈他好了！同時間肚子的飢餓感讓他思考起能不能順便讓阿姨作一份午餐，好讓他帶去交差。

電話另一頭的聲音繼續說道：「我們的提案被選為執行版本，但別高興，因為你自以為是的自白讓我們暫時沒被選為企劃的負責人！」

洋洋撐著頭嘆氣，他甚至有種想跟葛若男道歉的衝動，接著呢，他們就會在刷卡的時候發現自己已經被除名，失去工作了嗎。他本能想起一連串的求職步驟，列出期望公司，上網看職缺、查評價，製作履歷，永無止盡的等電話通知，思考面試服裝……「你最好這幾天都躲著我，因為我恨不得把你折成一朵紙蓮花再塞進靈骨塔。」葛若男撕咬般的怒罵把他拉回現實。

「我知道你想的，認為我們本來就做得不差不過是錦上添花而已，但那就不是屬於我們的成果，當然我也承認直接找BOSS說是太衝動，最起碼該跟你打個招呼，所以……對不起。」

洋洋聽著另一端的沉默，「你在聽嗎？」

「去你的，我就知道該把你早點踢出去，算你命大，不過躲得了初一躲不過十五，遲早讓你消失。」

洋洋完全可以想像葛若男瞇著眼睛，臉皮不動光掀嘴皮的可恨模樣，但他聽這段話納悶的問：「你覺得我們不會被踢掉嗎？」

「作夢吧，廣告部昨天簽了一個企劃案上的贊助，提案雛形是改不了了，也因為這樣細節還非得用上我們的底稿，這證明我們能提供商業價值，不過我不知道甚麼時候可以回到考核名單，你就想成還是有五十趴的機率會被趕走吧。」他繼續急轉直下的說：「我還是堅持沒有抄襲，放火燒我也別指望我會說有，主管們會再討論後續懲處，我沒時間琢磨這件小事，今天被發了五個外出採訪，吃力不討好的活。」

「老天，還沒訂處罰就是最好的消息，我都想好今天要是收到不用上班的通知要怎麼安慰自己了。」

「安你全家安太歲，我跟你這件事沒完。」洋洋聽見那頭像在翻資料夾的聲音，幾聲碎碎低語，「你也不用進公司，我幫你打卡。」

「這麼好，你不是派殺手準備讓我入土為安了吧。」

「你的建議不錯我會記下，但我是要你直接去台中訪問那個藥廠老闆，這是生活欄位的廣告稿，你知道要怎麼下筆了。回來就去新店跟動保團體做對談，過場就好，完成直接發布網路也行，另外宋承翰說要去拿領帶，他講的牌子我沒聽懂，你自己搞定，採訪資料我再臉書一份給你，別在外面逗留，下午兩點以前要回公司，該死的索爾經紀發來一堆備註細節，我們要全部翻譯搞懂，然後三點報告給大家聽，希望到時候他們能讓我們全權負責。」不等洋洋提出質疑，電話立馬掛斷。

洋洋在搖晃的客運上讀資料，宿醉加暈車，痛苦的想撞牆。才媛來了一通電話，她把配合企劃的廣告消息第一手告訴洋洋，因為還沒回到公司所以連程喬都還不知道。他想起昨晚迷濛一吻的片段，原本還以為是個淺意識的美夢或者酒酣耳熱的幻覺。

隨著企劃風波在公司星火燎原的燒開，大眾向來說別人的八卦不嫌嘴痛，而主管面對這問題卻沒有開除洋洋和葛若男，更加深才媛誤以為洋洋真如自己所想背後有硬資源的印象，打著裙帶關係聊勝於無的算盤。

洋洋去訪問的企業家不斷嚷著要把台中藥廠關閉，左指責台灣人工昂貴的不像話，右批鬥環境升級不成熟，激動的彷彿這一切都是洋洋造成的。這個髮線高出天際的清朝人顯然不知道謙卑怎麼寫，只忙著說移廠大陸後公司的獲利是多麼的萬馬奔騰錦繡山河，並以一種幸災樂禍的語調表示還在臺灣發展的人是註定要被淘汰掉的，他甚至停下吹噓，關心了一下洋洋為什麼畢業後還留在臺灣而不選擇出國，是不是能力不好還是經濟有困難，洋洋只能幽默的回應自己生是台北的人，死是台北的鬼。風情多少愁多少，此情惟有落花知。

劇烈的頭痛掩蓋過老董言語中的噁心感，但他還是在心裡把這老頭子正反面大火川燙三遍。洋洋來之前查過他的資料，這人去年登上過三次八卦週刊，但身邊的女人都不是他的老婆，而那些女人年紀都跟他的女兒差不多。

知道洋洋的年紀後老闆又深深表達他太年輕了，同時暗示他的專業度可能不足以訪問他。如果不是強調自己的學歷比他女兒大概強了七百倍顯得太幼稚，他會把畢業證書複印五十份摔到他的臉上，並且撿起來再摔一次。

大半天洋洋都不知道怎麼過去的。動保議題的短稿傳回社群中心，洋洋先去把送去保養的Dunlop領回辦公室，才想起還要去Valentino拿領帶，這時他已經錯過午餐，但葛若男顯然也還在任務中不得喘氣，這讓他覺得自己也能夠餓著肚子，安內必先攘外，他暫時放下對葛若男的差評把他當成自己的戰友。

他直接把宋承翰的咖啡放到桌上，沒有換上他專屬的杯子，他不管了，難道黑咖啡會因為沒有一個豪華的住所就變成了白咖啡嗎。祝賀在他又要離開時將他拽進茶水間，微波爐噹的一響，他端出一碗冒著迷人香氣的奶油海鮮濃湯，看起來香甜又充滿熱量。也在現場的才媛對那碗湯露出恐懼又嫌惡的表情，彷彿那碗熱湯曾經非禮過她，她捧著超商買來的盒裝沙拉，離開時不忘在洋洋臉上親了一下，說：「要堅強喔。」

祝賀用湯匙舀了一口，神情像天才小廚師得意，確認溫度和味道完美後他推到洋洋面前，突然想到的說：「哦，我拿一根新的湯匙給你。」

「你怎麼知道我不用別人碰過的餐具。」洋洋這句話只是想表達對祝賀體貼的感謝，但他忽然被自己的提問勾出另外一種想法，「也許他是聽說的呢，他是不是早就對自己一清二楚了，這個男人不是一向神祕的有點古怪嗎。」

忙碌的時刻不過才過了一半不到，藥廠的採訪稿剛剛整理好，一個台北中心的新聞主管走過來說：「剛剛看別家有出車禍封路的新聞，你現在寫一下。」

洋洋知道他不應該這麼說，但一早上聽長輩廢言早已是一肚子火，「我手上已經有在處理的稿件了，而且您那不是還有兩個編輯嗎。」

「所以不能出嗎？你很忙是不是。」

對啊，你聽不懂嗎。洋洋想那編輯部的正經編輯是請來當裝置藝術的嗎，你會請廣告部的去擦窗戶或者叫業務去寫程式嗎？無奈幾乎要擊垮他。並且那個主管還是經典款中的範本，態度明擺就是讓你做事是讓你學經驗，教你又不收錢你還嫌。

洋洋抿著嘴，認輸說：「我三十分鐘後發到後台。」

怨懷無托，洋洋忽然理解那些懷才不遇死去的文人，大概明珠蒙塵是每個時代都有的悲慘故事，他只能安慰自己比起撈月亮的李老師白那種特級大明珠，自己不過是一顆塑膠珠子，所以慘澹些也是合理的。怪不得社會人士都遙想退休的那天，洋洋才剛踏進社會就已經想直接跳過前面三十年，過上一瓣栴檀一碗茶，雲外青山是我家的小日子。工作啊就是不爭沒出息，爭了又苦了自己，洋洋想起在校園笑傲江湖的美好年代，覺得那都是上輩子的幻夢了。

宋承翰因為一個網路聯播計畫外出兩天，洋洋起初無比開心，有四十八小時不用關心宋承翰的Kiton要搭配哪個袖扣，他的結實腹肌需不需要拋光保養，更棒的是他不需要面對那張看起來不太吉祥的臉蛋。結果他上班後第一次整整十小時與他斷聯，他就意識到自己錯了。從前宋承翰坐在前方，那就像一個無形的罩子把外面的麻煩事自動阻絕起來，現在他人不在，隔壁桌的隔壁、其他單位的同事、可恨的長官，各種花式的「順手幫忙」都可以找上他，並且還要接受文雅飽含儒者敦厚風範的教導。

「你們連基本的標點符號都不會用！學校有沒有教過。」

「你要去找圖片啊，我們家的記者死光了嗎，有沒有去拍？」

「抄抄抄，馬的，這些東西我要你寫幹嘛……寫人話會不會。」

洋洋氣到胃部絞痛，他想起那些在文壇被奉為導師級的人物都還稱讚過他的作品，現在竟然要被人指責連標點符號都不認識。但另外一個直隸編輯部的實習生顯然更可憐，從他麻木的神情洋洋就可以知道他的熱情已經死了，滿臉生無可戀，如果待會下班他直接衝破窗戶跳下去，洋洋一點也不會意外。說真的，哪個在職場上的人沒有質疑過人生，最起碼，也都有跟主管同歸於盡的想法過。

洋洋不知道如果這些主管看見自己小孩被另外一個人這樣刻薄的教導，他們的心會不會痛呢？無力感嚴密的包裹住他，社會就是這樣，高級幹部指責年輕人能力低落，經不起磨練，年輕人在工作過程中被輕視不受尊重，終究還只能雲淡風輕，因為長輩說「大家都是這樣上來的」。洋洋想如果成熟的工作態度就是對不合理的事情視若無睹，那麼這個社會真的是病了。

宋承翰回到公司後，洋洋以一種新的高度和眼光侍奉他。

「先不說你直接拿外帶杯給我，為什麼我的咖啡杯上畫了一個不懷好意的笑臉，還寫著『加油』兩個字？」

洋洋緊張的看著杯子一眼，那不過是店員順手的問候，「星巴克的員工應該是無心寫上的，不是滿溫馨的嗎。」

「第一，現在還有人在喝星巴克嗎？還有我有甚麼不好的需要加油，我就是有不好的難道需要這個我連見都沒見過的人指正嗎，你覺得這不合理對吧。」宋承翰把咖啡咚的放到洋洋桌上，洋洋知道自己獲得了一杯咖啡，但完全沒有撿到便宜的心情，就因為紙杯看起來不夠肅穆莊嚴他就得再重新跑一趟？他笑了起來，自己怎麼會有懷疑呢，答案是絕對要啊。他會記得跟店員說：「請給我一個知書達禮又足夠端莊持重的杯子。」

「他鐵定是寫給我的，我保證不可能有人會對你不敬。」

「這也不行，你走出去就是代表我，別以為我不知道你訂餐廳買限量球鞋插隊甚麼的都是拿我的名字，我之所以容許你是因為你沒拿我的名字去在滷肉飯店搞個特別席，說到這個，你要是買一些昂貴的奢侈品用我的名字插隊也就罷了，看電影這種庶民娛樂請別拿我出去丟人現眼，程喬那天天有一堆公關票，你要找她拿，不是連這種提升生活品質的事情都要我教你吧。」

洋洋聽到這句話，不知道怎麼的眼眶忽然就紅了。

「怎麼了。」宋承翰的語氣像是忽然喀喀喀融化的冰塊。

「你以後不要再隨便出去，我可不想隨便被人使喚。」洋洋吸鼻子，解嘲的笑，他沒有解釋自己這兩天受到的窩囊氣，因為宋承翰才沒有興趣聽，只說：「一個剛出社會的人妄想在職場上得到尊重，很好笑吧。」

「不要奢望聽到別人的稱讚。」宋承翰的聲音很低，是在夜裡聽到能幫助安然入睡的嗓音，跟他平常播新聞時相像，卻更柔軟。

洋洋困惑的抬起頭。

「就算沒有人肯定你，你也要相信自己足夠好。你已經不在學校了，從今天到你成功的那天為止，還會有無數的質疑與批評針對你，沒有人會告訴你究竟是要摀起耳朵還是反唇相譏，但你要接受，必須！因為社會上糟糕的人很多，有些還位高權重不是嗎，不要妄想改變這個世界，但永遠也別讓這個世界改變你。」

「你在安慰我？」洋洋覺得不可思議，月亮十五圓一回，原來野狼一月還會暖一天。果然人生活久了甚麼都能見到啊。

「你沒睡飽是不是。」宋承翰又是一副打死我都不給你笑一下的臉孔。

洋洋看著一身硬挺黑色襯衫的他，心中有羨慕更有崇拜，果然男人還是要有成功的事業才能自由的呼吸呀，他想自己的父親也在職涯上走得風生水起，身邊這麼多優秀範本，怎麼說自己也不會太差吧，不是說物以類聚、人以群分嗎。

宋承翰拿起椅背上的外套，穿到一半又脫下來扔到洋洋桌上，「拿去乾洗，順便把我那兩件襯衫拿回來。」

洋洋雙手向上恭敬的拿過領貨單據，看著宋承翰踏著兩條長腿英姿煥發的走出辦公室。他趕忙出去買咖啡，他到了一家新挖掘的店，買到了價格昂貴卻是用公平貿易的咖啡豆煮出來的善良咖啡，送到宋承翰面前時，他只是冷冷地看了一眼說：「我沒有說我不要喝星巴克啊。」

洋洋深呼吸一口氣，告訴自己不要出拳。

NOTE

生存指南 04

工作上的災難都是人際問題。

克里斯・漢斯沃將帶著他健壯的白色肌肉在十八天後到訪，公司女職員最近每天都像嗑了興奮劑一樣跳上竄下的。那天同時也是主播備選們到公司的滿三個月大日，大家都知道如果在這之前沒有特殊表現，基本上就沒甚麼戲了，因此眾人都很鬱悶又緊繃，卻只能投入協助，十分不平就這樣把洋洋和葛若男拱上中心。

「抄襲的怎麼還有臉待在這，要是我就自己打包職辭了。」攝影棚內幾個人湊在一起站著，冷眼閒話。

洋洋看著廠商送來的佈景裝飾，按照自己的審美指揮著另外幾個備選生調整方向。葛若男出去確認文華東方的套房細節，一連串都要具備但那大明星應該不用會的設施，很難想像一百九十公分的硬漢男星會包著白色浴巾，躺在充滿薰衣草精油香氣的按摩床上思考究竟是要緊致小腿還是平坦小腹。

在洋洋知道葛若男的任務還包括試吃客房服務的套餐時，曾劇烈表示抗議，但葛若男把晚上夜店的公關規劃書丟給洋洋，他一看便立刻不再言語，那是對方公司後來又要求的娛樂活動。礙於經費限制，他們只能跟夜店協商以不花包場費的前提下包場，別說有困難，即便用免費宣傳的角度來利誘，又會扯出誰能決定賓客名單，一堆跟店家關係好的二三流明星巴不得擠進這個夜晚，葛若男要單槍匹馬的阻絕所有小蒼蠅入場的機會，談判熱況基本上跟店家互毆沒有區別。

「那群人打算一直站在那當擺設嗎？」洋洋對祝賀抱怨，他大步大步的走過去，強迫自己帶有柯南那種走到哪就讓人死在那的氣勢，張口說：「你們誰能去樓下拿兩箱水上來，再去廣告部確認贊助商的看板能不能不放，改成以節目片頭亮出替代，真的人手不夠，稍微配合可以嗎。」

一個襯衫男皺起嘴，不屑的笑：「你說幫忙就幫忙。」

另外一個燙著卷髮，臉上的妝有三公分厚的女人尖叫般的說：「算了啦，現在人不要臉天下無敵，我們就別計較了。」

「你要說甚麼就說清楚，當大家的面講大聲一點！」洋洋緊緊捏著資料夾，目光嚴厲的掃在他們臉上，「這個案子本來我們已經不插手了，是上頭的人說其他人也就是你們不熟悉怕出簍子才又讓我們處理，你們有本事怎麼不抗議不爭取去絕食靜坐啊，窩在角落刻薄人倒是有本事，就這點能耐。」

「你說話倒是很大聲，我們就是不爽你用這種方式占盡風頭。」襯衫男頭高高昂著，像一隻不甘示弱的老公雞。

「你趕緊跟上司說啊，用力扯啊，你覺得我會怕嗎，真有錯你讓主管把我撤了我都給你鼓掌大家幫你叫好，你幾歲啦，我看也二十六七了吧，到現在一份正職沒有，我要是你我就會痛哭流涕的檢討自己的人生，一隻蟾蜍還想活出天鵝的驕傲，你回家吃自己吧。」

那人衝上來就想動手，周圍幾個同事立刻拉住他，畏畏的看了現場氣氛，誰都不想事惹大了影響上司觀感，扯著他就下樓去了。

工作久了，便不怕下地獄了。洋洋走到沒人的化妝室坐下來，不堪負荷的嘆息，看著鏡子愣愣地發呆。

祝賀走進來，黃色的小熊維尼馬克杯裝著熱可可，他拿給洋洋。洋洋看了笑說：「你大概是辦公室裡面唯一不想活埋我的人。」

「他們的心情你應該瞭解的，你和葛若男的企劃先被採用，後又主導，照現況下去，你們很容易是名單上雷打不動的安全人物。」祝賀透過鏡子盯著他笑，「這就是職場鬥爭，比搶出賽資格還是大學名額激烈多了，你也不用太在意。」

「我是真的不能放棄這份工作，我有選擇嗎。」洋洋回頭看了祝賀，皺起眉頭問：「不過你怎麼就這麼豁達？話說你知道了我到這裡的目的，那你呢，為了理想、興趣，還是這不過是你遊戲人間的一個喬段？」洋洋打量著祝賀Brioni的藍色襯衫，不是ＣＫ就是Diesel的牛仔褲，ＬＶ藍色小牛皮高筒運動鞋，這樣的裝束就是競爭月薪七萬的職缺都未必合理了。

洋洋遲疑的說：「你有點蹊蹺哦。」

祝賀緩慢地眨了兩下眼睛，像是鳥類忽然看見獵人出現在面前打招呼。「每個人都有到這裡的理由，而不能說的或不容易被理解的，多半是因為真相太可怕。」祝賀把襯衫袖子摺了兩折，手臂上的青筋顯而易見，「我們都同意很多事情不問也罷，不是嗎。」

洋洋吸了一口陰涼的空氣，縮了脖子，「我不知道你來競爭的目的，這樣我就可以認為自己的理由比你充分得多，也好。」他晃了下杯子表示感謝，同時不願意去想如果有一天主播備選只剩下寥寥數人，有他，有祝賀，甚至還有太亨，到了不是你死就是我活的最後關頭，他們該怎麼辦。

攝影棚裡的爭鋒相對沒有盡頭，經過一陣爭執，竟然有部分實習生鬧起罷工了，洋洋惡狠狠地盯了他們一眼，「你們以為排擠我可以幫助考核？早上進電梯的時候你們腦袋都被門夾了吧。」

沒有辦法的他只能自己爬上工作梯，姿態像是在攀岩一樣抖瑟。他掛了幾個按明星模樣做成的玩偶，上上下下看位置，在梯子上又還要分神跟地面的芸芸眾生唇槍舌戰。

「爬個梯子就委屈了，裝給誰看。」

「你那張嘴臉又是給誰噁心，有本事拿去主管面前晒晒。」幾句來幾句去，重心不穩碰唧一聲，洋洋背朝地摔了下來。

那人盤起手，冷笑說：「看吧，報應來了。」

洋洋痛得眼淚直流，只覺得自己半身攤了，沒一點吼回去的力氣。

「你們也太過分了，都說了沒有抄襲，是誤會。」太亨跑到洋洋身邊，扶著他坐起來。

「你是傻了吧，明明就是他們盜取你們的點子不是嗎。」

「我說了沒有。」太亨蹲在地上看著眼前充滿敵意的眾人，「不要把你們惡劣的行為裝作是為了伸張正義，我不需要，你們也沒權力這麼做。」

到了休息室，洋洋嘶嘶抽氣，皮肉痛得淚眼汪汪，他問太亨為什麼幫他。

「他們按耐不住的行為太難看了，私底下他們都把你視為眼中釘，沒辦法，你的表現一直都引人注目，很容易變成頭號大敵。」太亨真誠地看著洋洋，兩顆眼珠子像小狗狗一樣無奈，「我不想成為他們下毒手的理由。」

「這件事會還你一個公道的，雖然我們負責這個企劃，但主管們還是會調查原委。」洋洋坦然地聳肩，「我跟宋承翰一切實話實說，沒有隱瞞，只希望你明白這件事我唯一的錯是沒有當下揭穿葛若男，絕對不是蓄意傷害你們。」

太亨坐到桌上，低頭說：「我早就不怪你了，只是因為害怕而已。」他朝洋洋嘆氣的笑，「其實我很羨慕你，我們年紀差不多，你的條件和能力都那麼好，總是能把每樣事情做得很完美，又跟祝賀一樣渾身都是標準的菁英氣質。」

「祝賀才讓我有這種感覺吧。」洋洋聽到他的心聲有些受寵若驚，太亨臉上孩子般沒有掩飾的羨慕讓他知道這是真的。他撞了太亨肩頭，認真的說：「或許是這樣我們才特別喜歡你。」

太亨側著頭，不能理解。

「也許你說的是對的，我跟祝賀在過去自己的世界都習慣要強，習慣被我們的周遭最用心的對待，還認為自己足夠優秀所以生活不困難，所以我們也容易自私，很多時候甚至強行用自己的方式去成全別人。」洋洋勾著太亨，眼神明亮的說：「不要羨慕我們，這個都市有無數像我們這樣的年輕人載浮載沉著，但我們都會在某個忙碌的時候，忽然特別痛心的忌妒你，因為你還是那麼自然那麼大方，健康而無害的活著，不像我們早就面目全非了。」

洋洋說這些話的時候心跳得特別快，也許是因為他知道工作遲早會改變他的面貌，而這份自白是向很多年以後的自己，一聲純白而柔軟的道歉。

「我們永遠是朋友。」太亨對著洋洋笑說。

兩張年輕的臉蛋散發著雨過天青的光芒。

接著一道風中驚雷似的電話鈴鈴的嚷起來。洋洋接起來聽見葛若男說，「你檢查信箱了沒有，十分鐘前我收到經紀公司的信，他們詢問能不能提前一周，因為造訪東京的計畫取消了。」洋洋驚慌失措的站起來，不管背脊疼痛到快要讓他癱瘓，他懷抱最後一絲希望的問：「我們可以回絕對吧？」

葛若男呵呵兩聲，算是回應了這個問題。

當洋洋幾乎是哭著用英文和地球另一端的人類協調完成後，他累垮了。他死磨活賴只讓他們提前五天，多了兩天可以運轉，也許他可以利用這時間想好自己要用甚麼姿態去投汨羅江。正當洋洋覺得自己現在被訓練到去敘利亞打仗都沒問題時，一個急轉直下的驚天訊息打爆了他，因為實習期間葛若男的那樁懸案，他被不予錄用，人事命令月底生效。

果然呀，職場上的災難都是人際問題。

還來不及心痛，他便迅速的生病了，來得又急又猛。

上帝關了你一扇窗，又關上你一扇門，別懷疑，他肯定是想弄死你。

洋洋心中的酸愁大概就是一川煙草，滿城風絮，梅子黃時雨。他常常閉上眼睛就盼望自己能這樣安詳的死去，再多的莓果烤土司、鮪魚烘蛋，或者是HARBS水果千層蛋糕都不能燃起他對這個世界的熱情。

克里斯來的那天，洋洋回到公司收拾個人物品，他面無表情的站著，其實沒有太多他想帶走的東西，他摘下脖子上失效的員工證，像是朝死人獻上最後一朵花的模樣，把卡輕輕放在桌上最顯眼的地方。

他抬起眼皮和葛若男心照不宣地看了彼此一眼。

「半小時後明星就進棚錄影了，去看嗎。」洋洋乾澀的說，不過是無話找話。

「你有甚麼好遺憾的，這不就是你要的嗎。」葛若男捧開手上整理到一半的文件，語氣憤怒的說：「你到底有甚麼毛病，你明明知道會被淘汰還去全盤托出，你以為自己是在拍電視劇還是星光大道，搞甚麼惺惺相惜，標準自己死了還要拉墊背的。」

「你以為我就不恨你嗎。」洋洋放在桌上的右手握起拳頭，「如果不是你利用我抄襲了太亨他們的點子，我們根本不用落到這種處境，今天你被辭退只是剛好而已。」

葛若男揪住洋洋的領子，「把你讓人反胃的善良收起來，其實你並不是那麼渴望這份工作的，如果你真的是非得不可，那做甚麼你也不會放棄。」葛若男的眼神像燃燒的惡火，他重重的甩開手，「不知道是輸在你的單純還是你的愚蠢，但北唐洋洋你記清楚了，你要在職場上不被擠掉的走下去，你就會做出見不得人的事，總會有那麼一兩件，即便不是今天但也不遠了。」

「我慶幸能這麼清楚的知道，我跟你有多麼不同。」洋洋看著葛若男怒氣沖沖的離開，他狼狽地坐回位置上，像從前趴在學校桌子那樣的倒了下來，想這一切要只是午間一場急促的夢那該多好。

「我是非得不可呀。」洋洋紅著眼眶說，真的，真的。

這個時代要找一份好工作比找一個永遠不會背棄自己的朋友還難，而要找一個好朋友則比找到一份錢多事少離家近的體面工作還要艱辛。

洋洋感覺到有人把手放在自己肩膀上，他以為是祝賀，糊塗的說了很多不甘願，抬頭竟然發現是宋承翰，他的眼神依然像是深不見底的一潭深水。無限的感慨湧上眼角變成淚水，都說馮唐易老，李廣難封，何況自己那麼的渺小，難呀。洋洋跳起來，微微一笑，對宋承翰輕聲說：「謝謝你的照顧，我走啦。」

走出大廳的時候，洋洋腳步眷戀，他走向盯著他的警衛，笑說：「我今天離職了。」警衛皺起眉頭，大概多少人進進出出，他都不會忘記有一個人是用闖的進大樓，然後再格外淡然地宣布自己要離開了。警衛拿出一把黑傘，遞給洋洋，「外面下雨了。」

才媛喀喀喀跑出大樓，朝洋洋的背影大喊。

「妳怎麼在這裡，不是所有人都去協助錄影了嗎？」洋洋看她一身D&G洋裝，腰上還有一條櫻花草黃的細皮帶，「妳是等一下要跟他訪談的人對吧。」

才媛撫著胸口，喘息說：「你真的被公司開了？」

洋洋右手摸著左臂，尷尬說：「大家都知道了吧。」

「程喬姊還是誰沒有幫你說話？或者哪個人物力保你之類的嗎。」

洋洋一頭霧水的搖頭。

才媛的表情更像看見一題以為自己會算卻被老師打了大叉的題目。

洋洋歪著脖子，頭一點，看見才媛健步如飛的跑走了。

回到家裡洋洋立刻倒頭睡去，到了晚上被祝賀和太亨的電話吵醒，兩個人甚麼也不說就帶他去湖吃海喝了一頓，還是洋洋忍不住問了工作情況，太亨沒忍住興奮，仔細說了近距離接觸巨星的夢幻，並且還信誓旦旦的說當助導把手伸進克里斯的衣服裡要掛麥時，兩個剽悍的保鑣幾乎隨時要衝上來撲殺助導。

洋洋聽到一半就投降了，然後祝賀理解的點頭，用喝茶的杯子斟滿清酒，慎重的滑到洋洋面前，「放心吧，你的身後事我會打點的。」

一醉解千愁，洋洋沒有意外的迅速醉倒，夢語呢喃著：「天盡頭，何處有香丘。」祝賀哼哼笑著，捏著他的臉，「半夜不睡覺，裝甚麼文藝青年。」

起床時洋洋感受到冷氣把羽絨被吹得冰冷，但這並不妨礙它柔軟又溫暖的將自己包裹起來。這樣舒服的早晨大概只有巴黎午後，被陽光鍍金的溫暖草皮才能媲美。

開放式的廚房裡祝賀正在烤土司，金黃酥脆的色澤看起來令人食指大動，祝賀倒了兩杯咖啡，又杯子里加了半杯牛奶。洋洋仔細一看發現他還做了歐姆蛋，儘管旁邊的鮪魚是罐頭產品，但香氣四溢還是讓人心情大好。

洋洋在用來裝著生菜的木盆裡拿了一顆碩大的葡萄丟進嘴巴，「繼續驚訝我吧，還有甚麼不為人知的優點通通秀出來。」祝賀低低笑一聲，打開冰箱拿出一盤鮮豔的像紅寶石的草莓，遞到洋洋面前。洋洋嘴饞肚餓到不想說話。

「家政阿姨呢，怎麼你自己做早餐。」

「他以為我交女朋友在家人面前大說八卦，差點沒把我搞暈。」

洋洋理解的點頭，在家裡走動的人嘴巴要是不牢靠那不如炒了，免得給自己找麻煩，但他忽然一驚，「你帶女生回家啊。」

「他以為是你啊！我當下就想我是要說對還是否認呢。」祝賀嘲弄的挑眉。他一隻手端著木碗沙拉，又問洋洋：「今天有甚麼打算，找新工作？休息？耍廢？」

「我早就知道活著總是要受罪的。」洋洋刁了一片生菜，睜著大大的眼珠子說：「沒打算。」

在兩部電影和三杯咖啡之後，洋洋打開電腦google了人力銀行，一種人生長恨水長東的悲傷席捲了他。他想起了寅憂，不過幾周前的人生都還信誓旦旦的說的要替他完成夢想，以為終於能為他逝去的生命做出補償，沒想到在現實面前都是夢話，連自己能不能在職場生存下去都是問題。

他投遞了兩家紙媒公司，沒有細看，只是不想把一個大白天這麼明目張膽的荒廢而已。落花寂寂委青苔，現實像是暴徒毆打著他，於是他逃到了祝賀那張柔軟的不像話的大床，一頭栽進枕頭打算剩下來的半天都這麼醉生夢死的度過。

悶睡不久，手機就響了起來。

洋洋驚訝人力銀行的效率，約朋友吃飯的速度都還沒這麼快。

「北唐洋洋嗎？我是Anna。」

洋洋歪頭想了想，瞳孔忽然放大，不禁脫口，「妳怎麼會打來。」

電話傳來笑聲，「嚇到了吧，我也是第一次收到這樣的指令，公司有新的決定，你可以回來囉。」

洋洋立刻從祝賀那堆紙醉金迷裡撈出一件比較親民的J. Crew外套，再隨手扯了件能穿上身的襯衫牛仔褲立刻跑進公司。從人資那拿到員工證後，他還是不敢相信這一切，根本是幸福來得太突然，而且今天警衛還直接放行他。

「好像是上級有了新的懲處方案，具體我不清楚，我只知道你的資料我這都還有，所以你不用再填一堆表格啦。」Anna眼睛瞇著笑，悄聲說：「你運氣真好，大概是這兩天公司的收視和瀏覽量都非常驚人，主管們心情特別愉快也不一定，誰知道呢。」

在把宛如天神降臨的克里斯送走後，各種令人雀躍的資料就來了，facebook上關於他的娛樂新聞都是點擊前三，一系列的訪談花絮影片也都輕鬆飆破百萬，不過誰會意外，這可是好萊塢巨星，他就是在鏡頭前一個字都不說也能迷倒一片粉絲。

會議室裡擠滿了人，大家七嘴八舌的聊天。洋洋在後門探著腦袋，只看見桌上擺著奶茶和雞排，他不確定這份慶功自己能不能參與。

「這次的節目做得相當成功，構畫清晰、流程順暢，執行效果很好。」一個說話的聲音停頓下來，周遭報以更大的沉默，「我聽說這次的企劃是主播新星的人選做的，值得鼓勵，負責的同事在哪裡？」

兩旁的人像摩西分海一樣排出通道，洋洋站在原地來不及動作，像忽然被晾在草原上的一隻傻羊，僵直著朝會議室前方看過去。那個男人穿著暗藍色合身西裝，黑色襯衫搭配著陰沉的墨紫色領帶，眼神似笑非笑的盯著洋洋，迅速建立起捕食者與被捕食者的關係。

「你是北唐洋洋。」他說。

洋洋根本不能掩飾表情的驚駭，彷彿看見德古拉或是漢尼拔朝自己說嗨，他嘴巴微微張著，沒有反應。直到太亨擠到他身邊推了他一把，才讓他意識到自己正用無語迎接這位公司不分部門的最高總經理。

「對。」

「這次要給你嘉獎，你已經收到禮物了，以後請繼續努力。」他說完便沒多停留目光在洋洋身上，話題繼續回到評論這次活動。

短短三句交談，像給洋洋劈頭三掌。

他冒著冷汗，迅速拐到房間外貼著牆壁，腦子根本不能理清剛剛發生的事，他怎麼會在這裡，公司的總經理？那個雷神克里斯將自己的表現推上高峰，而這個也叫做Chris的總經理則一定是要把自己推下懸崖的。他盼望不過是自己是認錯人了，洋洋努力在腦海裡重組他的面容，三十五歲上下的年紀，露出整張臉的歐式油頭髮型，西裝革履，上流菁英不寒而慄的派頭，哦！我的老天鵝，不會錯的。

洋洋太專注在腦中思緒，以至於連宋承翰走到面前都沒發現。

「你是被趕到走廊上罰站嗎。」

「唔？才不是。」洋洋雙手攀住門沿，朝裡面那個高大而精神的男子瞄了一眼，他問：「那個總經理是甚麼人啊。」

「你這是甚麼問題。」宋承翰手兜在口袋，跟著洋洋往裡頭探了一眼，「如果你是好奇他的家族是公司最大的持股人，怎麼，你跟他認識？」

「當然不認識。」洋洋像吞了一個饅頭卡在喉嚨，聲音心虛臉色鐵青。

宋承翰皺著眉頭，默默地說：「是他決定讓你回到公司的。」

星期一的早晨如同往常散發著深藍色的憂鬱，像是要把每個在陽間度過週末的人都扯回陰間。洋洋綜觀社會新聞和親友的生活，發現人生有三大去不得：當兵、婚姻和職場。當兵你逃不掉，婚姻你不想逃，而職場是起初你逃不掉也不想逃的地方，但三者都是殊途同歸，都會讓人質疑起人生，都會讓人怨恨起上蒼。

他翻閱了四大報頭版，分別用兩百字歸納重點，列印下來放到宋承翰桌上。再花了一個小時發了兩條關於日幣貶值和一帶一路的新聞到社群上，往螢幕右下角一看竟然就要中午十一點。這一行一向沒有標準的午餐時間，他決定提早溜到茶水間偷閒一下。

「你到底是在活動部還是警衛室工作。」洋洋對著悠哉的祝賀說。祝賀露出一個「我真是個壞蛋」的性感笑容，成功使意圖留在茶水間的兩個女同事害羞逃走。洋洋打開冰箱，發現昨天冰的一塊蛋糕消失了，還能有別的理由嗎！他憤恨的關上門，納悶公司又不是幼稚園，為什麼還有人會拿走不屬於自己的東西，難道偷一塊蛋糕就不犯法嗎。

「總有一天我會被這個社會逼到反社會人格的。」

祝賀打開冷凍庫，拿出一小杯草莓口味的Häagen-Dazs，他在杯蓋上貼了一張黃色便利貼，上面有自己的名字，他說：「通常這樣能有效嚇阻百分之七十的人，沒有人會想偷一個有明確物主的東西。」

「我不得不說，還有太多不要臉的百分之三十了。」

祝賀把冰淇淋遞給洋洋，一臉得意的叫他打開。

杯蓋內裡還有用黑色簽字筆寫著：「我在看你喔。」洋洋抖肩冷笑，「這大概可以讓十三歲以下的小朋友嚇到哭出來吧。」

「少不屑了，這是不能阻止他們拔起湯匙，但他們心裡會吃的很不舒服，像是幾根稻草搔在脖子上，悶都能悶死他們。」

太亨左顧右盼的溜進茶水間，模樣像是躲著教官來偷情的學生。洋洋用力戳著冰淇淋，滿足的感受酸甜的草莓滋味在舌尖蔓延開來，又玩笑太亨說：「你應該多跟祝賀學，他整天拎著杯子在公司觀光，甚麼時候擔心過BOSS說他不務正業忙著不上班裝警衛。」

太亨虛弱的微笑，兩隻眼睛底下都是發青的黑眼圈，不用想也知道又是過多的工作量超出他的負荷，「我這兩天幫忙晚班出新聞。」

洋洋替他哀傷，他多希望能有一把遙控器，直接快轉到名過庾蘭成的那一天。他朝門外看了一眼，格外慎重的說：「企劃案的事並不是一筆勾銷，而是重新評估。」

「甚麼叫重新評估？」太亨小聲地問。

洋洋聳聳肩，「我希望我知道。」

這次回到公司就像借屍還魂，洋洋心知肚明一切肯定有鬼，卻不知道那只鬼甚麼時候才會爬上自己的肩頭。對他來說，與其當一隻待宰羔羊還不如伸頭一刀來得痛快。他無法不想起那位總經理，和自己同一所高中，不過是大上許多屆的大學長，還曾經以青年成功人士的身分回校演講過。

洋洋不斷盤算當再次遇見Chris時該做何反應，他還記得自己嗎？難道一切都是自己疑心生暗鬼，根本甚麼事都沒有？又或者他當然知道自己，不過卻是好的方面，是看在舊識幫了一把。但不管洋洋怎麼猜想或說服自己，都不可避免的回到「不可能」的原點。

洋洋回到公司的下一周，一個驚喜降落在他隔壁位置上。葛若男揹著一個公事包，發光而奸詐的眼睛在洋洋的臉上轉啊轉，非常得意的說：「你不是很訝異我的出現吧。」

洋洋懶得做出虛情假意的微笑，「難道我像是很歡迎你的到來嗎。」

葛若男拉開椅子，熟練的把私人物品擺放在桌面，同時不疾不徐地說：「搞清楚，雖然我們現在都坐在這裡，但意義是不同的，我還是很快會把你踢出去，不管用甚麼手段。」他的語調像在詛咒人，低沉到只有洋洋能聽見。

「我可是見識過你的招數的。」洋洋朝他翻了一個白眼。

「那不過是冰山一角而已，對付你的辦法是一套又一套，就怕把你弄斷氣了。」

懲處的結果終於公布。程喬跟高層釐清真相後，考量到一是影星企劃相當成功，二是醜聞再擴大蔓延不解對公司內部也毫無益處，最後又還有祝賀跟太亨堅定的表明完全是誤會，沒有到串通或是抄襲陷害這麼嚴重。主管們也樂得儘速平息風波便罷了，於是回到公司的洋洋和葛若男被記了兩支小過，並取消上次企劃案優選的獎金，此事在檯面上到此算是了結。

被罰洋洋當然有委屈，但他認了，不過他想葛若男才是罪大惡極，自己竟然和他收到同樣的處分，對此洋洋心裡特別不平衡，一個早上幾小時他都在思考怎麼跟宋承翰申訴。等到宋承翰晚間新聞播報結束，換上London Fog黑色軍裝外套提著包包要離開時，洋洋立刻撲上去說：「我知道我有疏失，可是這一回我實在冤枉，我跟他不應該受到一樣的待遇。」

宋承翰眼睛慵懶地眨了一下，「Roots Creative的訂位幫我提早，我現在要過去，還有你今天中午給我的水果盒裡裝的是芭樂嗎，你怎麼不再放跟香蕉呢，我告訴過你如果想偷懶就放柳丁不是嗎，當然，記得要切片挑籽。」宋承翰步伐緩緩的走到了辦公室外，洋洋盯著手機同時反射動作的替他按了電梯。宋承翰拿出車鑰匙轉身面向洋洋，這是整段對話的第一次直視，他說：「你甚麼時候才甘願去把我故障的AirPods拿去維修。」

洋洋把講到一半的電話放下，「耳機我已經從店裡拿回來放到你抽屜了。」他又趕緊聽了下電話另一頭的聲音，連忙確認著資料，幾聲道謝後他對宋承翰表示他的餐廳位置從現在開始都為他保留。洋洋跟進電梯，小心的詢問：「你知道我們受到的懲處嗎，當然這是小事你可能沒留意。」

「我知道，作為你們的直屬上司我還簽名了你們的懲罰方案，所以我才覺得你莫名其妙不知道在吵甚麼。」

洋洋愣愣的住口了，本來他還有一小部分期待是宋承翰不知道發生了甚麼，但眼看他清楚一切自己反而無語。他恍恍惚惚的像一片影子跟著他走到車子旁邊，「我原本以為你會幫我，因為你是最早知道實情的。」

宋承翰一隻手放在車頂，面無表情的說：「遇到問題就拉人求幫助找解脫，你以為這裡是百貨公司沒事就能找經理客訴嗎。」

「我沒有不甘心自己被處罰，但他比我可惡了一百倍，這都是他的陰謀。」

「學校霸凌、政治鬥爭、職場排擠、同儕陷害……外面的世界少了？但我們沒有法律沒有警察嗎？」宋承翰拉開車門，車子嗖搜的發動引擎，他關上門瞥著滿臉錯愕的洋洋，說：「如果當事者不能有打死我都要撐下去的決心，那真的回家吧，有爸爸靠爸爸沒資源自己想辦法，這就是職場，你餘下三四十年要生存的地方。」

洋洋回到辦公室後靜靜地待到很晚，一想到葛若男得意含笑的表情他的憤怒就更加劇烈，彷佛整件事情葛若男就是高舉火炬的勝利者，而自己則是傻呼呼亂竄的猴子被人將了一軍。

從前在學校如果他遇到不愉快的事他就會投入功課中，把仇恨轉換成優異的成績，這種動能轉換相當實用，或許長久以來他一直名列前茅多半仰賴於此，畢竟校園裡的小奸小惡從來都是不勝枚舉。但在這裡洋洋無法在這麼做，工作上能力再好主管不見得能有所回饋，大概就是別人說的與其會做事不如會做人。

洋洋茫然的瞪著漆黑的辦公室，只有自己頭上區塊的燈還亮著。直到飢餓感把他喚回現實，他才將手機和錢包丟進提袋準備離開。忽然他看見辦公室入口有一道黑影，陰影中的這個男人有著高大身軀，面容暫時沒看清楚。洋洋的背後從脊隨涼了起來。

他喊了一聲哈嘍，那個人沒有回應，只有腳步聲緩緩地朝他前進。

一切跟恐怖片沒有區別，洋洋站也不是跑也不是，默默在心裡規劃待會要怎麼奔跑，他甚至在想如果電梯不是停在十三樓，那就必須選擇逃生出口或者破窗懸在窗沿。直到男人的模樣被光線打亮，洋洋便放棄了逃跑的念頭，因為他徹底腿軟了。

「一直沒好好打招呼，洋洋，我們好久不見。」低沉的問候略帶笑意，但眼光卻不見一絲真心問候的情緒。

Chris，寅憂的哥哥。

洋洋報以孱弱的微笑，撲通的跌坐在椅子上，輕說：「真的好久。」

生存指南 05

服裝是最高明的政治。

不到三公尺的距離Chris的外貌跟洋洋最後一次在醫院見到時幾乎沒有區別，除了膚色更黝黑一些，也許是在斐濟或加勒比海度假時曬來的好看膚色。他的肩膀很寬，黑色西裝因此顯得更加硬挺，就像言情小說封面上會畫的霸道總裁，不過他的臉龐沒有一絲奶油味，反倒有點剽悍軍人的氣息。

「我沒有想到這麼多年後會在公司遇見你，以這種方式。」

「我很抱歉。」洋洋站起來，想都沒想就說：「那時候我沒有參加寅憂的告別式，是因為我知道你不希望我出現。」他不確定要不要稱呼他總經理，提到往事，眼前的男人應該只是好友的哥哥才對。

「你收到的那張訃聞是他親自寫的，他很重視你。」

「我知道他恨我，他希望我看見我把他害得多慘。」洋洋寧可去找佛地魔打架也不想在這再待上一秒，現在的滋味跟滾釘床有甚麼區別。「我能理解你有多討厭我，但我希望你能試著明白我從來沒有忘記當初的事，並且到今天我都還非常自責。」

Chris捏著洋洋的手臂，讓他有種被制伏的威脅感。他語帶調侃的說：「如果寅憂現在還在我們身邊，他肯定比你還要高，也比你還要結實。」

無力加上脆弱感，洋洋忽然意識到從踏進公司的那刻開始，他就不再是當初那個無堅不摧呼風喚雨的校園菁英了。從前在學校能跟他比肩的人就是寅憂，兩個人分別是文科和理科的尖端分子，性格樂天的他鬧起來瘋瘋癲癲的，寅憂雖然是外向的籃球好手但在洋洋身邊反倒顯得沉靜從容很多。他們有一群朋友圈，理所當然的中心就是他們兩個。

在意外發生之前，他們的生活不過是通俗青春裡一道常見的風景罷了。

洋洋瞬間想通為什麼寅憂想成為主播，他一直以為寅憂是為了向父母證明自己，拼拼湊湊，洋洋發覺那個從小給他壓力和陰影的人其實是他的哥哥，他想跨過去的坎也就是Chirs。

「你很愛他，或許他也是，但他卻不常跟我說起你。」

「你是說我們兄弟並不合。」

「我不知道，你跟他並不相像，我以為今時今日見到你我該有懷念的感覺，可是我只感到壓力，不知道你信不信，我和他通常對別人的看法都是一致的，所以我們總挑選同樣的朋友，一直都是。」

「我見過你們的小團體，我第一次見到你時就該想到你會是個問題的。」

洋洋的語調很遺憾，他盯著自己的手指，「我和他曾經很要好過，即便是我害死他，但也不代表那些友誼是假的。」

「他死了之後你就是最優秀的了，不是嗎。」他拿起洋洋擺在桌上的文件用手指翻了一翻，眼神意興闌珊的瀏覽著其餘的每樣物品。「告別式那天你們那群人除了你都到了，我跟他們聊過，我覺得他們是又愛你又恨你。」

「那是因為我只把寅憂當成最好的朋友，這對他們不公平。」洋洋不敢相信他竟然會以為自己對寅憂的死亡感到慶幸，這根本是對自己人格最深度的藐視，「他離開後我們幾乎就散了，大家都很受傷。」洋洋不想再說，只盼望一頭鑽進自己的被窩，「或許關於他的事我不是你很好的傾訴者，對不起。」

洋洋思考他可以多快跳進家門。過去的悲劇和當下的麻煩攪成一團鋼筋水泥，他幾乎不能理解自己是怎麼把事情搞成這樣的。

「我們需要好好談話，這次大概太突然也太倉促了。」他的步伐快過洋洋，沒有微笑，只是把厚實的手掌稍微用力的放在洋洋的肩頭，「總之我很高興你在這裡，因為這代表過去的事情終於能夠有個了結，我會再來找你，到時候再好好敘舊。」

洋洋盯著他走進電梯，如果說有一種方式能最好的詮釋「不懷好意」四個字的話，大概就是洋洋此刻看見的神情，勾起的嘴角，炙熱卻毫無善意的眼光。他看著電梯燈號到了一樓，心裡冒出了一個念頭。

夜晚的涼風吹動洋洋單薄的淺藍色襯衫，他氣喘吁吁的跑到大樓旁的停車場，正好一輛黑色賓士開了出來，洋洋想都沒想的衝上去，雙手拍在車蓋上。

Chris衝下來，用力的把他扯到一旁激動的說：「我差點就撞上去了你知道嗎。」

「如果你真的那麼做我也不會怪你的。」洋洋當然擔心自己被撞的四分五裂魂飛魄散，但是他記得公司有替員工保險，大概就是為了防止員工跑去撞總經理的車吧。

Chris怒視洋洋，懶得再多說的走回車上。洋洋拍著車窗，直到窗戶緩緩降下，洋洋的氣息已經平穩了，但他還是可以感覺到雙手在顫抖，也許是瘋狂行徑的恐懼後遺症，也可能是極欲解脫的興奮感。他說：「我不會讓你傷害我的，我有自己對寅憂道歉的方式，所以無論你有甚麼主意都趁早放棄吧。」

洋洋篤定的模樣就像一隻忽然張口試圖撕咬大老虎的小白羊，他沒有想到不自量力這種問題，眼前的情況很複雜，但他想起高中時代甚麼時候有人能讓自己吃悶虧了，做夢去吧，與其逆來順受不如先撕牙咧嘴的展開防禦，說不定危機就退縮了。

車子加速衝了出去，留下低低滾動的一路塵埃。

洋洋不知道明天會怎麼樣，他只知道下班時刻除了一份熱騰騰的晚餐是最好的安慰，再不然就是讓生活的藝術家祝賀安排一個無與倫比的娛樂夜晚。他還把累到動彈不得的太亨拖出來吃飯，他說：「你永遠不知道明天和意外哪個先到，今天還是好好享受吧。」

隔天一早洋洋比平常早三十分鐘起來，他洗了緩慢而愜意的一個熱水澡，身上套著舒服的舊T恤，用滾水泡了一杯宋承翰認為不應該存在的三合一咖啡，滿足的聞著甜膩的香氣。桌上擺著昨晚在超商買的肉鬆麵包，還有一件亞麻材質的白色襯衫。

昨天祝賀分析了一下情況，指出他大學剛畢業，在知名媒體集團工作，領著遠遠高出22K的薪水，如果忽略不斷找新聞寫稿視力急速退化又還要服侍一位跟慈禧有得拚的主管這些缺點，那他的工作等於完美！畢竟誰上班可以正大光明的滑facebook看youtube，對於一個二十二歲的都市男孩這樣的生活情節雖然稱不上甚麼奢華或優渥，但還是很簡單燦爛的。這樣的論調深深打動了他，於是他決定今天就要破土重生，好好的面對職場生涯。

他在襯衫外面罩上一件駝色薄毛衣，上面還有同樣色系的綁帶，洋洋不會綁溫莎結，也忘記才媛送他時手把手教他的亞伯特王子結，於是他順手綁了一個蝴蝶結替代，鏡子裡的他看起來有種聖誕節小熊的質地，他用手指撥順瀏海，愉快的走出家門。

他比平常早的時間進公司。在祝賀的巢穴茶水間裡沒意外的遇見了他，祝賀的神奇鑰匙打開了上層櫥櫃拿出一包咖啡粉和一罐用玻璃圓桶裝著的方糖，洋洋覺得他就像大宅子裡會住的奇怪老管家，整個建築恐怕連有幾塊磁磚他都熟悉，他總能清楚知道幾樓是甚麼部門，要最快的請款、找善良又沒脾氣的攝影師或者最好說話的社群小編該走到哪裡找人，他根本就是來交朋友的。

「哇，很可愛的衣服，我再小個三歲一定會立刻扒下這件穿到自己身上。」他扯了下洋洋的蝴蝶結，語氣有些意外的說：「我還以為衣服會掉下來，是我沒扯對邊嗎。」

當宋承翰對洋洋說：「你把你自己打扮成像禮物是為了要慶祝甚麼大事嗎。」並且同樣伸出手拉開蝴蝶結，他手指在下巴摩娑疑惑的說：「不是應該跟衣服綁在一起嗎。」連續的質疑讓洋洋都開始為自己的衣服沒掉下來而感到抱歉。

「把外面那件毛衣脫了。」

世風日下！他知道演藝圈很複雜，但還沒見識過媒體界也有這種風俗啊，洋洋即便聽多了宋承翰荒唐的要求，比如找到一隻看起來面容哀傷的薩摩耶犬，或者讓下班時間壅塞不前的中山北路變得通行無阻，但眼下脫掉衣服這種相對容易卻心裡障礙更大的事他還是很震撼的。

宋承翰把緞帶對折再對折，放到洋洋深黑色的頭髮上，「你已經看起來夠像未成年了還穿這種小學生的服裝，在工作場合賣萌只有百害而無一利，這樣只會讓別人不把你當一回事，永遠記得，服裝是最高明的政治。」

早上洋洋寫了三篇報導，並且還是在愉快的心情之下。如果你在新聞媒體待過就會明白，懷抱著輕鬆愜意的心情交出稿子到後台是一件多麼值得說嘴的事，特別是對基層。他聽見娛樂部的人說一個八點檔男星正好在公司附近，於是他自告奮勇的去做簡單採訪，兩個人談得很歡暢，或許是代表公司的關係，經紀人還送了一杯檸檬綠茶。

「你也看鄉土劇嗎。」

洋洋看著他傻傻一笑，便足以回答這個問題，但笑說：「雖然沒有看，不過新聞常常出現你們一些很神奇精彩的片段，回春啦、人皮面具、經典的失意和落水，我有時候滿佩服編劇的，畢竟沒有極限的創意也是一種才華。」

「你不是說你也寫東西，你應該試著編劇，我知道他們滿缺人的，但這一行並不是很好找到適合的人選。」

洋洋跟他交換了聯絡方式，他確信自己會幫他寫一篇親民並能獲得網友好感的新聞，誰不喜歡沒有架子的人呢，就算是演，他也是個好演員。回來時洋洋幫宋承翰買了咖啡，他到那家公平貿易的咖啡館，店員早就認得他，因此獲得了加快速度的服務，不用排隊在台北可是一項至高無上的權力，特別是在午間爆滿的餐廳或超商，又或者是你有一位等超過五分鐘就會懷疑你死在街上的上司。

洋洋腳步輕盈的踏進公司，前方背對自己的男人讓他猛然一驚。他告訴自己未免太神經質了，當初進公司就聽人說過總經理一季不會到公司兩天，所以十三樓大家才都開玩笑喊程喬老大，因為總經理不在時，廣告部主任兼董事特助的程喬幾乎握有第一線的決策權。

不過洋洋沒有想錯。

Chris一身西裝剪裁穩重合身，顏色是法國總統馬克宏偏好的藏藍，但比起馬克宏散發的親近時髦，他似笑非笑的神情更帶有威權的壓迫感。

「我是特地來等你的。」

大白天撞鬼了，洋洋暗自嘲諷。

「既然你等不及了，我想就把事情儘早告訴你好了，你應該知道如果不是我你現在就還要忙著找新工作，所以首先你要對我心懷感激。」

「我沒有要求你的幫助，但我還是謝謝你。」洋洋嘆了口氣，「這不是免費的對吧。」

「聰明的孩子。」Chris揚了揚手上的牛皮紙袋，「我有一份額外差事要交給你，你要知道這件事是隱密的，你不能被人發現或是蓄意讓人發現。」他一隻手兜在口袋，靠近洋洋，「我要你監視宋承翰，把他的一舉一動都回報給我知道。」

「你跟他有甚麼仇啊。」洋洋還有一卡車的問題，這合法嗎，你為什麼不找別人，你就不能放過我嗎……但他似乎已經熟悉這個人的性格，如果能透過恐嚇就達成目的，他才懶得跟你多解釋一個字，於是他改口問：「如果我不幫你呢。」

「因為你害怕祕密被發現，所以無論我提出甚麼，你都會接受。」洋洋盯著他脖子上的Valentino黑色領巾，相間的白色花紋相當優雅，Chris掛在身上單以視覺來說極具魅力，穿著名牌的撒旦大概就是這麼英俊瀟灑吧，簡直讓人想衝他扔饅頭。

「這裡是公司，你不能威脅我。」

「你知道輿論是有多可怕的，你的老朋友不就是死在這種利刃之上，這幾年鄉民網友又從來沒有再一次次的事件中學會收斂，他們霸凌的手段不斷精進，當初能殺害死他的那把刀如果捅在你身上，不曉得你的下場會是甚麼。」

人言可畏，從古至今誰能倖免。

洋洋彷彿又看見那天他拉著寅憂逃走，新聞播送、輿論撻伐、學校、醫院，最後換成一張白帖，他知道自己可能會有的下場。

「你是真的想要我去死對吧。」

「我不知道。」Chirs平靜無波，像是在說不知道該點紅茶還是咖啡那樣不在意，但洋洋知道自己一定是不久便會被生吞活剝的一道甜點。他還不能消化前頭的資訊，Chris又說：「除了宋承翰也請你關注一下祝賀，多巧，你們也是好朋友，我相信你一定把這項任務做得很出色的，像以前在學校一樣。」洋洋瞬間理解為什麼他會說沒有寅憂他就是最優秀的，畢業的時候他領的是市長獎，而在之前積分高過他的應該還有一人，正是他最好的朋友。

諷刺的是，洋洋正在寅憂夢想的路途上，而這條沾滿寅憂鮮血的道路上還有Chirs精心栽種的綠色荊棘，盡頭處應該不會是富麗堂皇的莊園，而只會有蝙蝠拍著翅膀啪啪飛過的陰森墓地，洋洋看見自己一步步面向美麗的走向毀滅，卻怎麼樣也控制不了雙腳。他站在大樓階梯上，右手提著趁午餐空檔買的兩杯咖啡，左手緊抓的手機螢幕頓時亮了起來，他們同時朝螢幕上出現的人名「大黑狼BOSS」瞄了一眼。進退兩難的心情，洋洋覺得眼前的男人就是魔鬼，也許他血腥的計畫僅僅是為了取樂，不是有很多巨富都有著令人費解的變態興趣嗎。

惶恐像是一隻滴著口水的巨大野獸，快將洋洋吞噬殆盡。

「你這個人簡直……」

「沒別人在的時候你可以叫我學長或者Chris。」他把那份亮在面前的A4文件塞到洋洋胸前，聲音低沉的說：「把合約詳細看清楚，一個禮拜之後我會親自來拿，如果你不簽，那麼不只是你會失去眼前的工作，一旦你的祕密爆炸，我想很多人都會失去最重要的東西。」

荷馬史詩說「神若是公然地跟人作對，那麼這對任何人來說都是難以應付的」，而洋洋覺得真遇見神可能還有掙扎的空間，但遇見死神，那才是萬念俱灰的際遇。

我不能失去我的工作，我要賺錢起碼能活在溫飽線上，我要完成目標。洋洋不斷在心裡對自己說著。道歉已經等得太久，絕對不能放棄。

「所有的主播都應該從記者訓練過來，你以為我每天從列印紙上朝我喜歡的新聞打幾個勾，選上二十幾則，然後再跳到主播檯上正字腔圓的張嘴說話就算工作完成了嗎。」宋承翰在聽到洋洋說寫稿的工作很無聊後便這樣對他說。洋洋的思緒飄到辦公室挑高到像要衝破雲霄的天花板，日光燈冷冷的照亮滿堂，每個人都在自己的位置上嘎嘎嘎的點著滑鼠，洋洋根本不能冷靜思考眼下正常的工作，他看著一身黑色polo衫，搭配灰色西裝短褲，結實的手臂和修長的小腿都讓人瞬間明白這世界是不公平的。洋洋心裡不斷吶喊：你最好別做甚麼壞事，因為有人盯上你了！

「主播要斟酌報導的角度，在一堆不知所謂的稿子裡挑選不那麼離譜的，在這個時代還必須穿插幾則小貓大狗的新聞，對自己的新聞負責是一件非常勞心勞力的工作，你能明白我說的嗎。」隨後他輕蔑垂下的眼角像是在表達你當然不能。「你的試鏡分數第二，試音分數第一，撰稿能力優秀，當然這是跟新人比起來，現在他們連字都不會寫了，我們還能期待甚麼呢，我知道你把自己當成獲勝的不二人選，但如果你以為凡事有絕對的話，那你要開始習慣媒體世界的瞬息萬變和出人意外。」

洋洋回到編輯台上重新審稿，一張白色的波浪型長桌，才媛坐在那裡捧著一台Mac敲著鍵盤，金色細長的垂墜耳環閃閃發光，洋洋搞不懂為什麼她永遠沒有手忙腳亂的工作疲態，同時還能規劃好每天的晚餐和周末娛樂。洋洋一邊忍受同事發表著自以為鞭辟入裡的政治感言，一邊翻著從宋承翰那裡拿來的蘋果日報，報紙裡夾雜著幾張昨天的新聞稿，上面充滿各種藍色原子筆標註的印記，宋承翰詳細嚴謹的精神震撼了洋洋。而一張單獨的列印紙落了下來，看起來像電子郵件，上面有著Seven Network鮮紅色的斗大臺徽，洋洋只知道那是一家澳洲知名的電視台，他快速瀏覽，發現這是一個工作的邀約，並且還是給宋承翰的來信！他判斷只要是智商沒問題的人都應該立刻接受這份待遇優渥的邀請。

程喬優雅的靠在椅背上，肩上拎著Bottega Veneta的編織包，上面紅黃黑的刺繡像是雪地裡開滿了繽紛的花朵。洋洋快步走進廣告部，敲了兩下門確信自己聽見一聲類似於允許的「嗯」便打開門，他沒有修飾的說：「如果我完成妳交代的事情，妳真的會讓我成為主播嗎。」

事情要回到洋洋剛到公司不久，他把戒指還給程喬的那次密談。她告訴洋洋只要他讓宋承翰離開公司，她不介意拉他一把。程喬急著和宋承翰結束糾葛的感情，憑著一些衝動和對洋洋的欣賞，她祈禱他有這個本事。

「是你有甚麼新進度嗎。」

「我只是想跟妳確定，妳真的希望他離開嗎？」

「我沒必要瞞你，他現在是為了我才待在這的，雖然在我們公司他有一定的工作地位，但我知道他還有其他的理想，這裡的環境最多只能提供到他現有的這樣了，他又不缺錢，主播再風光又怎麼樣呢。」

「如果他甚至會離開台灣呢。」程喬有些一時不知該作何想法的猶豫，洋洋接著說：「我沒辦法控制他離開公司後會到哪裡，最慘的也許不僅是跳槽到其他電視，而是徹底的離開，要是這樣，萬一有一天程喬姊後悔了，恐怕也不能挽回。」洋洋僵硬的瞧了眼手上的信函，忍不住為他說：「那天他說他等了妳六年，我不知道妳到底為什麼不能接受他，但我清楚這個六年一定是他人生裡最幸福也最難熬的日子，我從來沒見過他對人低聲下氣，除了妳，這樣的他錯過了妳就算能勉強不心痛，但肯定是會遺憾一輩子的。」

「我並不是因為不喜歡所以拒絕他，而是因為不能喜歡他。」程喬嫵媚的臉蛋因為這些話皺了起來，她撥了下長髮，久久的沉默。洋洋就像在看一本明知道結局會讓人鬱悶的書，她走過洋洋的身後，My Burberry的金溫桲與小蒼蘭氣息像是被雨水打濕的花果香味飄進洋洋的鼻子裡。

「洋洋，人離開學校之後，談感情就再也不是兩個人互相喜歡就能搞定的事了，我花了很久才接受這件事，我要你理解但不要明白，因為總要受傷才能學會這個道理。」離開辦公室時她已經恢復了平時銳利而精神的樣貌。

洋洋穿著運動外套站在公司門口吹著冷風。他寧可忍受煙白骯髒的二手菸肆虐他的呼吸道，也不想坐在宋承翰後頭獨自掙扎。Chris和程喬的兩件秘密帶來的負荷讓他覺得累到不行，他不斷猜想宋承翰是不是對那個提案感到心動，他也希望是這樣的，逃走也好。那是一檔旅遊節目的主持，地點會在亞洲地區，也許第一站會到埃及或不丹，他想節目會讓他去塔吉克嗎，宋承翰會不會穿著Armani早秋男裝死在暴民的子彈下呢！洋洋打開Google神經兮兮的查詢那裡有沒有槍枝管制法案。澳洲方提供的條件非常優渥，一次直接給付一季的演出費用，並且表示如果中期沒有續訂，他們也願意安排相關節目工作或者廣播新聞的主持。

忽然響起來的手機鈴聲讓洋洋嚇到吼了一聲。

回到辦公室，洋洋平靜自己焦躁的呼吸，他不自覺盯著宋承翰的坐椅，也許不久自己就坐在這個位置上了，但是褐色真皮大椅看起來太硬也不吉利，他想換一張藍色的，有著時髦的金屬邊框和柔軟椅墊。

「你溜去哪裡了，我剛剛在考慮有個採訪要不要讓你去，地點在林森北路，說是有一家營業店面的出資者是立委，好幾個可靠消息紛紛爆料，目前猜測有三分可信度。」

宋承翰凝視的表情像是他沒有給出適當的回應。

「我有在聽。」洋洋趕緊讓自己的語調聽起來專業又認真，儘管他心中充滿問句，並且毫不在乎究竟哪個政客又違法亂紀，這一點都不讓人意外不是嗎。

「你知道我說的是甚麼店家嗎。」

「你還沒說啊。」

「林森北路，你覺得會是一家火雞肉飯嗎。」

洋洋眼球往上飄，思考了一下臉頰燒紅了起來，立刻張口說：「哦，你是說酒店，難怪你說要不要讓我去。」

宋承翰沒有掩飾無言的鄙視，能把看輕人的眼光發揮的英姿煥發的也只有他了，「你過去有這樣的經驗嗎。」

洋洋驚恐的重複他的問題，「我過去有這樣的經驗嗎？你是問我有沒有上過酒家嗎。」

「不，我是問你有沒有吃過火雞肉飯。」

洋洋避開他的眼光，他確信現在宋承翰看向自己的眼神肯定不只有鄙視而已了，「我沒有，不過如果是臥底去做採訪我願意一試，有點刺激，我有親戚也是搞這種特務的，我還一直想試試看呢，再說其實也就是坐在那套人秘辛能有多難。」自從影星企劃後洋洋一直想找機會表現自己，眼下是個好機會，他不想錯過。

葛若男像是幽魂忽然冒出來，「我想跟他一起做這個報導。」

洋洋發出長長的疑問聲，雜揉了拒絕與厭惡的意味。

「有意見嗎。」葛若男瞇起的表情像一頭嘶嘶吐舌的惡蛇。

「我打算派一個有經驗的攝影記者一起去，畢竟這種採訪多少有危險，說不准會發生甚麼你們應變不來的事。」

「不是因為你看起來一臉風塵樣所以就以為自己可以勝任這份工作了吧。」洋洋刻意表達和葛若男的矛盾，希望宋承翰可以阻止這次同行，再說本來不危險的事跟葛若男一起都可以是災難，就是去超商一起買咖啡也絕對能釀成交通大車禍，洋洋堅信若珍愛人生就必須遠離葛若男。

葛若男盯著洋洋的臉五六秒，直到洋洋露出不舒服的表情，他說：「你那一臉蠢萌未發育的臉蛋去到那，就像在告訴別人我來這裡是別有居心，不如你別去了，省得沒事連累別人。」

「我對你們彼此厭惡的感情發展歷史沒有興趣，不過這也許是你們磨合的好機會，你們總是能提交優秀的企劃案不是嗎。」宋承翰讓葛若男去攝影組那拿器材和討教經驗。洋洋留了下來，不自在的盯著地板說：「整理文件的時候我看到你在新聞稿上做的分析和隨筆，你真的是個很認真的主播。」

「沒有你的肯定我還不知道怎麼辦才好。」

洋洋羞愧又尷尬的笑了笑，他把電視台的信件遞給他，「我無意間看見了這個，你會去嗎？」洋洋心虛的補充：「只是基於個人的好奇，我沒跟其他同事八卦這件事情。」

「還沒決定。」宋承翰椅子旋轉到右側，徹底背對洋洋，大概是厭倦了這場對話，「你希望我到澳洲這樣你就可以脫離我的魔掌了？」

洋洋嘴角不自覺上揚，對他來說這完全是個笑話。他不會說宋承翰是個體貼宛如天使的上司，但他知道這個男人有原則又不愛廢話的性格鐵定是黃金般的優點，這年頭懂得沉默的主管打著燈籠也難找啊。即便他把宋承翰裝箱塞進飛往澳洲的班機他就能如願獲得成為主播的名片，但這種行為讓他感到罪惡，又同時有些遺憾，類似於送走寵物的失落感，當然宋承翰不是那種能在公園溜的寵物犬，勉強說他也絕對是能和六個壯漢對幹的巨型藏敖。

接下來幾天洋洋覺得自己在公司遊走的過份程度簡直就要趕上祝賀，他左顧右盼，活像身上藏著幾包大麻一樣緊張兮兮。他走進了總經理室的房間，本來想一把推開直到發現門被鎖上，Chris打開門時洋洋畏縮的退了一步，像看見恐怖分子前來應門一樣。桌椅後背有半面牆的透明窗戶，牆上唯一布置的裝飾是一幅台北市長送來的新春賀辭，大概是助理的手筆，反正這裡對Chris來說比機場還少踏足，怎麼擺設也無關緊要。

「你晚了好幾天才打給我，不是說五天就要跟我聯絡一次嗎。」

洋洋盯著Chirs忽然有種感性的衝動想要衝上去撲殺他，但他可不想幫公司製造頭條新聞，他快速而機械的說：「宋承翰沒有甚麼特別的舉動，跟程喬姊也沒有往來，我不知道你為什麼會懷疑他們有甚麼。」

「那祝賀呢，還是依然在公司四處遊山玩水嗎。」

「對，他換了一個Baccarat的水晶玻璃杯，上面有愛菲爾鐵塔的圖案，活動部好像在籌辦運動社團，目前正在網球跟皮拉提斯之間抉擇，他這兩天看了一些可行的租借場地。」洋洋確定報告內容足夠詳細卻又無聊到Chris幾乎沒興趣再聽下去時便住口，「我不知道你希望我觀察他們甚麼，如果你只是單純想折磨我那不如叫我寫蠶寶寶的養育日記好了。」

「要是有看到宋承翰跟程喬接觸就立刻告訴我，立刻代表一見到就撥電話，明白嗎。」

洋洋渾身發癢的點頭，想到手機裡存著他的號碼，就好像身上流淌著一個病毒細胞，他絕對不會撥打那組電話，就算他被土匪推到懸崖邊而Chirs是唯一能求救的號碼。

「你好像很討厭宋承翰，為什麼？」洋洋眼光盯著Chirs襯衫上銀黑色蜘蛛紋路的萬寶龍領帶夾，他總有一個恰到好處的配飾在身上。洋洋推理解謎般的說：「就算他是個出盡鋒頭的主播，也挺大牌的，但從沒有要求過甚麼出格的待遇呀。」洋洋想他又沒讓你去人滿為患的燒餅店買蛋塔，或者命令你在狂風暴雨之中拍出雨後的第一道彩虹，你至於把他視為眼中釘嗎。

Chris挺直腰桿的看著洋洋，像是在思考要把他清蒸還是紅燒處理。他抿了下有些厚卻顯得充滿男性魅力的嘴唇，「我不喜歡別人侵犯我周遭的人事物，因為那樣是遲早會出問題的，就像你跟寅憂，如果你能不認識他，那該多好。」

每每從他口中聽到寅憂的名字洋洋就備感威脅，像是多年前悄悄犯下的一樁殺人案隨時要被他揭露。帶著刺痛感的半分鐘沉默後，洋洋逃出這個房間。他意識到這個男人的捍衛主權的野心太過龐大，自己的弟弟甚至是下屬都彷彿不能脫離他有自己的人生。他知道Chris還有個在念幼稚園的兒子，不禁為那稚嫩的生命默哀，至於他的老婆，洋洋超想專訪她，詢問到底是從哪裡得到莫大的勇氣嫁給這樣的男人，梁靜茹給的嗎。

淫靡的生活娛樂在新聞裡大概是司空見慣的渾閒事，不過對於年紀輕傻的洋洋來說可就不那麼淡定了。晚上十點左右他和葛若男踏進酒店，進門空無一物，只有向下的階梯，洋洋看見幾個女人穿著裸露的背心，各個轉盼如波眼，娉婷似柳腰，同時性感得有些張牙舞爪的慾望味道。他並不想評斷她們，畢竟有些女學生的穿著可比小姐還要小姐，反倒像是怕人以為自己是良家婦女會被瞧不起一樣。

聲色犬馬豐臀肥乳，看上去讓人立刻飆出高血壓，洋洋儘量讓自己看起來不那麼怯生生的，在沙發上半躺半坐著。葛若男湊過頭，叮嚀說：「基本的消費模式、客群，特殊需求和案例翻山倒海的問出來，甚麼辛辣就問甚麼。」

洋洋很想表現出同胞友好精神，但是看到葛若男一臉「拜託你不要給我添麻煩」的表情便立刻裝彈上膛微微一笑說：「我還不至於要你教我怎麼問話寫字吧，除非你發現有甚麼可抄的，那是你的專業我就不說話了。」

葛若男臉色鐵青，哼哼的回：「也是，你跟這些人一樣都靠臉吃飯，一個窩裡的人不至於雞同鴨講。」

「你說誰是雞誰是鴨呢。」

地下世界香泛千花，燈掛百寶，彷彿是獨立的時空不和台北分享同一片星星月亮太陽，洋洋不知道來這種地方來花費是這工作的額外獎賞還是要列在職業傷害裡。幫他倒酒的女人柔聲款語介紹自己叫小君，她看人的眼神充滿憐惜，洋洋立刻理解心裡空虛或者需要安慰的男子大概就是要的就這個。

他微微的看向一個不知名的焦點，貌似籠罩在憂愁的雲霧裡，他意識到反正自己也裝不了複雜老練，不如一個勁的傻，能多像開水就有多純。他說：「來這裡工作的人大概都有不得已吧。」

原本他以為會聽見一段可歌可泣的故事，沒想到小君巧妙的貼著他，胸脯若即若離的倚在他手臂旁，只笑：「男人來這裡倒不是身不由己。」她用手指刮了下洋洋的臉，還對葛若男說：「你朋友真可愛。」

「我來的時候還聽朋友說這裡有些女孩是被騙的，結果嘗試過後發覺賺錢容易便也不肯走，不曉得這是網路傳聞還是真實血淚。」

「當然啦，我們都知道這是可能的，每個人做事情都有價錢，就像你拿父母的錢就要扮演他們心目中的理想角色，你拿公司的薪水就要忍受煩人的老闆和同事，不也是難受的在賣嗎？哎呀，在這個笑貧不笑娼的時代，我覺得當金大班沒甚麼不好，枝迎南北鳥，葉送往來風，不偷不搶自食其力，比很多人強多了。」

不得了！洋洋驚嘆，酒家女現在張口都是文學談話都用成語，說出來的字句還有幾分可討論的餘韻，再聊下去估計卓文君李商隱或魯迅張愛玲她都還能略懂略懂，倒真的是比很多人強。

「我知道每個人狀況不一樣，但如果努力到底嘗試著別的方法生活著，忍著苦，也許不必到這裡來的。」洋洋手心搓著牛仔褲，尷尬的說：「抱歉，我不是說做這行有甚麼不好，只是隨口一提。」

小君搖搖頭，雖然有些意外但並未生氣，「你說的沒錯，只是我不想那麼努力而已。」

「不努力總有理由吧。」

「因為不想努力呀。」

洋洋目瞪口呆，然後在她不置可否的眉角笑意中哈哈笑起來。

世界果然沒有那麼複雜，人想多了，才把世界搞亂了。

「你如果想要我今晚陪你，也不用錢，當作交朋友。」

交朋友不是這樣子的吧，一種不知道要偷樂還是無奈的奇怪心情，洋洋往沙發前端挪了位置，假裝辨識著桌上的酒杯藉此避開小君的纏身，不料她兩隻手指捏著洋洋的臉頰，指甲上塗著藍色的豹紋顏色，直說：「你不會是學生吧，看起來實在是太嫩了。」

洋洋和葛若男之間隔著三雙肉色大腿，他正在按摩一個穿著銀色背心女人的肩膀，嘴唇毫不客氣地在她脖子上親了又親，菸酒氣味中看見這樣的葛若男還真是再適合不過，正當洋洋在掙扎要不要仿效他以避免被發現時，那個女人已經跨坐在葛若男腿上撩起他的墨綠色襯衫，像一條長髮生物盤踞在他身上。

「我其實有女朋友了。」一百零一條藉口，「媽媽跟我說」的豪華升級版，洋洋沾沾自喜能說出這個理由，不過他可沒膽拿到才媛面前炫耀，要是讓她知道自己上酒家，估計才媛會把他的人頭吊在公司大門示眾。他接著扯謊，「我跟她有點矛盾，心情不好所以才來。」

小君端起玻璃杯示意洋洋喝酒。

「為什麼妳要在杯子裡放西瓜片。」

「我不是第一次遇見你這樣的人。」她主動敲了下洋洋的玻璃杯，抿了口自己的杯子便拿起濕手巾擦嘴。

洋洋沒想到還有其他像自己這個年紀的人也來這種地方，即便是不吝惜鈔票，這麼年輕就墮落黑暗，看來這社會有太多問題。

洋洋喝了一大口酒，辣得他眼眶紅了起來，

「我見過的人多了，有企業家、建築商、銀行主管，也遇過比較菜的警察，甚至還有大學教授是我的熟客，反正只要是男人各種類型都有，不過不管幾歲的男人都喜歡挑二十出頭的女孩子，他們覺得我們有些見識卻又不會過分聰明，我們也樂得裝傻，吃豆腐？不見得會動手動腳的，不過真要是動手動腳起來，小費倒是挺大方的，所以我喜歡我的工作，一切都有報酬，比起免費給人佔便宜划算多了，你看外面那些女孩交男朋友還得睡免錢的呢。」

「那妳贏我了。」洋洋盯著她的眼睛，避免自己在她黑色網狀上衣中的波濤溺水。

「你都被免費佔便宜？」

「哦不是，妳說妳喜歡妳的工作，就這點便不容易了。」洋洋揉著手腕，心跳逐漸加快，「我看你們店的消費挺高，布置得也高級，不像一般酒店，這老闆是做甚麼的，感覺滿有想法，都做尖端客戶。」

小君停下動作，瞇著眼睛笑。

洋洋瞬間做賊心虛起來，乾笑幾聲。

「我再去開一瓶，可以嗎。」

「當然。」反正酒水單刷公司的帳，他的語氣流暢像是不經意地一說，矇著眼狠下心追問：「這間酒店的老闆，是不是……」說完之後，小君討論了一下自己進來時酒店的生意，她還是被介紹過來的，屬於高薪跳槽！洋洋沒想到這一行也有這種模式。聊到一個段落，小君忽然張開雙手擁抱洋洋，在他的耳垂輕輕咬了一下，說：「不過我很常看到他出現，今天他也在喔。」

小君說自己要去廁所，對他微笑說：「可惜你們不是大老闆，不然走廊那幾間ＶＩＰ包廂裝潢才叫精緻，應該去開開眼界的。」

洋洋端著酒杯走到葛若男身旁，貌似不小心的撒了半杯酒水在他衣領上，在葛若男露出不可思議表情和憤怒髒話之前，他哈哈哈的說：「你不會自己去廁所啊。」說完便用蠻力架起他，扮演起攙扶微醺的朋友。

到沒人看見的走廊上，洋洋丟掉笑臉低聲說：「搞定了，你的鏡頭放在身上嗎。」

生存指南 06

來啊，互相傷害啊！

葛若男手伸進口袋，摸出一個圓筒形狀，有人用來紀錄極限運動的自拍攝影機。他悄聲問：「你搞甚麼花樣。」

「酒店的老闆正坐在走廊盡頭的那幾間房裡，我們現在很可能跟他就一堵牆的距離。」

「你怎麼知道。」

「因為我不只是忙著幫小姐按摩還是唾液交換甚麼的。」

洋洋重新用一隻手扶著他，「等一下你假裝喝醉開門，幾秒的時間應該足夠我們拍上一張點閱破錶的獨家照片了。」

葛若男朝盡頭掃描了一眼，「哪一間。」

洋洋忍住把他扔到牆上痛毆的火大，好像他理所當然要知道老闆抽甚麼牌子的菸，今天的早餐有沒有吃吐司，籃球比較支持Curry還是ＬＢＪ，「我當然知道是哪一間，我還知道他是用甚麼姿勢躺在沙發上，順帶一提，他喜歡小美人魚多過於白雪公主。」

他們打開了第一間房門，穿著黑色Ｔ恤的彪形大漢映入眼簾，他的刺青和他不解的眼神同樣讓人不寒而慄。一個叼著煙的年輕男子向他們吼：「你們找誰。」沒有人站起來或者拿出傢伙往他們腦袋上砸，但洋洋可以感覺到生命受到威脅的危機感，當初恐龍抬頭看見天空的流星隕石大概也是這種感覺。

「不好意思，我朋友喝醉了，抱歉抱歉。」洋洋啪的闔上門，和葛若男心有餘悸的交換眼神，兩人都沒有說話的精神，繼續動作。直到他們用生命做賭注旋轉了三間門還是沒看見目標人物後，葛若男提出質疑，「會不會其實我們已經跟他照面，只是燈光太暗我們沒認出來。」

「你如果是要我再重開一次，不，不可能，雖然我很想寫出一篇轟動武林名垂青史的報導，但我還是更愛惜人生的。」

洋洋不確定自己是不是應該繼續燃燒生命照亮事業，但他知道要是就這樣結束，他回家晚上一定會睡不著，他是那種如果白天有一句話沒說清楚晚上就會翻來覆去一整夜的人，所以他閉著眼睛又開了一扇門。

葛若男掛在洋洋肩膀上的手臂肌肉僵硬了起來，洋洋也看見了，這瞬間可比記者看見李奧納多渾身赤裸的昏睡在遊艇上還要鼓舞人心。轉眼間，兩個短袖男子擋在他們面前，一臉凶神惡煞毫不客氣的往他們胸口用力一推。

「對不起，我朋友喝醉了。」

葛若男垂著頭，喃喃自語說些酒後胡話，「你叫他再喝一瓶，誰走誰沒種。」洋洋想葛若男大概是沒勇氣睜著眼演這齣戲。他模樣抱歉的笑了笑，轉過頭，扛著葛若男艱難的走出長廊。過了好幾秒他才聽見門闔上的聲音，兩個人都大大的喘息。

「謝天謝地，做得好。」

「我就當作你是在感謝我了。」洋洋甩開他的手。

回到位置上洋洋拿起酒水單，看見那華麗的五位數字差點沒把舌頭吞下去，但此刻他只想逃離這個地方，別說是四萬，就是十四萬他也付了。正當洋洋在找小君的身影打算讓她結單時，剛剛那兩個男子竟然左顧右盼的出現在敞開的包廂區域，洋洋心頭一驚，直覺大事不妙。他抓起手機，同時看見葛若男拎著包包從另一側的走廊奔了出去，兩個人對上眼，葛若男彷彿有一絲絲抱歉的模樣，但腳步卻很誠實的迅速離開。

短袖男子看見洋洋，二話不說朝他走過去。洋洋緊張的滑開手機，點開最近一個通話過的訊息聯絡人簡短打上出事了，一邊痛恨自己不知道連恩・尼遜的電話號碼，情急之下他只得轉發給第二個人，他的爸爸。接著毫無意外，他被半推被就的帶進了老闆的包廂，但是裡頭只剩下其餘不認識的傢伙。

「發生甚麼了嗎，為什麼帶我來這裡。」

洋洋生平第一次額頭滑下斗大的緊張汗珠，他看見那群人一副了然於心的表情就知道穿幫了。他鐵定不是第一個密探的人，但不知道會不會是第一個因為這樣少掉一隻胳膊或者一邊耳朵的傢伙。

他們從頭到腳的審視洋洋，他渾身冰冷緊張到動彈不得。片刻他的手機響了起來，但沒機會接通立刻被奪走，他眼睜睜看著銀白色的iPhone滑進透明特大的啤酒壺裡，還沒來得及為手機致哀，左胸劇烈的疼痛讓他幾乎要哭倒在地，沒有問話、沒有解釋，甚麼交易談判他都沒見到，大概在第三拳或者第五次側踢的時候他就已經不在乎自己身在何處了。

他倒在門邊，再度睜眼的時候先頭昏眼花的咳嗽起來，離他最近一個腳踝有刺青的男人走過來又給他幾下毒手，把拳頭當安眠藥在餵。迷濛之間亦是恍恍惚惚，全身失去驅動的力氣，彷彿過了好幾天那樣的錯覺。

其實如果洋洋當時有一面鏡子，他就應該知道他還是有獲得一點江湖行規的照顧，他們痛下殺手就是不打臉，但情況並沒有因此得到安慰，該傷到的地方沒有錯漏的。最後一次他睜開眼，他依稀看見兩個人在爭執，一個男人穿著紅色夾克背對自己，上面有著骰子跟眼珠四處橫飛的圖案。另一個人面容慍怒，對話之中朝洋洋瞥了一眼，洋洋立刻認出那是Chris，窒息般的驚恐讓他俐落的放棄意識，徹底昏了過去。

洋洋最後一個念頭：果然我是要死在他手上的。

亮得刺眼的白色燈光打在身穿藍色病人服的洋洋身上，病房像被用五百條薄荷牙膏洗過，瀰漫著刺鼻的冷冽氣息。洋洋醒來時才媛正做著電視上最愛演，但他從未真實看過有人在醫院幹過的事：拿著水果刀削蘋果。才媛抬起側臉，肩膀隨著嘆息垂下，「誰讓你去酒店了，所幸你進的是醫院，要是被塞進靈骨塔我絕對不會來探望你的。」

一開始洋洋是說不出話的，喝了一杯水，嗽了大約十遍之後才能正常出聲。

「我絕對只有懷抱著工作的心情，我還跟小姐說我有女朋友了。」洋洋手伸到後背想要支持身體坐起來，但酸脹感像剛剛參加完格鬥擂臺的選手，他總算知道被爆打一頓的滋味了。

外面的天色是灰濛濛的下午，才媛告訴洋洋那天是宋承翰闖進去把人帶出來的，洋洋對此表示他就知道宋承翰果然有一套武林絕學在身上，要推開門把一個被逮住的人撈出來，不扛兩把衝鋒槍怎麼辦得到。

「那他呢？我是說怎麼沒有見到他的人。」

「你不是指望他要在這顧你一個晚上吧。」才媛把削好的蘋果切成兩半，像是耐心用完的把其中一半塞到洋洋嘴裡，「你惹的麻煩可不只這一樁，之前你報導食品工廠疑似使用過期原料的新聞，現在人家怒氣沖沖的找上門來，張口就說要告。」

「我是寫疑似，而且這根本就是事實，要不是怕上級單位有意見，我就寫絕對鐵定就是這樣。」這些黑心商家得了便宜還賣乖，背後不知道做了甚麼補血措施搞定了還來跟人興師問罪，弄得大眾吞了一堆破銅爛鐵外星物質還渾然不覺，造孽呀。

「宋承翰早上來過，說是來確認你是不是真的暫時無法幫他跑腿，他有提到會回公司處理食品廠的新聞。」

「他還真的來過啊。」

「花了這麼大力氣救出來的人，就是斷氣他也得第一個知道啊。」才媛朝洋洋的手臂擰了一下，「你這麼大的人連危險的都不知道小心，真的要被你氣死，你為什麼沒還手呢，你是不是還讓人三招啊。」

才媛欲說還休的低下頭，「以後凡事小心一點，別莽莽撞撞的。」她把手上半顆蘋果切成一片一片。

洋洋臉頰一陣溫熱泛紅，心跳咚咚咚的劇烈跳著，即便身上有大大小小的瘀青和讓人動彈不得的痠痛，但當他看見才媛因為擔心自己而有的生氣和不放心，還是忍不住嘻嘻的笑起來。

「妳也顧了我一夜了吧。」

「才沒有呢。」

洋洋知道她說謊。才媛酷愛耳環，如果出門只能穿戴一件物品，她會寧可不穿裙子上衣而只掛一副Dolce&Gabbana走出去，並且還有原則堅持一個月內不戴重複的款式，所以昨天上班她戴的太陽月亮造型的Roberto Cavalli耳環，閃閃發光的綠松石和水晶都是今天不應該還出現的，除非昨天她家有一場大火。

洋洋艱難的坐挺身子，伸出手臂把才媛拉過來在她額頭上親了一下。

才媛不愉快的喊了一聲，罵他：「小子你是瘋了嗎。」說完沒有預告的把一張小臉湊向洋洋的臉頰，柔軟的唇碰在洋洋嘴上，淺淺柑橘花果的味道。洋洋瞪著眼睛不能接受一下子發展太快的事情，自己剛才是被女朋友偷親了吧。

「到底要我等多久才要接吻啊，真是夠了。」才媛勾起笑容，像是一隻玩心大起的漂亮小貓，有著柔軟的銀藍色皮毛的那種，也許是蘇格蘭摺耳貓，但個性鐵定是不好惹的波斯。

「你最近到底都做甚麼好事。」一個穿著灰色外套，面容嚴肅的男人緩緩走進來，模樣大約五六十歲，他皺著眉頭看著才媛勾著洋洋的手。「他不是病人嗎，妳這樣他怎麼休息。」

才媛的眼睫毛眨了眨，她鼓著臉站起來，「這位先生，我都還沒問我親我男朋友你走進來湊甚麼熱鬧，你倒是先質疑我了。」

「妳一個小女生怎麼說話這麼不客氣，也是搞新聞的？」男人語氣從容，並沒有攻擊的意味，只是能聽出他並不認同這份工作，並且對過於直率表達不滿的才媛有些頭痛。

「這裡是私人病房，你到底是哪裡來的——」

「——爸，你怎麼來了。」洋洋開口打斷她，才媛像喘不過氣的仰著頭，隨後立刻打起精神擺出微笑，裝作剛剛一切從來沒有發生過，不過是假象。

洋洋現在這副模樣，最不想被撞見的人就是他父親了。他父親完全不鼓勵他做這份工作，事實上也不鼓勵他做其他行業，就盼他繼續念書，有本事念到博士最好，頗有萬般皆下品、唯有讀書高的意味。原本洋洋表達自己就是個標準的安全派少年，一定繼續讀書，誰知道畢業後他就溜進了媒體集團，一聲不響的帶著兩個行李箱就消失在家裡，不告而別是因為他知道要是他爸看見了，肯定把他關到陽明山監禁起來，真要是那樣，就算是普丁有心想拯救他，也是不可能的任務。

「你不是去當主播的嗎，看你這樣我還以為你是去練武，要闖蕩江湖你怎麼沒帶屠龍刀或是跟楊過買一隻神鵰啊。」他父親走到床邊，哼的一聲舉手拍了一下他的大腿，痛得他呼叫。

「等你養傷養好了就跟我回家，就你這種小書生還想在外面跟人混，你拿甚麼吃飯，一天三五百塊你過得下去嗎，連衣服都沒自己洗過還要自立門戶，你媽還說你多有骨氣，離開的時候連卡都沒拿，我怎麼會不知道，你那些不穿的名牌衣服隨便賣一賣也夠你繳個一年房租，還不是拿家裡的。」他語氣越說越軟，瞅著洋洋蒼白的臉色哪裡還有氣，心疼都來不及，「對你下手的人要是知道你爸爸是做甚麼，還不把自己的手臂砍下來跟你賠罪，我說我平常從來就不把這些社會敗類放在眼裡，你怎麼就被他們欺負了呢。」

「這是工傷！何況人在江湖飄哪能不挨刀，我是在給自己社會歷練。」洋洋多想把這幾個月以來在宋承翰身邊練就的一身本領在他爸爸面前炫耀一番，比如他能在跨年夜的五個小時前訂到１０１裡十個月前就額滿的餐廳，或者優雅的要求故宮送來一張根本就不存在的

〈江行初雪圖〉明信片。他可不是不食人間煙火的小孩子了，別說煙火，在宋承翰身邊氫彈都不知道吞了多少發。

不過為了大家好，有些事情不說也罷。

洋洋下午就辦了出院，雖然醫師強烈建議他最好兩周內都躺平少動，更別說出去追趕跑跳碰，但洋洋想到自己在背燈和月就花陰的療養期間，公司的備選者都已經不知道決鬥到哪個國度去了，再說此刻不撤，怕是就要被他爸爸就地關押回府，想到這裡，他便毅然決然的簽字離開。

他第一站就跑到公司去，警衛看到他時第一句話是「你不是在住院嗎？」他立刻想通這一定是葛若男大肆渲染這次採訪有多驚險，並且扭曲他是多麼的弱不禁風，希望他對於拋下同伴逃離這部分也刻劃的足夠深刻。

十三樓的電梯叮的打開，他看見祝賀穿著一件寶藍色長大衣站在自己面前，儼然一座城牆，「你是有在公司裝監控設備，還是你會空間感應之類的超能力。」

「以一個X戰警來說我會不會太時髦了。」祝賀勾上洋洋的肩，惹來他嘶嘶的喊痛。

「今天就來上班不會太勉強嗎。」

「我是來找我們家BOSS的，他應該在辦公室吧。」現在離晚間新聞還有四十分鐘，說不準，他可能進棚準備中，或者還在梳化間讓化妝阿姨確定他的兩邊鬢角散發足夠的男性魅力。

祝賀搶先一步擋在他面前，「你還是不要進辦公室了。」

洋洋可以感覺到他正竭盡所能的阻止他前進，他說：「我為什麼不能去。」

「不是不行，而是他已經離開公司了，不信你打他手機。」

洋洋沒心力多想祝賀的意圖，但他相信宋承翰不在公司的事實，天威難測，誰知道他下一秒想去哪做甚麼。他拐到廣告部，熟悉的在程喬的辦公室外扣了扣門。

他眨著兩個眼珠子企圖撒嬌的說：「程喬姊，我想跟妳拿個地址。」

「你把我這裡當成是區公所還是1999。」程喬仔仔細細的打量他，時間長到像是行李過海關在掃描。他在心裡回應說：「也謝謝妳的關心，我目前沒有大礙。」

「這次又想要去誰家玩了。」

洋洋有點尷尬的說出宋承翰的名字，他立馬解釋：「他晚上新聞請假耶，如果不是很嚴重的事情，他一定不會離開工作崗位的。」洋洋聽過一件都市傳說，他進公司的前一年夏天，某個被颱風嚴重肆虐，樹倒招牌掉的台北，長官都發布消息說宋承翰可以錄影前再到班就行，並好心暗示他可以找人替補，但他完全沒遲到，並且後來透過新聞間接確認，從他家到公司途中的那條馬路被淹水和飄移的機車堵死了。天知道他怎麼過來的。

「我知道，而且他請的是病假。」程喬快速在便條紙上寫下一串地址，連市內電話都附上。她走到洋洋面前，一臉毫不在乎的笑笑，「我今天工作忙，沒時間被你糾纏，拿去。」

洋洋想強顏歡笑大概就是這種態度了吧。

「他這人懶，你去的時候能帶點食物更好。」

竟然有人會用懶這種形容詞來描述這個跟超級電腦沒有區別的生物，不過他還是默默點頭，猶豫了一番便開口問：「我應該買甚麼比較好。」

「丹麥之屋的土司，不過對你來說可能不順路，剛好我中午路過有買。」像是在正常不過的，她拿出一個帆布提袋，裡頭有個發光的玻璃盒，裡面的鮪魚用火腿包裹起來三個串成一組，還有一瓶裝著鮮橘色葡萄柚汁的玻璃壺。

洋洋想這絕對一定必然不過是碰巧而已。他的笑意太過明顯，程喬埋怨的咳嗽一聲，「你就不能裝笨一次嗎。」

程喬讓公司派計程車送他到宋承翰的公寓樓下，洋洋望過去，覺得這裡正常多了，特別在見識過祝賀他家，那種隨時要擔心被保安系統用雷射光刀射殺的昂貴住宅後。祝賀他家電梯門一打開就是昂貴的毛毯相迎，以及跟國安局一樣縝密的密碼輸入門板，到底是要防誰。相較之下，這棟隱藏在捷運附近的小巷弄，只有六層樓高的樓房讓洋洋敢直接擅入被住戶忘了關上的大門。

他敲了兩下鐵門，宋承翰開門的表情有點驚訝，但隨即又恢復死人骨頭的神色，「你來幹嘛。」

「感謝你救我一命？或者來看你為什麼會跟公司請假，我以為你生病了。」

「一點小感冒，不想變得更嚴重所以乾脆在家休養。」宋承翰說這句話的時候完全沒有把門再打開一點的意思。

洋洋拎起手中的帆布袋，「你一定不想出門，所以我帶了你可能有胃口的東西。」

宋承翰想都沒想的接過來，只問：「你為什麼出院了。」

「你不請我進去坐嗎。」洋洋實在忍不住的說，他當然不指望宋承翰會問他要喝茶還是咖啡，也沒幻想他會熱情地向他高談闊論，說他覺得哪個球隊的表現爛到極點根本應該直接裝箱銷毀，但就這樣把訪客晾在走廊上實在也不是一個好的待客之道，特別是一個腦仁還會發暈、肌肉還在痠痛的人來說。

一進到室內洋洋就覺得自己被欺騙了，樸實的公寓外表，裡頭竟然有著天壤之別的裝潢，鑲在牆壁裡的55吋電視機，洋洋知道這款機型還可以看VR影片，但這對宋承翰一點用處也沒有，雖然他身邊有一堆高科技產品，多半是廠商用雙手捧來巴結的，但他根本不使用，他唯一會用的最尖端科技就是用耳機聽CNN或BBC，有一次洋洋不小心調到KIIS-FM，結果耳機裡播送的是愛黛兒，還正慷慨激昂的唱到〈hello〉副歌，宋承翰默默拿下耳機回頭問洋洋：「你是不是想辭職？」

客廳低低的木質桌子上擺著一包伏冒，洋洋看著宋承翰垂下的瀏海，他穿著一件寬大的灰色T恤，眼角除了不太愛理人的神色還有幾分憔悴，「你真的生病啦。」

「難道在你眼中我不是人嗎。」

「你是嗎。」即便是生病的宋承翰也應然是宋承翰，就跟感冒的佛地魔你也不會覺得可以衝他飆髒話一樣。洋洋微笑說：「你除了有生理需求之外我想你和一台八核心的電腦沒有區別。」模稜兩可的語言藝術是在野狼爪子下求生必備的技能。

宋承翰並未挑剔洋洋帶來的食物，洋洋假裝滑著手機，一邊覷著宋承翰的神色，悄悄問：「都還合你胃口吧。」

「嗯。」

「我幫你準備膳食那麼久，也沒聽大人你這樣肯定過啊。」

「嗯。」

洋洋放下手機，腦袋暈哄哄的說：「大野狼……我是說大BOSS，我能不能跟你深入淺出的討論下你的感情。」

「我的感情跟你有幾分錢關係。」

「怎麼沒關係了？」洋洋理直氣壯的回。

「難不成你喜歡我。」

洋洋一怒，自己都快憂愁過勞死了替他著想還不被感激，「你是跟我槓上了是吧，來啊，互相傷害啊！」他盯著宋承翰緩緩抬起的眼神，想起了人類滅絕的恐懼感……「我是跟你開玩笑的，絕對。」洋洋鞠躬說。

夜色涼如水，宋承翰自己在窗台邊坐著，沒趕走洋洋也沒說要留下他。洋洋跟宋承翰借了電腦，十足認真的在鍵盤上敲敲打打。

「進了醫院還不老實休息，你們這些年輕人真的是皮在癢。」

「我要把那天的紀聞寫下來，趁記憶還鮮明的時候，再說了這用血紅的皮肉換來的採訪怎麼能沉入海底，就是要被滿門抄斬我也得發出去再說。」

「別寫了，浪費時間，還是老實給我去休息。」

「我先擬個草稿，馬上就好。」

宋承翰沒再阻止洋洋，自己回到房間去。也不知道時間過了多久，洋洋從正坐變成半臥，從半臥變成趴在客廳那張舒服的灰色沙發床上，迷迷濛濛，半睡半醒著。

隔天早上一通電話鈴聲吵醒了他，他憑直覺按掉，過不久又再度響起，這次在他動手前聲音就自己消失了。又過了半小時，鈴聲又響了起來，這一回睡意沒那麼深沉的他接起來，聽見才媛的聲音問：「你在哪啊，今天來不來上班？」

洋洋伸了一個懶腰，手滑過柔軟的被單，「我在祝賀家。」

「不可能啊！」才媛篤定的說。

「怎麼不可能。」他張開的手摸到了隔壁的人，宋承翰唰的張開眼睛，洋洋驚醒，輕輕的把手從他的臉龐上拿開。他渾身陷在高級寢具裡，一時細胞自動反射是在祝賀家的那張大床上，都怪頭昏昏沉沉的讓他有了錯覺，「對，我不在他家，晚點打給妳，先掛了。」

宋承翰怒瞪了洋洋一眼，嘆了一口氣便下床。拉開窗簾，他朝底下的公園看了看，片刻走到桌邊拿起錢夾，捏了一張五百塊給對洋洋說：「我要去洗澡，你看著辦。」人模人樣的主播怎麼動作起來這麼像嫖客呢，乾脆再叼根菸好了，洋洋當然知道他是要自己去買早餐，果然太陽還是從東邊出來，果然他還是沒人性的。

他特別開心樓下就有一家早午餐店，鐵門才拉了一半尚未營業，不過這有甚麼困難的呢，只要闖進去跟店家說明這是宋主播要吃，再不行就找女員工朝她亮出宋承翰的照片，表明這個性感帥哥就是肚子餓的人，一切都不是問題，再不然還有很多投機或者非法的手段可以達成。十五分鐘後洋洋拎著紙袋回到宋承翰家中，找出乾淨的白瓷盤裝上後，他就又沒電了，重新倒回去床鋪。

臥室空間不算太大，除了那張灰色雙人床外，還有一張書桌，一個掛滿黑色西裝的衣架，幾乎分辨不出來它們有甚麼差別，但洋洋知道專業人士一定可以從衣領、袖口或是內裡布料等等一百種細節分辨出這是Saint Laurent、Brioni還是Lanvin。三個不大不小的書櫃擺滿外文書籍，全都按照首字母的順序排列。洋洋高中時期英語還行，但上了大學後就沒怎麼再訓練了，現在讀短篇的英文篇章或聽聽ＴＥＤ還行，但原則上跟毒品一樣能不碰就不碰，並且希望在有生之年能看見中文變成全地球最強勢的語言，這樣一直風雨飄搖的中文系便不會那麼悲情。

浴室的水聲停了下來，不到半分鐘後宋承翰赤裸著上身，全身只穿著一條緊身的Sunspel黑色三角內褲從浴室走出來。洋洋一向把比自己高的男人定義為一百八十公分，除非那人有著跟長頸鹿一樣過於優越的高度才會細究，目測約七十公斤左右的身材，淡淡古銅色的肌膚讓他看起來更有男人味，也許是沒預料洋洋又滾回房間，他隨手抓了一條浴巾圍在腰間，問說：「你是不是頭暈。」

洋洋分辨不出他這是嘲諷還是真的問句。

昨天晚上洋洋在沙發上睡著，宋承翰過來要把他扔到自己床上時發現他渾身發燙，一摸額頭跟小火爐似的。結果自己身體的不適還沒調整，卻還要搞定這隻送上門來添亂的小羔羊。

「幫你請假了。」

「那怎麼行，我再不把密探稿子交出去新聞都不知道發送幾百遍了。」洋洋堅持的爬起來，剛剛在買東西的時候還沒覺得，現在渾身都好像綁上了幾十公斤的鉛塊，走沒三步就要對抗不了地心引力的趴在地板。

宋承翰到藥房配了幾包退燒藥，強迫威脅的讓洋洋吃下去後他也沒力氣折騰了，藥丸裡附帶的安眠成分迅速發揮，洋洋覺得自己才剛睡飽醒來又想倒床上慵懶著，對柔軟大床的著迷就是為什麼他想進飯店工作的原因，大概是上輩子跟床有一段纏綿悱惻的愛情故事。

「你別想工作的事了，少了你一兩天公司又不會倒。」

他再醒來的時候剛過十二點不久，宋承翰留了紙條交代微波爐和冰箱都有食物，並寫明「一定要吃藥」，簡單幾個字看起來跟綁匪的威脅一樣嚇人，彷彿如果不吃，這些藥丸還會捏著自己的嘴強灌下去。乖乖吃完藥後不久，洋洋想到立刻打給才媛，以免自己又昏睡過去。

「公司怎麼樣，有沒有甚麼我最好現在知道的狀況。」

「食品工廠那條新聞宋承翰替你扛下來了，對方說如果不發道歉聲明就要追究，不過你不用擔心，明眼人一看就知道是他們有鬼，又不是第一次被披露產品有問題了。」

洋洋又慌又吃驚，「BOSS真的發道歉聲明啊。」依稀之間他好像還聽見祝賀說話的聲音，本來想順便打招呼，但才媛緊接著說：「作夢吧，他怎麼可能，聽程喬姊說如果他們繼續咬著不放手，宋承翰就會把之前蒐羅到的資料交給他們的敵對公司，哪個商家沒一點破事啊，他們想裝流氓？誰不知道媒體才是最大的惡霸。」才媛哼哼的笑起來，洋洋完全可以想像她臉上那種看破紅塵卻又勢利的極為嬌豔的臉。「好啦，總之他為你擺平一切了，你就好好休養，我想這陣子都不會有新一波的淘汰名單，所以也別擔心這件事了。」

腦子運轉沒多久就被藥效入侵，濃厚的睡意再度襲來，洋洋從來沒有吃過安眠藥，但他想連感冒藥都這麼強烈，那安眠藥吃下去豈不是被運到非洲大陸都不會有感覺。恍恍惚惚之中他又想起宋承翰的澳洲工作邀約，還有來自Chris的殘酷威脅，於是甘願的呼呼大睡過去。

宋承翰回到住處已經是晚上十點的事了，整間屋子沒點燈黑漆漆的一片，他還以為洋洋跑走了，沒想到打開臥室洋洋平整的倒在床上。

「起來了。」

洋洋被宋承翰拍醒，他迷迷濛濛的站起來，一看到時間就覺得很不好意思，他原本還計畫下午醒來就走，沒想到一睡醒天就黑了……他急著想找外套，宋承翰看他轉來轉去，開口問說：「人好一點沒有。」

洋洋略略點頭。

宋承翰靠近他，一手貼在他的額頭。

他兩道濃密的眉毛皺起來，「怎麼越來越燙了。」

「我回家再休息一下就好了。」

「還休息啊，你大概睡了一整天了。」

宋承翰拿起自己吃的感冒藥粉，走到冰箱上的水匣裝了一杯溫水，「本來是不想給你吃我的這種比例，劑量太強，店家原本還不肯給我配。」

吃完藥後，洋洋又吞了一杯半甜半苦的熱飲，才簡單吃了一碗清粥，張開眼睛沒多久又要想跟床鋪擁抱，但在宋承翰的指示下他先去沖了個澡，等到一切都弄好也凌晨一點多，不過這時候他的精神卻跟迴光返照一樣忽然好了起來。

宋承翰在面對抽屜時顯然出現了選擇困難。真稀奇，洋洋覺得他通常只會有我今天是要刁難我的助編一點點，還是徹底讓他失去求生的慾望呢？這種令人髮指的猶豫而已。

「你在幹嘛，不是為了明天上班的衣服苦惱吧。」就往那一堆從社會階級上來說意義不同，但小老百姓眼睛裡絲毫無差異的黑西裝裡撈出一套就對啦。

宋承翰站了起來，胸膛上還有剛剛淋浴過後的水珠，他只穿著一件四角褲，左右手各拎著一條海灘褲和卡其色短褲，「我只是在想睡覺要穿哪一件才對。」

洋洋立刻會意過來也許他在家是不穿褲子的人，這當然不是很方便啟齒的話題，也可能他習慣裸睡，很多人宣稱這種睡眠習慣更有助於健康，但洋洋覺得宋承翰不至於奔放到這種程度。

「你就這樣睡覺也可以的。」洋洋看著平時吸引無數關注或大多根本不關心新聞的人準時盯著螢幕，風靡媒體的帥主播正在自己面前近乎一絲不掛，心裡還是有點好笑。

宋承翰把兩件褲子放回抽屜，坐在床邊顯然不知道還要說甚麼好。洋洋發覺沒有襯衫西裝的宋承翰有點像是沒有高跟鞋的女人，都有些手足無措，當然那副隨時隨地都在不爽的眼神是沒變的。

「準備睡覺。」

洋洋搖頭，「你先睡吧，我可能看本書培養一下睡意，今天睡太多了。」

宋承翰起身走到書櫃旁邊，

「你不是要念床邊故事給我聽吧。」如果是的話洋洋就準備要逃了，聽說殺人犯在宰人之前都會特別溫柔，就像神豬上祭壇前也要吃飽飽一樣。

「《紅與黑》看過沒有。」

「可以不要撿意識流的嗎，而且這本書也太沉重了，誰會在生病的時候想聽軍隊跟教會的糾葛，你不如念《查泰萊夫人的情人》，那還比較適合當床邊故事。」

「我想你就喜歡《亂世佳人》這種故事對吧。」

洋洋覺得這句話從他嘴裡說出來就好像在嘲諷自己一樣，他把一個鬆軟的枕頭墊在背後，半倚半躺的坐起來，「《飄》可是經典，郝思嘉的愛恨情仇多有趣啊。不過你不像是會看這種小說的人，最起碼還不至於買來放在家裡收藏。」

「不是我的，只是一個朋友喜歡。」

洋洋拿棉被蓋住半張臉，輕輕偷笑。這個朋友他想也不用想便知道是誰，隔天他還特地拿起那本書看了看，翻開第一頁有一個藍色墨水的簽字，潦草但優美的英文字體寫著甚麼他辨識不全，但總之他心知肚明這字跡的主人是誰。

宋承翰蓋上被子，先翻了幾頁，挑選好章節才開始唸起來，洋洋只能聽懂六成意思，但能認出這不是美國電影常見的口音，絕對是特地去練就的英國腔調，洋洋知道有很多政治家會為了晉升上流或者親近平民而更改腔調，但這往往要耗費很大的心力與練習。他不禁想一個連外語細節都如此嚴謹要求的人，到底……有多變態呀。

「今天我和才媛通過電話，謝謝你的幫忙。」

宋承翰兩根手指夾著書頁，臉上沒有浮現收到感激的欣慰，反倒是有些惱怒，他一定是逮到了洋洋根本沒在聽他朗讀的內容。洋洋露出抱歉的表情，但心裡卻抱怨：他總是能找到漏洞苛責我，這個渾蛋！

大概是念到了郝思嘉變成寡婦的時候，洋洋的思緒已經朦朦朧朧了起來，他順著枕頭滑下去躺平，從這個角度看見的宋承翰跟平常大有不同，當然了，誰在床上會跟工作時的模樣相同，除了在床上工作的人之外。宋承和的下巴和兩鬢有微微的鬍渣，帶著幾分像演洛基的湯姆・希德斯頓那樣的英式慵懶。

像海浪拍打沙灘那樣舒服的聲音傳進耳朵，惺忪的眼睛再也沒了睜開的慾望，逐漸平穩的氣息，洋洋就這樣睡著了。不過他做了一個惡夢，夢見自己被困在廢棄的醫院，外面是爆走發狂、身體不斷噴血的殭屍，而醫院裡出現一個長得跟宋承翰一模一樣的醫師，不斷的說自己的醫師袍不夠乾淨，要他重洗。面對成千上萬會撕裂人的殭屍大軍和一個宋承翰，他當然知道該怎麼抉擇。他推開醫院大門，豪不猶豫的奔向殭屍的懷抱……

生存指南 07

你要是害我難過一天，

我便讓你驚恐三年。

回到公司的第一天洋洋就徹底的爆炸了。

祝賀把自己握著的馬克杯放到洋洋手上，熱可可香甜的煙霧並不能撫平他此刻的震驚。

祝賀道歉似的說：「其實你那天來到公司我就知道了，但是我也明白這件事多半有上層的允許，不管如何，你就當自己沒有參與過酒店採訪，反正能不能成為最後的人選跟這次事情連結究竟不大。」

當作沒有這件事！洋洋靈魂飛到一半，他的手臂和胸口至今還會隱隱作痛，幾乎半條命留在那裡怎麼可能就這樣算了。

葛若男將整件報導以自己的名義發送出去，著急的在逃跑當晚就剪好影片，這又不是快訊！根本是擔心洋洋會忽然逃出生天，拿走本來就有自己一分的功勞。洋洋看了報導，完全失真不說，只側重描寫酒店小姐辛辣酒色的工作內容，而且裡頭的一半還是他灌水臆測，畢竟當天他除了感受小姐的身材有多凹凸，接吻技巧有多高超之外甚麼也沒做。

「為什麼要隱瞞真相，我確實看見了幕後老闆，他甚至還有拍到他。」

「理由不就是那樣嗎。」祝賀用長長的腿把門帶上，「那可是高等級政客，不是甚麼地方上的小妖小怪，他就是那天把你弄半殘了，恐怕也能做得跟不干自己的事一樣，這樣的人在媒體打通關算甚麼難事。」

洋洋說：「不會是總經理吧。」

「為什麼這麼說。」

洋洋苦惱的扶著流理台，回想著當晚半暈半醒的記憶。整件事情已經超越他的想像範圍，難道真是注定要吃悶虧了？不但被白打一頓，差點自己還要跟真相一起被黃土掩埋。甚麼真理，在權貴和鈔票面前還能有更虛偽的字眼嗎。

「那天我看見他了，在酒店。」說完洋洋氣得立刻衝到總經理室，渾然忘記他是幾乎不在公司現身的人物。他洩恨似的搖了搖上鎖的門板，急匆匆的撥打電話，對方倒是一見到他的號碼沒響兩聲便接了起來。

「有甚麼事要告訴我。」Chris平靜的說。

「那你有甚麼要跟我解釋的嗎，是不是你授權葛若男獨自處理那條新聞，裡頭跟鬼話一樣的文字也是你的指示，對嗎。」洋洋不能抑制的咳嗽幾聲，連眼淚都給逼出來，「你跟那位老闆是甚麼關係，千萬不要告訴我你還是那間店的大股東，聽到都能噁心我。」

「你剛剛提到的人名，那個人是你的搭檔嗎？」Chris顯然不知道葛若男這號人物，或者，他當然不會對無名小卒的名字有記憶，對他來說一個職員的存在跟掃地阿姨沒有不同，都是隨時可以開了再請的人。「我是讓你的搭檔以『適當的立場』寫出報導，沒甚麼好否認的，但怎麼寫用甚麼字眼你覺得我會有時間或興趣關心嗎？」電話的沉默讓他知道洋洋同意他的陳述，他繼續說：「隔天他又去了一趟，老闆應該好吃好喝的招待了他一頓，禮物都收到的人沒理由還寫那些危害自己人身安危的東西啊。」

「你知道老闆是誰，你也順水推舟的幫忙是不是。」洋洋憤恨的拍了下額頭，他這是一箭雙鵰，幫了政界的朋友又恰到好處的為難自己，多好的買賣，何樂而不為。

「先不說你對付我的手段太噁心人，但這是新聞，你是完全再編造事實你知道嗎。」

「搞不清楚的人是你吧，你以為每天看見的報章與媒體有多少是真的？不過都是一欄又一欄的價目表，我都覺得你們有甚麼好叫苦，稿子常常有一堆公關送上門來，下面墊著鈔票手上又送了好酒，你來公司也好一陣子了，怎麼還幼稚的這麼可笑呢，真心瞧不起你對社會的認識。」他聽見洋洋嚷嚷著有多少人會相信公司的新聞等等義憤填膺的理論，只說：「以為新聞都是大實話的人就是死了也不值得同情，都甚麼時代呢，網路上甚麼事細查沒有真相，自己蠢別人說甚麼就信，能怨誰。」他輕輕的笑起來，大概今天心情不錯，被洋洋娛樂得很好，「你還有甚麼要跟我報告的嗎。」

洋洋吸了吸鼻子，一種憤怒和惆悵交織的心情，彷彿看清楚了一切，這個世界並不是以同樣的面貌呈現在所有人面前的，像Chirs那種有權有勢的人他們生活的世界充滿涼爽的空調，真皮座椅的轎車，在餐館與辦公大樓穿梭，在豪宅與度假山莊中遊走，幸福而愜意的度過一天又一天宛如櫻桃甜露般的生活。他們用輕蔑眼光看著普羅大眾，聽著他們抱怨經濟與政府，抗議的聲音就像笑話傳進他們耳朵，他們一點也無所謂，因為金字塔是不會坍塌的，只要有像小螞蟻般的人群永生不息的存在著。

「我真痛恨你。」

「你終於有機會開始進步了。」

一滴眼淚落在洋洋臉頰上，他沒有大口喘息，沒有再咆哮，只是吸了一口氣他說：「如果你是想讓我離開公司好讓你省下遣散費的話，我可以告訴你，你打錯主意了。」

「我可從來沒希望你離開這裡，如果你跑了，對我來說反而更麻煩，所以請繼續努力，我會特別照顧你的。」

洋洋知道這樣的職場展望肯定是困難重重，說是危機四伏也不為過。強敵環伺的狀態下還要達成主播目標真的難，難於上青天。他對Chris的作為感到憤怒，甚至偶爾浮現不惜燃燒自己也要燒毀他的心情，但他又有甚麼錯呢，都怨自己害慘了寅憂。再說了，要是把世界上所有員工對上司的怒火聚集起來，恐怕可以燒乾五座太平洋。眼下以小博大是他唯一的逃生出口，為了對付Chris不管是要研究蘭徹斯特策略還是翻閱孫子兵法，或者到了被逼進死路的那天，他必須網購一箱砒霜倒進Chris的嘴裡，他都不會放棄的。

農曆新年將近，剩餘的十個主播新星配合公司新的發展方向，命運又迎了來一次起伏，這次他們要分成兩組，憑著過去幾個月在各部門學習的經驗，寫稿拍照、編輯影音、思想企劃、公關甚至到拉贊助，跟名人的經紀人假惺惺的交涉，回覆不至於鬧出官司卻又不得不給好臉色的威脅信件，擁有這些特技的他們要製作一檔網路節目，從無到有。

從網路收到名單信件後洋洋立刻瞥了葛若男一眼。

葛若男斜眼看著洋洋，「為什麼我要又跟你一組。」

洋洋在心裡不得不告訴自己：你知道一定又要惹出風波了，對吧，怎麼可能平安度過，你把蝙蝠俠和小丑關在一起他們倆能互相梳頭嗎。他搖頭嘆息，露出無法掩飾的絕望，「也許他們期待這次你不會再做出違法犯紀的行為了，多傻啊他們，不過我開始擔憂另外五個人的那組，誰知道你會不會半夜往他們家扔炸藥，這你又不是做不出來。」洋洋每次看見葛若男時都會想像他的未來，其中包含了他的死法。

洋洋是很討厭葛若男見縫插針唯利是圖的小人性格，但起碼他直接不掩飾的壞心讓他好受一些。大學的時候洋洋遇過一個矯情的女人，拼命想在人群中當女王，就是那種學長姊一眼就能看出她絕對做作、網友口中的綠茶婊類型。她也是一個為了目的不擇手段的人，但她耍陰險的戲碼可精采多了，人前嘟嘴無辜、人後嚷著自己有躁鬱症叫你小心一點。後來洋洋被她惹怒了，在一個期末考早晨他捧著一杯拿鐵格外優雅地告訴她，如果她在耍手段汙衊自己的聲譽，或者上網匿名攻擊他，他就會把她的所作所為用盡一切方法讓全天下知道，甚麼背地裡說檯面上閨蜜的壞話、出軌跟被出軌的男朋友情事，為了獲得展場工作機會睡成一隻忙碌的雞……總有讓她提心吊膽的一件破事。

「妳要是害我不爽一天，我便讓妳驚恐三年。」洋洋穿著一件黑底有黃條紋點綴的Brunello Cucinelli針織衫，真誠的說。那天的天空格外清爽，跟整件事情的結局一樣。從此那女人見到洋洋就跟老鼠見到貓一樣閃人，她清楚洋洋是說真的，因為作為一個常常瘋起來對付人的她來說，她比誰都懂真瘋子看起來要多正常有多正常，洋洋看起來傻萌傻萌的，但要真的覺得被欺負了，那不得鬧得水漫金山讓仇家黃土白骨怎麼能甘心。所以洋洋深知今日遇見葛若男，大概是他注定的劫難，再悲痛也懶得去鬼哭神嚎的，他想大眾對於真小人的忍受力還是高於偽君子的，看選舉就能知道。

晚上洋洋和才媛約好一起吃飯，他們最近越來越常約會，說是約會可能也不盡然，因為兩個人是一棟建築的同事，最新的網路節目企劃又同組，彷彿上司已經有心目中的優劣名單。除了他們兩個，還有祝賀和亞蓀。亞蓀對於紙媒和電商很有概念，所以廣告和網路行銷的初期設計都是交由他運籌。

祝賀平時遊蕩的功夫這時候徹底派上用場，他祕密取得了幾個跟公司常往來的友善客戶名單，負責洽談節目的經費，別看談個幾十萬到近百萬不是一件事，現在許多公司的廣告經費越來越苛薄，不然就是寧可將同樣的花費灑到大陸去，拿他們一點錢只差沒請舞龍舞獅來謝主隆恩。但祝賀這人別的本事真的還好，就是人長得體面，生意場上又深諳圓融但不油腔滑調的那套假樸實真算計。亞蓀有時負責陪祝賀跑前線助攻，又或者把廠商要求的條件和洋洋他們整合確認有無不可行的地方。

他們把場地訂在一家剛開設的花廊，老闆是瑞典人，為了夢想跑到台北，很奇怪對吧，他說他愛台北溫暖的水藍色天空，那像是他見過最美的一幅圖畫，洋洋很好奇他是從哪個角度看出去的，觀落陰嗎。

有一天他們四個人到花廊勘場，順便享受一下來自瑞典的高級巧克力，員工聽說是合作的媒體人士全都鄭重以待。一個圍著深咖啡色圍裙的男孩對才媛伸出手，多情的說：「很高興認識妳。」才媛把頭髮撩到耳後，tiffany紫水晶橄欖葉耳環恰如其分地露出，她答：「誰見到我能不高興呢。」而當一臉清純的女店員為祝賀送上比別人多一份的酒心巧克力時，她也說：「很高興認識你。」祝賀翹著一個不羈的二郎腿，掌心朝下的伸手說：「我也很高興妳認識我。」

亞蓀和洋洋兩個人滿是敬佩的望著他們，想著哪個野蠻的人說好看不能當飯吃，好看的人耍起流氓來都還像拍電視劇呢。

最後當瑞典老闆用可愛生硬的中文送他們離開時，他對聊得很愉快得洋洋說：「沃好高興魚見你噢。」洋洋看著才媛他們回頭凝視的目光，一副上呀！It's your turn的態度。他張手擁抱老闆，並快速的說：「你高興就行了。」

「這孩子注定當不了壞人對吧。」才媛知道這對洋洋來說太困難，小棉羊最多也就吃草的時候兇猛一點罷了。

整個節目內容的主心骨是洋洋負責，才媛作為統籌，也就是以刻薄的眼光去鉅細靡遺的盯哨每個人的每則任務，在戰場上就是負責戰略指揮的大將軍。不過因為她和洋洋私下相處的時間不少，所以也等於會在內容上提供幫助。洋洋在節目創意和規劃上一向是有口皆碑，不過這次他打算平穩些，畢竟還有葛若男這顆大炸彈。他們要製作最常見的訪談節目，不過形式走一對一，拋棄大堆頭的綜藝常態，氣氛像是十年前台灣節目的黃金時期，只邀請一線人物受訪。不過礙於經費他們主打以人氣為優先考量，畢竟有時大牌請不動不說，效果還沒少女偶像或者鮮肉男星來得好。周邊預算包含工作人員、場地、布景、服裝與便當……能往死裡省就不多花一分，才媛控制得十分狠毒，她也對洋洋說：「未來我老公也是得這樣過的，否則我哪有衣服穿，裸奔不成。」

又一個約會的夜晚，洋洋舀了洋蔥湯的湯匙送到嘴巴一半，直接噎在喉嚨。「那個是不是宋承翰……」後面的話他連著綠蘆筍吞了下去。

「程喬姊？」才媛看她穿著Miu Miu無袖絲綢白襯衫，天藍色的喬其紗增添和諧的美感，「她怎麼會跟宋承翰一起來吃飯。」這句話等於是「難不成她跟宋承翰搞在一起？」的文雅說法。

某方面來說洋洋跟才媛異常契合，洋洋是崇拜又畏懼宋承翰，而才媛則是崇拜又痛恨程喬，但是他們都希望有一天能在職場上以那樣的姿態出現，當然才媛認為自己穿上Louboutin的紅底會美得更多些。

洋洋低著頭，希望右側間隔的花草裝飾可以掩蓋住自己，他呢喃似的說：「台北的餐廳又不是都倒閉了，來這裡吃飯幹嘛呢。」

才媛坐姿端正的像國家元首一樣，她翻了一個白眼說：「別忘記我們倆能知道最流行擠破頭的地方，只是他們備選清單上的一項罷了，不過你也不用一副見不得人的模樣，他們能來這吃飯我們也能，用餐還分上司屬下三六九等啊。」

即便洋洋曾經和宋承翰在同一張舒服的床鋪睡過兩個深夜，並且終於有了一些像是工作以外的聊天談話，但這不代表他能覺得和宋承翰出現在同一間餐廳是一件喜聞樂見的訊息。

洋洋聽才媛叨叨說著她不日的春遊計畫，必且要求他一定要想辦法給他們騰出一個三十六小時的假期時間，哪怕是要稍微壓榨一下亞蓀他們。洋洋根本不能冷靜思考這件事，他自顧自地問：「妳說他會不會發現我用他的名字訂位啊，直接被逮到好像會出事情。」

「我們在公司做到肝都要汰舊換新出去了，用主管的名字訂張桌子有甚麼不可以的。」

「你們約會啊。」程喬的聲音浮現在洋洋身後。

洋洋立刻想站起來，程喬拍拍他的肩膀讓他坐下，她笑說：「我怎麼沒發現你們是一對呢。」說這句話時眼光含笑的盯著才媛，她可沒忘記當初才媛是怎麼信誓旦旦的打洋洋小報告的。

才媛放下刀叉，揚起一個甜美的笑容，她握住洋洋放在桌上的手，輕快說：「辦公室戀情總是見光死嘛。」

這頓飯貌似有驚無險的過去了，洋洋拿起帳單，看到價錢眼角抽蓄了一下，哎呀，花家裡的錢從不心痛，刷自己的薪水一瓶養樂多都肉疼，他面容淡定而自然的說：「我去一下廁所。」

才媛一副看破紅塵的搖頭，拿過帳單看了一眼，隨後拎起自己的錢包說：「我們領一樣的薪水，也不為難你，我可不是那種指望靠男人吃飯的女孩子，我們各付各的吧。」

才媛的態度太帥氣以至於洋洋再說甚麼都顯得不大方，但到櫃檯時，服務人員說剛剛已經有人把他們的單結了。

才媛對洋洋說：「你的上司對你還是滿好的嘛。」

哦，別開玩笑了，難道一餐就可以抵銷他的那些變態指令嗎，而且他大概是無心的，只是把用自己名字打折扣的單據通通結掉，毫無察覺，他怎麼會去看收據這種乏味的紙張呢。

洋洋對於Chris的提議很掙扎，他再怎麼有骨氣也沒瀟灑到勇於讓自己身敗名裂，但是拿出賣宋承翰跟祝賀作為保障自己安全的手段，又讓他打死做不出來。何況剛剛還吃人一餐，哦天啊，吃人嘴軟的副作用。

他握起才媛的手，「我們幫忙以結婚為目的的撮合他們兩個怎麼樣。」

「你這話說的像是我跟你以結婚為目的，然後去撮合他們兩個，哪門子的鬼故事。」

走著走著，洋洋忽然覺得很愉快，愉快到傻笑起來。

才媛納悶的說：「怎麼了。」

「人人都說從校園到出社會的這一年是最深刻的，可不是嗎，我剛獲得一份工作，又有了一個女朋友，一直覺得生活複雜，可是仔細想想還是有很多小確幸與小美好嘛。」

才媛把洋洋往自己勾近些，頭倚著他的手臂說：「我怎麼不這樣覺得，現在眼前的很多事都太複雜，要成功，甚至連自己都得出賣了。以前我在學校的時候總想出門玩，可是這半年來，漸漸的也就發覺待在家裡反倒是奢侈的享受。」

洋洋清楚箇中滋味，這個伶牙俐齒的女孩也跟自己一樣剛出社會，即便平常再無敵說到底都不過是硬撐。他捧起她的臉，「凡事有我呢，只要妳在我身邊一天，我就照顧妳一天，妳悶我陪妳閒逛，妳不悶我陪妳認真，妳哭我逗妳笑，妳不哭我還是逗妳笑。」她拽了洋洋脖子，朝他臉蛋親了一下，無奈的拍拍他的小腦袋瓜說：「談戀愛這件事我還得再教教你才行，所幸日子還長，是嗎。」

「我一直相信，最幸福的那天還沒到來。」

洋洋沒有即刻回家。他跳上計程車，寧可忍受著高得嚇人的車資也沒力氣再走路，他回到公司大樓。太亨說有一個日本明星回覆了節目的邀請，但他要的日程安排、工作相關合作方、酬勞和播出日期等等細節都放在公司。他們擔心要晚了回覆顯得沒誠意，何況新聞圈是標準的沒有下班時間，別指望上司不會在晚上十二點你洗好澡準備睡覺的時候讓你發一則交通或者名人殯天的快訊，當然啦如果是後者其實後台早就都先準備好稿子了，以便搶得第一家發出的高點擊率，這算是新聞圈公開的秘密。至於娛樂圈的血腥程度一點也不輸人，半夜或通宵一大早對通告，安排錄影的細節都是家常便飯，所以日本方晚上還不到九點的時候便回覆信件給太亨算是相當慈善積德的時辰了。

太亨家住淡水，快馬加鞭再到公司只為點開幾個資料夾未免太折磨，於是洋洋告訴他自己吃完飯結束再過去都還來得快速些，讓他等著自己寄資料過去。

整棟樓黑漆漆的，白天人來人往還不覺得可怕，現在晚上連逃生指示的綠燈都顯得格外陰森駭人，洋洋快走幾步，到活動部門口才想到他們處室的大門鐵定鎖了，暗暗低罵這趟是白走。他只能祈禱就這麼剛好今天最後走的人忘了鎖上也說不定。

一到門口他先從口袋拿出硬幣，也不管甚麼鎖，只記得小時候都說轉一轉門就開了，沒想到還在觀察門栓的時候門板便退了開來。撞好運了，洋洋心想。他很快的在太亨的抽屜裡找到隨身碟，離開時特地也沒鎖上門，秉持著也許別人也需要這種好運的心態，但不是為了小偷就是。他沒有馬上離開大樓，一種很奇怪的直覺讓他想走往總經理室，這大概就是為什麼恐怖片的主角都會撞到恐怖生物或者殺人魔，因為他們總白目的獨自走在陰暗地域，明明有感覺卻還偏偏哪裡危險往哪裡撞。

他沿著走廊快到總經理室，他關掉iPhone的手電筒，判斷這樣假使真的有人也看不到他，但同時自己也跟瞎子沒有甚麼區別，就在要摸到門板的時候，彷彿有一陣流動的氣，像是有人快速掠過，當然也可能是門開闔使然，但後者必須在總經理室一直沒關上的前提下才成立。洋洋指尖往牆壁的按鈕壓下去，瞬間白光照亮滿屋，誰說光明帶給人安心，說的真是圈圈叉叉的沒錯。

洋洋左顧右盼，沒發覺甚麼異狀，他後悔自己想太多還跑到這裡，手指再次壓了下按鈕，轉身的時候撞上一個有些柔軟卻無法推倒的物體，並且在不到一秒之間他的雙手就被準確的擒住。

「這裡有人啊！」洋洋穿破雲霄的驚嚇一吼，燈光再度亮起來。祝賀看起來苦惱又好笑的瞪著他說：「當然有人，因為我是人，別叫了。」

洋洋變成當場石化三百年的陶俑，動彈不得的看著祝賀，他穿著一件深藍色帽T，尖尖的下巴掛著一個典型常見的活性碳口罩，不過是粉紅色的。他神經質地說：「你在這裡幹嘛。」

「我在運動，看到太亨傳到群組的訊息，我就到公司想拿資料，不過翻來翻去沒找到，我剛剛連絡到太亨他才告訴我原來你已經說要拿了。」他停頓下來看了一眼洋洋的包包，確認他是否已經拿到，「我只是剛好晃到走廊，看見這裡燈是亮的。」

「你沒事晃到樓上幹嘛。」洋洋邊說邊往辦公桌移動，他對祝賀充滿戒心，不知道為什麼此刻的他看起來特別龐大，好像一言不合就會把自己撂倒一樣，也許他有著支解人體的癖好只是自己一直沒發現呢，或者公司每個只有他能打開的置物櫃裡正放著某個大家以為是離職但其實是被他塞進去的同事。

祝賀一步步靠近他，身子前傾，直到洋洋身後已經抵住了桌面，他摸到一個寫著總經理職稱的字牌，他來過這裡少說也有五六次，卻第一次看見它，也許是Chirs嫌俗氣又或者他根本不在乎，洋洋的眼光掃過名字，他幾乎要忘記Chris的本名，原來他不姓王名叫八蛋，真讓人喜出望外。

「那是甚麼。」

祝賀眼光飄向桌面，洋洋首先拿起那份文件，瞄了一眼他速迅冒出了冷汗，一副那是自己的癌症報告書一樣。他的圓領藍上衣已經徹底濕了，並想立刻脫掉合成的小牛皮外套跟才媛織給他的白色圍巾。他把文件隨手塞進資料夾裡，「沒有，不過是一般的行文而已。」

他還沒想好怎麼掩蓋這個證據，祝賀一把翻開資料夾抽出。他的表情很快的扭曲起來，不時皺著眉頭看向洋洋。

「我是被逼的。」

「你幫他監視我還有宋承翰？這是甚麼詭異的私下交易。」祝賀往後翻著幾頁，看見一項條款註明每個月都會匯入三萬元到乙方提供的帳戶，「為了錢。」

洋洋格外嚴肅的說：「那些錢我全都捐給山區孩童的教育基金會去了，你不相信我現在開帳戶明細給你看，他給我的錢我一塊也沒碰。」現在換他變成那個逼近對方的傢伙，他握住祝賀的兩隻手臂，「我知道你很難相信我，但我是千百個不願意，要不是有非這麼做的理由。」

「我相信你。」

「甚麼！」都說幸福來得太突然會嚇到人，但這句我相信你顯得太重要卻又詭異，「你也不要我解釋嗎？」

「我聽過的八卦足以解釋我現在見到的狀況，何況我幾乎天天和你待在一起，如果這樣還不能相信你的人格，那我們就枉做朋友了。」他和洋洋並肩走在陰暗的走廊上，祝賀低低的說：「你知道為什麼他要你監視宋承翰嗎。」

「我先告訴你一件會讓你大感意外的事，還記得我的朋友寅憂嗎，總經理是他哥哥。」

「我知道啊。」

「你怎麼能知道。」洋洋停下腳步。

「我知道的比你想像的還多，你說這公司哪有我不清楚的八卦呀，而且我等一下要告訴你的事，那才叫駭人聽聞。」祝賀嘿嘿嘿的把他逼到停車場地一角，帥氣的臉不懷好意的笑起來，正當洋洋還在思考到底是怎麼回事的時候，他冷不防地說：「因為他知道宋承翰是程喬分分合合的前男友，並且程喬是他的秘密情人。」震撼的說完後他便雲淡風輕的走開。

車頭燈亮了兩下，他說：「來我家嗎？」

洋洋沒把事情說清楚怕是睡不著的。

他們買了滷味、鹽酥雞和兩杯加了過多糖分的西瓜汁。祝賀捧著炸物的袋子聞了聞，跟鬼一樣說：「飽了。」

洋洋歪著腦袋問他說：「你真的是在我之後才進來辦公室的？」

「對啊，然後你就嚇得半死。」

「我覺得有人在我之前就在這。」洋洋擔心的是如果真的是這樣，那豈不是還有一個人看見了這份合約，老天啊，秘密要是被太多人知道，那就成了隨處亂飄的手榴彈，不知道隨便一爆要死多少人。

「想多了，要是真有人看到還能把那份合約留在原地，多傻啊，再說誰下了班還有意願回公司，我是不願意的。」

洋洋倚在充滿彈性的靠墊上，側頭看著微笑的祝賀，「你說的有道理，正常人誰會願意大晚上跑回公司想不開呢。」

洋洋站在水龍頭下讓充滿香氣的泡沫的流淌過全身，因為擔心精神太過疲憊，不敢踏進那個滾動的像天堂的按摩浴缸，以免自己立刻一蹶不振昏睡過去，他還真想在那浴缸裡待個十天半個月的。他裹著駝色的絨毛大浴巾出來時祝賀還在做仰臥起坐，多麼血氣方剛的青年，上了一天班，半夜不睡覺到公司裝鬼嚇人，回到家還能緊實腹肌，洋洋玩笑一句說：「趕緊交個女朋友吧。」

「我早就有中意的了。」他刻意壞笑用手指勾了勾洋洋的浴巾，「還是老規矩，衣服自己挑，別穿毛料滾得我一床毛就行。」

洋洋琢磨著他的話，神奇了，他會喜歡何方大德呢，他天天揣著一個杯子雲遊四海，目光所及之處太過廣泛以至於無法從交際情況做判斷。洋洋貼著門說：「你這個人真是，我不問你還不說，既然勾起我的好奇心了趕緊交代清楚，不然我一夜睡不著。」

「我不告訴你。」祝賀斬釘截鐵的說。

洋洋磅磅磅的敲門，「你不說明天我就跟太亨說，兩個人一起對你嚴刑逼供，滿清十大酷刑都給你嘗過一遍，說不說。」洋洋擔心自己喊太大聲，要是喊到樓上樓下聽見了還不以為這戶人家闖來一個變態搶匪。他還想發揮記者精神不屈不撓的時候門沒有預警的打開了，他人直直的倒在祝賀的身上，標準的人肉墊子，咚咚一聲。祝賀渾身赤裸的看著洋洋，怨恨的揉著腫脹的後腦勺，「很多事情不說都是有理由的，就像你之前也不是沒跟我說你監控我嘛。」

「這兩件事情能放一起比較嗎。」

「怎麼不行。」

洋洋把浴巾扔在他身上，「今天暫且饒過你了，改天再審。」

他根本也沒心情在祝賀那個大得浮誇的白色更衣間尋寶，其龐大的程度就是衣櫥界的新天鵝堡，《納尼亞傳奇》的魔衣櫥大概就是跟祝賀商借的。他拿了一件條紋模樣的襯衫，他不確定這是不是睡衣，因為品牌相當昂貴，但他卻不敢肯定有人敢穿這件在路上走。無意間他翻到一格裝滿各種瓶罐的抽屜，一個白色的盒子特別受人矚目的擺在中央，它的名聲跟凱旋門一樣遠近馳名，某方面來說它甚至更廣泛的深入世界各地。Chanel No.5香水。

洋洋為那個女孩感到幸運，有個財力雄厚又有品味的人喜歡自己，這比中樂透還要得意吧。

洋洋又和太亨確認過日本方的情況後，他像是連續上了一整天的體育課精疲力盡的倒在床上，他用尊敬的心情感受這張跟天國相媲美的床，確定自己肌膚都與柔軟細密的床料情深義重的擁抱過後，他不禁想這段期間的勞苦與勞心，每天手機一打開看件亮著紅色提示訊號的facebook和Line，動態幾乎全被公司各種社團無孔不入的侵占。他問過其他媒體朋友，大家都是一樣的水深火熱，沒有最慘只有更慘。更別提現在新的企劃推出，落選的那一方將會全員陣亡，才媛的自信相當足夠，所以無論是對廠商還是邀請藝人都以必然會塵埃落地的前提去籌備，但洋洋可不敢確定，論實力他當然對自己有信心，可是隊友還有一個就算是要刨人祖墳都敢的葛若男，那結果就不好說了。

隔天一早洋洋甦醒時祝賀已經穿著一身運動衣在做早餐了。

他根本不記得自己昨天是怎麼睡著的，累到話說到一半便沒了意識。他用白色的薄被子裹住身體，縮瑟的跟企鵝一樣抖到廚房和客廳中間的大理石吧台上。祝賀灰色的Under Armour彈性上衣緊緊的包裹他足夠鮮明的胸肌，跟模特兒一樣結實修長的大腿露了一半，他拿著小鍋子轉過身對洋洋挑眉：「要不是怕影響你發育，我就給你兩根胡蘿蔔啃。」

「今天這麼冷你還穿這麼短的褲子，你是去跑步還是去上班啊。」

祝賀故意嘆氣說：「不然你以為哪來的錢買雞蛋火腿呢。」

流著金黃色蛋液的歐姆蛋祝賀只做了一份，他幫自己裝了一杯蘭姆酒，配著一盤碩大的葡萄乾。今天他們小組要開統整會議，日本方的坂口健太郎為了配合電影宣傳，確定出席，所有人雀躍的像是把火箭成功登陸火星一樣。洋洋跟公司影劇部確認了會給對方號稱無止盡的隱藏業配，這當然不合理，不過憑著祝賀人際的好關係，一切便沒關係。洋洋一邊睡眼惺忪地拿著刀叉，一邊和祝賀討論廠商廣告的細節。一直拖到七點二十幾分不得不告別美好的早晨洋洋才認分的離開餐桌準備投入一天悲催的開始。

洋洋坐在祝賀的衣帽間，好像看見一堆從時尚雜誌撕下來的樣本，沒別的特色就是全都不便宜，但你真的要說這些國際品牌每件都好看到值得讓人花掉一兩個月薪水嗎，那答案肯定是不。

「我看過這件。」洋洋揪出一件紅色外套。

祝賀不以為意一笑，他把一塊銀色貴金屬的A.LANGE&SOHNE手錶放進玻璃櫥窗，旁邊擺著三瓶迷你瓶裝的伏特加。「coach的吧，我只穿過一次，你要是喜歡就拿去。」

「不，這件衣服對我來說太花俏了。」他拿到手中細細回想，「你還記得上次穿這件衣服是甚麼時候嗎。」

祝賀走到他身邊，拿了一罐A&F的男香，說自己不適合就送給洋洋。洋洋在香港店還未倒時去過幾次，全都是這股中毒般的味道，聞久還會上癮。

祝賀揉著袖子的衣料，「我不記得了，你知道我衣服很多的。」

「你記得你穿過一次卻完全忘記甚麼時候穿的？」

祝賀脫掉運動上衣，瞇著眼睛看了一眼洋洋。他拿過洋洋手中的紅外套，塞上衣架吊進櫥櫃，「你不是在質疑我吧，難道我捲進甚麼殺人案裡了。」

洋洋正對著他，沉著一張臉說：「你根本認識Chris對不對。」

NOTE

生存指南 08

失敗並不可怕，

可怕的是你以為這句話是真的。

祝賀拎起桌面的錢包，他關掉小桌台上的巨大桌燈，在失去光線後又啪一聲闔上筆電，連音樂都消失的空間瞬間格外死寂，像是狹長而巨大的棺材。洋洋看的出來他的微笑是一種警告，他不想再談下去了。但任何一個人在碰到真相時總會有莫名奇妙的勇氣，儘管這樣太危險，否則偵探片怎麼能死那麼多人。

「你在隱瞞甚麼，」洋洋緊張的笑起來，「讓我困惑的是如果你不想說大可以隨便編個藉口，你越是跳過這個話題我越覺得怪異。」

祝賀把錢包甩在桌上，眼神直勾勾的看著他，這讓他有點不舒服。

「因為我不想騙你。」

「那就不要騙我。」

語氣還是不可避免的劍拔弩張，「你想知道甚麼。」

「我根本沒有記錯，和Chris說話的人就是你。」洋洋皺起眉頭，露出困惑的表情，「但是那天我沒有聯絡你，我是把訊息傳給了宋承翰跟我爸，你是怎麼出現的，這太詭異了，而且你早就知道他威脅我的事對不對。」

「我是認識他。」

「就這樣？」

「你還指望我說出甚麼爆炸性的事實。」祝賀的青筋從脖子上浮現，但洋洋一點也沒有要住口的意思。

「這有甚麼好隱瞞的。」

祝賀背對他走回臥室，「我不想要你攪和到我的私事上，而且你跟他之間的問題已經夠多了不是嗎？」

洋洋設法理出一個頭緒，「你早就知道了他要我監視你，所以你找他理論，最好情況是這樣，不然我就無法理解了。」

祝賀無聲哈了一口氣，他雙手盤在胸前，搖頭說：「我要讓你明白我知道的恐怕要說到萬聖節那天。」他的臉色不僅僅是緊繃，眉頭還無敵不悅的糾結起來，洋洋第一次見他這種神情，「別忘記是你騙了我，現在還要求我給你真相？」

洋洋焦急地走向前，他扶著桌子難為情的說：「你清楚事情的原委，我沒有更好的選擇。」

祝賀沒有說話，他脫下外套扔在椅子上，「你還是先走吧。」

洋洋試圖說些甚麼，但發現此刻再多的話都無助於緩解他們剛剛產生的巨大心結，他走到門邊時問：「總經理和程喬姊的事情是真的嗎。」

「我從來沒有騙過你。」祝賀認真的看著他，「你進公司有不足為外人道的理由，我也有，但我沒有必要告訴你，因為那跟你無關。」他只告訴洋洋不要去挖掘真相，以免引來無妄之災。洋洋起初想過或許祝賀也有把柄在Chris手上，他是來復仇的？但以一個主播備選的身分對抗手握股權的高層，就算是韓國狗血劇也不會這樣演。

經過一樓門房的時候安卓跟洋洋打了招呼。洋洋想如果是一個狗仔要挖掘秘辛的時候會怎麼做，除了躲在車上拍照，闖入私人領域非法蒐證，還有找不具名的知情第三者提供資料……他的眼光聚焦在一臉熱忱微笑的安卓。

他問：「祝賀平常有其他朋友會來找他嗎，他最近那麼忙，肯定少回去找爸爸媽媽甚麼的。」

「幾乎沒有人來這找過他，他們兄弟倆的訪客名單常都是空的，不過他們也不太歡迎訪客。」

「兄弟？」他有家人跟他住一起？洋洋想這倒稀奇，難道他的家人都藏在魔衣櫥後面的世界嗎，雖然那間公寓的確就是住進一支完整的足球隊都沒有問題。

「你沒有遇過另一位祝先生嗎，他哥哥住在對門，只是偶爾才過來就是。」一個快遞送進門，安卓打了招呼就去忙。

洋洋本來想就這樣算了，畢竟他的家人不在他的挖掘範圍內。不過祝賀看起來很坦誠，卻沒想到隨便一碰衣袖就能落下一堆神秘信件，搞不好再問下去他還有個三歲女兒呢。

桌上擺著一本訪客登記簿，洋洋看見自己的名字，不是自己簽字的字跡，大概是安卓熟悉他所以上樓時直接幫他登記。在他欄位的下方，有新的註記，拜訪的樓層在自己那欄4D之下寫著4A，這不就是傳說中另一位祝先生的房號嗎。他瞥了一眼在門口跟快遞員談話的安卓，伸手把簿子轉了過來，看見的人名讓他不敢相信，拜訪人的簽字他現在終於看懂了，他確定自己看過這樣洗鍊而潦草的英文簽名。

洋洋不可置信地瞪著電腦螢幕，感受從腳底板涼到天靈蓋的恐懼。他想不通怎麼就自己的電腦中了勒索病毒，要死也應該整個辦公室一起滅亡吧。

「你有沒有想過是病毒也會看人欺負呢。」葛若男細細端詳了洋洋被劫持的紅黑色螢幕，嘖嘖嘖的嘆息，先數落他沒有按資訊部交代的更新軟體，又問他說：「你有沒有把重要資料都備份起來。」

這個倒是還好，自從上次太亨把資料放在公司的事情過後，現在他們每個人都額外多配一隻加密的隨身碟，才媛三申五令不准把資料存在電腦，一是怕眼前的中毒災情，這證明她料事如神，二是不想被人輕易盜竊，沒錯，葛若男防禦條款。

「怎麼辦，我現在要把飯店資訊和兩天的交通時間行程寄過去，而且我到現在還不知道他們到底要來的隨行人員有多少。」

葛若男已經回去做自己的事，邊拿著一份員工餐廳買來的三明治，鹹鹹的奶油味道一點也不低調的飄過來。那是現在宋承翰不在位置上葛若男才敢吃這種食物，大野狼要是知道有一絲廉價成分的氣味擦過他隨手掛在椅背上的西裝，還不塞一筒消防栓到他嘴裡。

葛若男感覺到洋洋注視的目光轉過頭。他緩慢的說：「不要。」

「拜託，讓我快速回覆一封信就好，我之後就去向亞蓀他們借電腦，我真的很趕時間，你不是要我耽誤整組進度吧。」洋洋也是千百個不願意，可是有外患在前，內憂也只能先擱置一旁。

葛若男一臉刻薄的站起來，看著手錶說：「就給你一根菸的時間。」

洋洋在視窗上方點開新視窗，從線上雲端叫出檔案，複製到信件，拼湊出一句簡短而禮貌的英文，按下發送，整個過程還不到一百秒。寄出去時才發現他竟然忘了問隨行人員有沒有增加，算了，他們看到飯店房數有問題會反映的，希望如此。正當他要起身，要去列印室拿宋承翰今天的新聞節錄的時候，螢幕彈出一道訊息框，上面寫著：「錢已經匯入，再麻煩你查收喔！」後頭接著兩個笑臉符號，洋洋認得發話人的頭貼，因為他正是節目贊助商棉業公司的窗口負責人。

他不可置信地看了他們的對話紀錄，直到瞥見葛若男拐了進來，他趕緊站到自己桌位上，拿著廣告傳單假裝在整理文件。

「這麼快就回來了。」

「我是去抽菸又不是去燒香，要多久。」他一副受不了洋洋的搖頭。

沒過多久洋洋跑去廣告部，他先撞見了程喬，祝賀告訴他的資訊到現在他都還沒能接受過來，就像電腦裡檔案過大的檔案，他不敢點，就怕想了兩下運轉不過來，還害得整個人都當機壞死。

他走到才媛桌子前，悄聲說：「妳知道我剛剛在葛若男的電腦裡看見甚麼嗎？」

「色情片啊。」

洋洋癟嘴搖頭，他拿出手機亮到才媛面前。才媛看他一臉凝重，先笑說：「唉呦你長本事了，現在也學會搞間諜這套，早知道你有這種技術我就把這列入作戰計畫裡。」

才媛的笑容隨著閱讀越來越淡，最後變成困惑不解的問號皺眉。「你就是要讓我看葛若男的聊天紀錄裡有五個錯字，哦，雖然不用標點符號改用空格取代有點懶，特別這又還是和廠商的對談，但也沒需要你這樣指責吧。」

洋洋用手指在螢幕上比畫起來，「他接受廠商兩萬元款項，你看對方連掩飾都懶的掩飾，直接說很高興他促成這次合作，我就說難怪怎麼會選這家，祝賀談到一半的那牌子大多了，而且倒也不是現在這家不好，只是他們母集團前陣子才遭受巨大的負面攻擊，現在誰不避之唯恐不及。」

才媛把昨天的廣告流量打開，節錄了頭幾項數據畫面傳給程喬，才抬頭對洋洋說：「你是要說他接受賄絡嗎。」最後兩個字彷彿是一種提起都很丟臉的笑話。

「我沒打算要講，畢竟是我借他的電腦，受人幫助還反咬對方這太糟糕了。」洋洋懊悔自己竟然是在這種時候發現，要是其他時間點，多理直氣壯啊。

「重點是這根本不是私相授受，在媒體界的我們這是很正常的福利吧。」她特別強調這是福利而非油水，「不然我們做得要死要活，三不五時還要聽長官講異想天開的發展計畫，那點薪水少的只能給猴子買香蕉，不靠這些補助我們還能活下去嗎。」才媛說著說著像是對公司燃起了一把怒意一樣，她拍了拍身上海軍藍色的Michael Kors雕花蕾絲洋裝，「這也是跟我們合作的雜誌社公關送來的，不然我們幹嘛要允許他們拍攝坂口健太郎的照片，雜誌社多得去了。」

才媛口中的業界常態深深驚懼了洋洋的思想，可是能工作壓力太大了，他對這個世界充滿失望感，甚至開始質疑起人生。這件事情就這樣放諸水流，一切工作平靜無波的往下發展著。這裡工作的半年以來，沒有一件事情是按照他的想法發生的，果然地球是很複雜的一個地方。

洋洋穿著一件Zara的藍色大衣，紅色的高領毛衣抵在下巴，這種穿衣風格就是臉蛋標緻版本的祝賀，才媛曾經說過：「宇宙美貌定律，好看的男孩子都漂亮，漂亮的男孩子都像女孩，所以好看的男孩子都像女孩。」

洋洋問：「那祝賀呢。」

「他女的啊。」

「那宋承翰呢。」

「他那是有男性魅力，跟美貌是另外一種事情。」才媛煞有其事的回。

「妳媽媽知道妳這麼愛胡說八道嗎。」

洋洋倚在流理台旁，整個人圍繞在風住塵香花已盡的憂愁當中。他看著水龍頭的水滴滴答答往下流，清新而抑鬱的眼神像對生活有了極大的疲憊，他時不時瞥了眼發亮的手機螢幕嘆息。

祝賀走進來，在他對面盤手靜靜看了一會，本著對社會青年的理解，他說：「手機沒電了跟我借行動電源啊，有甚麼好憂鬱的。」

洋洋瞪著祝賀一雙白色麂皮褲的長腿，如果是在服裝店看見這種產品他一定不認為會有任何人類能把它穿得時髦又性感，除非是尚恩歐普瑞，因為那人基本上穿甚麼都不太要緊。洋洋從祝賀的朋友那聽過，他在曼哈頓時曾經當過國際二線品牌的模特兒，認真走上台的那種，現在想來也一點不奇怪。

「還在跟我嘔氣啊。」

「沒有，只是也不打算原諒你。」他的表情一定洩漏了某種心虛，因為祝賀看他的眼神像是發現了一個秘密。洋洋在思考要不要問他對門住的人是誰，為什麼會和程喬有關係呢，一切都是巧合嗎。他沒有問出口，因為他知道祝賀才不會老實交代。

他沒話找話的說：「你要告訴我誰是香奈兒女孩了嗎。」

「反正我都扛了那麼多秘密在身上了，就在多藏一條吧。」長相思，摧心肝。他想那個女孩子估計條件很好，否則怎麼能讓祝賀這樣喜歡卻又無法一親芳澤伴在身邊呢。他對祝賀說既然喜歡了就不要錯過，青春的遺憾已經那麼多，不必再添上一條失意的情愁。

「難啊，我這人甚麼都好，就是清楚自己有感情障礙，沒有一個跟我交往過的女生不恨我的。」

「你有甚麼怪異之處讓人這樣恨你。」洋洋歪著頭，「朝秦暮楚是吧。」

「沒那麼輕描淡寫，我啊就是感情上的嫖客，這是其中一任對我的評價，我永遠也忘不了，因為太精闢，太寫實。」

「我怎麼就沒看出你這麼風流不羈呢。」洋洋笑說。

祝賀聳聳肩，「每個人都有陰暗面，比如太亨生氣起來就像扛火箭炮一樣，宋承翰、程喬，連你也有不為人知的冰山層，我又怎麼會例外呢。」

接下來的幾天洋洋都在熬夜和失眠中度過。他抓著自己瀏海，揉了揉臉上乾燥的皮膚，瞪著發光的螢幕靈魂空洞的編排著節目企劃，他們砸重金也就是整個企劃的七成經費請來坂口健太郎後，要用剩下的一成邀請三到五位來賓做陪襯，這是合作電影方要求的宣傳，並且要他們自己轉嫁成本。重點是螢幕上常見的通告藝人跟男星的形象難以搭配，不提效果，價碼也是問題。古語說長安深夜雪漫漫，洋洋覺得自己是台北深夜人慘慘，好在悲慘的日子終究還是會過去，不然更悲慘的日子怎麼來。

「那群女人圍在那邊叫甚麼叫。」才媛看著擠得壅塞不通的會議室門口說。那裡現在被當作貴賓室。她一臉淡定的撥開人群，走到男星身邊拍了兩張照片，然後再面無表情的離開，她敲著手機，發送了一條臉書新動態，寫著：「好喜歡他演的戲，本人也很有魅力喔。」

她走到洋洋身邊撥了一下頭髮，問：「他叫甚麼名字。」

「我們的日本明星坂口健太郎呀。」

「是喔。」

是喔？洋洋不可思議的看著一臉無趣但是發布的動態卻很激昂的才媛說。

「我還想哪個工作人員長得那麼高，待會影劇發了娛樂快訊後，就先把他運回飯店休息，你要有時間就跟他確認一下明天錄影內容，翻譯來了沒有。」洋洋點頭，這事情辦得緊急，是他回去學校抓了一個考過日語N2檢定的學生，並確定他只對雙馬尾和初音有興趣，絕對不會對青春男星有任何衝動。

洋洋撥開人群看了坂口建太郎，心想以才媛的個性，還願意發臉書讚揚他幾句便說明這個男人還是挺有魅力的，其它的就別多想了吧。

一直到正式錄影這天到來之前，洋洋都不覺得過分可怕，畢竟去年克里斯・漢斯沃來訪的時候排場和細節都驚人多了，但上次他只參與到籌備階段，到正式來臨那天自己便抽離計畫。今天他站在花廊門口，想像待會要正式操盤一場有外國明星參與的錄製，不禁微微發抖起來。

他站在門口，攝影師到了，彩妝師到了，工作人員在店家門口兩側擺上請勿停車與喧嘩的牌子，很好，送飲料點心的外匯服務生也到了，他吃了一口櫻桃小蛋塔，告訴自己一切都是這樣的順風順水。直到葛若男走過來問，「請問我們要在草坪上待多久才可以進去，快開門啊。」

「等一下店員就會來開門了，你就再等個五分鐘會怎樣嗎，反正裡面都布置好了，就連攝影大哥都還在抽菸哩。」

「我不是叫你昨天就先拿鑰匙嗎，你怎麼能信任他們，他根本不知道這件事有多嚴重，萬一藝人到了而我們還只能讓他站在這愚蠢的雜草上曬太陽呢，你是覺得這件事考砸了一點關係也沒有對吧。」

洋洋呵呵兩聲，不甘示弱的說：「失敗搞砸了又有甚麼可怕的。」

「失敗並不可怕，可怕的是你以為這句話是真的。」

洋洋心裡是批評葛若男小題大作，根本是借題發揮來責難自己，但他還是被說到心裡毛毛。他一邊從窗戶瞥了眼室內的擺設，白色的沙發移到了正中間，按照規劃的那樣，攝影機的軌道貌似往前了一些，主持人坐的檯子已經加了粉藍色的毛毯，並且上面也放好了昨天從印刷廠趕印加大版的電影宣傳立板，他心想，你看！都沒問題啊。

「喂，你在路上了嗎，可能要請你加快腳步喔。」洋洋語氣從容地說。

電話另一頭的人咕噥一聲，洋洋豎起耳朵，希望自己不祥的預感判斷錯誤。結果那人吼了一聲，第一句就是對不起，洋洋差點沒暈過去。睡過頭呀睡過頭，人類永生的問題，洋洋沒想到一切完美的計畫竟然會毀在一個該死的工讀生錯過鬧鐘這種環節。

他儘量讓自己不要驚慌，以免讓電話那頭的他速度更緩慢，「你多久能到？」

「大約四十分鐘，我這裡坐捷運過去很快。」

「你還要坐捷運！你立刻給我跳上計程車，十分鐘之內你沒有出現我就要打電話給你老闆。」洋洋不想威脅他，但他能怎麼辦，現場二十多個人全都等著那支隱藏著黑暗力量的鑰匙。店員不曉得是緊張過頭還是根本沒再怕，反正不過是一份打工對吧，他甚至還問洋洋計程車費他們會付嗎，洋洋差點氣到羊癲瘋，他很想衝他說：「車費我不知道，但你的喪葬費用我們鐵定會全額給付。」

結束電話後，洋洋不得不接受葛若男的強烈的責備。

「你怎麼會沒事先拿好鑰匙呢，現在你預備怎麼辦，讓大家在停車場開錄嗎，這一切你一定都想好了對吧。」葛若男看他的眼神就好像他是個智障，但他沒心情去計較這一切。他找到了才媛，要她穩住現場，自己則是先趕到飯店希望能拖住明星，也許請他們吃個早午餐是個不錯的選項。沒想到兩趟車交錯，對方相當準時的抵達，天啊，為什麼這麼多藝人就偏偏選中守時的日本人呢。

一切都像一場惡夢，一步錯步步錯，延誤的五十分鐘竟然造成後面整整缺了兩集的存檔，因為攝影機器的準備，相關人員梳化的節奏，翻譯經驗造成談話流程的生硬……洋洋在錄製的每一秒都很想立刻奪門而出，拋下這一切去海外流亡。

一切結束，亞蓀看出洋洋鎮靜的面容下有著近乎支離破碎的精神，他拍了洋洋肩膀說：「我替你先送藝人回飯店，你們在這討論一下缺少的部分要怎麼處理，一定要想出辦法，不然就違約了，路上我會嘗試問問看，他們願不願意明早補拍一集，但……你知道這機率不大。」

只剩下幾個人坐在拍攝現場，才媛半躺在沙發上，祝賀跟葛若男分別靠著兩根柱子，洋洋盤腿坐在地板，完全失去說話的力氣。葛若男哼哼的笑：「到了現在這一步你有甚麼打算。」

「你笑吧，我沒招了，我現在完全沒辦法思考應該做些甚麼才對。」

「你不是要我們因為你的疏失全都陪葬吧！你去死，這件事情你非得解決才行。」祝賀沒好氣的瞥了葛若男，「店員遲到又不是他的錯，你也克制一下行不行。」

「你就去讓廠商體諒體諒吧，反正這個鍋我是不背的。」

當下洋洋就做了一個決定，既然知道了問題的根源，與其坐困愁城，不如快刀斬亂痲，有甚麼說甚麼。他拿著錢包便直接跳上計程車，到了廠商樓下，接待小姐硬是不肯讓他見上一面，但他明明就看見那老先生在房間裡泡茶呢。閫門禁這種事他還是很有經驗的，他誰啊，宋承翰手底下的特務呢。

接待小姐把他送進房間後，他先鞠躬道歉，說明錄製出了一點狀況，「原先說好播出一百二十分鐘共分六集，但現在我們最多能在不影響品質的情況下，將手上素材做成四集，其餘未能如期播映的兩集廣告我們改用到時候發布會的現場看板，或者是網宣模式放送您的品牌，您看行不行。」

老闆不停擺手，從批評他們莽撞到言語攻擊，最後音量越來越高，扯開嗓子完全把眼前的洋洋當孫子在教訓。洋洋徹底矇了，又不是虧空他公司兩百億，就是這件事有錯好歹我們也是文明社會，搞得跟禽獸在打架一樣做甚麼。整個過程洋洋不發一語，基本上所有髒話都重複聽了三遍，那人甚至還說到了做人的道理，洋洋就不樂意了，一個把人祖宗都扯出來教訓的人還教人道德，這社會就是這麼淪陷的。

其實洋洋的提案對想投廣告的人來說是絕對不虧的，發布會的版面加上幾則網宣，這金額絕對沒有低於兩集的節目露出，但那老闆脹紅著脖子說不肯就是不肯，一副就是要鬧到索賠違約金的地步。

「叫你們負責的人來跟我說。」

「我就是這次企劃的負責人。」洋洋忽然想到為什麼國內沒有向民眾配給槍枝呢，否則要有多少該死的人會提早見閻王。他在心裡讓這臃腫的老男人在水中溺斃三遍。

「之前不是另一個男人來跟我談的嗎，他是你們主管還是甚麼，叫他來自己跟我說。」

「他跟我位階和權限都是一樣的。」別說葛若男，就是請宋承翰來說，他也是講一樣的中文，洋洋不知道這男人哪個器官出了障礙聽不懂，有本事你這態度對宋承翰說一個字看看，就那輕蔑的眼珠子他都能給你挖出來做串燒。洋洋低語說：「非常抱歉，或者您可以告訴我你覺得怎樣的補償方案你會比較滿意呢。」

爭執超過十分鐘後，老闆宣布他要直接到新聞台找一個「有腦子」的人處理這件事。洋洋帶著他進公司，程喬姊不在，他為此慶幸，他不希望她對自己的能力感到質疑，雖然這件事鐵定瞞不了人，但他現在無法再收到任何一個他懷抱好感的人用可惜的眼光看他。

新聞中心的經理把這個災難帶進會議室，洋洋平靜的敘述一遍，同時要忍受廣告商永無止盡的插話，洋洋表示如果他想敘述整件經過，自己可以先讓他說，但他卻回答：「哦，事情辦不好，現在連話都懶得說了嗎。」

經理一直微笑的道歉，廠商竟然客氣起來，一副甚麼大風大浪我沒見過，就是年輕人不懂事。洋洋看懂了，那男人哪裡敢真的得罪經理呢，沒有人會直接跟媒體翻臉的，如果你想做生意的話。他們很快的協商完成，就是用當初洋洋提供的補償方案，並且他對著經理指著洋洋說：「現在的年輕人都不行，沒有一件事辦得好的，所以我才說要直接找大人談，跟他們說，浪費時間嘛。」他寬大的臉哈哈的抖動著，轉過頭對洋洋說：「學著做人，能力不好，起碼品行要好，不要想一些有得沒的。」

「請問一下我哪裡品行有缺失了？」洋洋硬是擠出笑容，眼神死死的說。

他沒預料洋洋會回嘴，一時也不知道怎麼回應。

「我是跟您說話的時候講話大聲了，還是沒努力提供解決的方案？在您公司的時候你們櫃台都在，她要是說我說話不禮貌我立刻給你磕頭道歉，至於方案，您剛剛同意的不就是我兩個小時前便一再說明的事情嘛。」

他結巴的瞪大眼睛，「你這是甚麼態度。」

「我的態度很清楚，只是不明白你為什麼要花三四個小時做我們能夠輕鬆拍板的決定，就為了多羞辱我幾句嗎。」洋洋受夠這一切，他知道自己是基層，但所以呢，因為是基層就要接受命運裡所有狗屁倒灶的事嗎，職位低不代表人格要無下限的給人踐踏，洋洋咬著牙勾起嘴唇，「你還跟我說品行，我們會跟你合作不就是因為你給錢嗎，你很清楚，難怪你們會被說是無良企業，因為老闆就副德性了。」

從踏進公司以來他沒有那麼暢快過，去他的剛出社會人微言輕，誰不是從基層做起，誰的二十幾歲不無力，但他不要再把自己縮得好小好小，彷彿生命的意義就是為了讓那些薪水比自己高的人感到快樂一樣。他知道自己情緒有些失控，因為他想去開快車、玩街頭滑板或者高空彈跳，這些睡一覺都會好的，如果自己能撐到躺在床上的那刻。

這場爭執很快的就在十三樓蔓延開來，再一次他又變成了話題人物，等他把宋承翰的晚餐送到他面前，熱氣騰騰，淋著紅酒醬汁的牛小排用描金的白底瓷盤盛著，看起來別說有多撫慰人心，但那並不是他的晚餐。

宋承翰抬頭看著他，「你要跟我交代下午發生的事嗎。」

他們派人來抓自己了嗎？即便他氣得當場離開，那也是因為他知道廠商的底牌，那男人只是想見到經理一面，好獲得這陣子的新聞照顧。再說一切不都很清楚，就是自己被刁難，被當成社會底層一個可以任意出氣的沙包罷了。

洋洋雙手垂著，他沒有迴避宋承翰的目光，「我已經盡力做到最好了，但我不想成為一個沒有底線的人，我——」

「——不是這樣的。」宋承翰打斷他，他刷刷的在新聞稿上寫著他的觀點，他抬起眼皮，靜靜地看著洋洋，像在盤查的說：「我曾經有那麼一秒覺得，也許你有被培養的潛力，這個看起來稚嫩又傻氣的小子是聰明的，給他一點時間，吃些苦頭後他會懂得該怎麼生存下去。」他又低頭繼續動筆寫字，大概過了一分鐘，他把筆蓋闔上，一臉不能明白的看著洋洋說：「你還在這裡幹嘛。」

洋洋沙啞地說：「哦，我不知道你話說完了。」

他們瞪著眼睛對看著。

「我對你很失望。」宋承翰揮了手，「現在說完了。」

洋洋驚訝他就用這樣簡單的一句話把自己打發了，這一切真的是都是自己的錯誤嗎，社會那麼多自私的人都是他造成的嗎，還真是對不起，台灣生育率那麼低肯定也是他的不對，接連的打擊讓他對這個社會一點信心也沒有了。

洋洋一步又一步地走出辦公室，但在精神上他是狂奔的，他不確定自己是甚麼時候掉下眼淚，又或者自己根本沒哭，那幹嘛所有路過的人都用一種他剛剛被強暴的眼光看著自己，他確信今天的衣服是從祝賀衣櫃搜刮來的Versace手繪巴洛克皮革機車夾克，大家應該要抱著崇敬的眼光才對呀，管他的，天知道怎樣才能得到社會的讚美。

他提著先前準備好的伴手禮，是台灣人除了送禮之外其實很少吃的鳳梨酥，路上他看見飲料店時又買了兩杯珍珠奶茶，他在東京和首爾都喝過這玩意，但顯然外國人都不太知道珍珠應該是柔軟而富有彈性的。

到了飯店他經過約莫十幾個在大廳守候的粉絲，電梯沒有鏡子，他也懶得確認自己的臉色看起來怎麼樣。來應門的是坂口健太郎，他迅速疑惑的眼神證明了洋洋看起來鐵定好不到哪裡去。

他邀請洋洋進門，但洋洋只是站在門內的地毯上，把伴手禮好好的交給他，也許這是他在這項活動、以及公司的最後一項任務，洋洋真摯的向他表達謝意和希望他喜歡台北此行。整個過程中坂口健太郎用生澀的中文說了一句「珍珠奶茶！」，太好了，看來他喜歡。

離開時他又說了另外一句，「下次見嗎？」

洋洋微笑回應，起碼這個地球上還是有心態正常和善的人類，說真的，我們為什麼能縱容那些人格扭曲、性格爆烈低俗的人肆意在社會上行走破壞其他人的生活，這個問題在洋洋喝下第三杯琴湯尼時已經不再重要了。下午七點多一樓的酒吧沒甚麼人，酒保站在吧檯裡和洋洋聊天，他是個年輕的加拿大男人，名字叫Shawn，洋洋和他有一搭沒一搭的用英文說話，有時候也說中文，他才不管對方聽不聽的懂。起碼他知道對方的願望是開一間小酒館，並且要有很好吃的地中海料理，他有詳細說明應該具備那些菜色，這些洋洋就沒聽懂了，可能是番茄顏色的燉飯，或者是有新鮮牡蠣和海鮮的焗烤。

大概是痛苦太過強烈和真實，到了現在洋洋才有微醺的感覺，平常喝完第一杯他就應該想找床鋪躺平了。

「寅憂，如果是你在這個位置上，也會這麼辛苦嗎？」洋洋一口飲盡剩餘的酒水，他看了一眼酒保的銀色名牌說：「Shawn，我真心祝福你早日實現夢想，拜託你一定要。」說完便把皮夾裡剩下的三張藍色鈔票和放在他面前的高台上，多餘的是他給的小費，為了還有人不死的夢想。

離開飯店大門，門僮就立刻衝上來問是否要幫他叫計程車，洋洋搖搖頭，他還沒想好自己要去哪裡，結果忽然下起毛毛細雨，他撥了才媛的電話，她說手邊在忙晚一點回電給他。門僮拿了一把傘在他頭上張開，洋洋想一定是因為他看出了這件價值快二十萬台幣的外套，想到這他便打給了奢侈得要死的祝賀，他現在很需要這樣的朋友帶他去湖吃海喝一頓。

「你在哪裡，還在公司嗎？」

他沒有聽到祝賀馬上回應，好像他在跟身邊的人說著話，並且鐵定用手摀住了話筒，所以只有朦朧的聲音傳來。

洋洋自顧自地說：「晚上一起吃飯好嗎，我剛剛和才媛通過電話，如果你可以的話我再打給太亨。」

又過了幾秒，祝賀才說：「抱歉，我這邊事情還沒弄完，在和影音編輯的人交代後製的內容，但我們晚點應該可以碰面，你還好嗎。」雖然語氣充滿關切但洋洋感覺到他的匆促，於是洋洋說：「我先到你家等你好了，如果大家沒有力氣的話也許叫外送就好。」但他話說到一半時祝賀就掛斷了。

洋洋到了祝賀的公寓，很開心今天是安卓值班，這樣他就可以在大廳的絨布沙發上休息而不用被警衛眼神關切，但過了半小時後他開始覺得無聊，手機沒電，襯衫和牛仔褲都好像忽然不合身起來，他想泡個熱水澡，空虛讓他又重新感到心情糟透了，他想一定是酒精帶來的飄逸感正在一步步離開當中。

他看祝賀輸入過無數次密碼，所以非常自然的打開了大門，不過這也不是第一次，這次企劃過程中好幾個晚上他都把祝賀的家當成豪華旅館在住，因為自己租屋的熱水不知道為什麼忽冷忽熱，當你遇到這樣的情況真的會想捧蓮蓬頭大哭或大罵，房東又拖延不來處理，一副有本事你搬家的態度。

洋洋把夾克脫下來扔在真皮沙發上，彷彿看見一大綑鈔票皺在一起的不安感，他又把它整齊的掛在椅背上，解了幾顆襯衫扣子，他打算立刻以跳水的姿態把自己摔進浴缸當中，但他看見祝賀那張充滿誘惑力的大床時便猶豫了，人生難事，到底是要倒頭就睡還是先洗個舒服的熱水澡呢。

半開的陽台紗窗傳來窸窣的對話聲，洋洋想都沒想的走過去，於是看見作夢或卡到陰都不會想見的情景。

祝賀的雙手貼在才媛的背上，兩個人之間碰撞的眼神可以點亮巴黎的鐵塔羅馬的煙花，說有多浪漫就有多浪漫。

洋洋唰的把紗窗重重的打開。

祝賀和才媛瞪大眼睛驚恐的交換眼神，模樣小心翼翼的喘息著，彷彿是空氣中瀰漫著一觸即發的硫磺火焰。

「你們正在做的事情跟我腦中想的是同一件嗎。」洋洋的句子篤定而沒有疑惑，他衝回房間，拉開衣櫃下的抽屜，他不能抑制雙手憤怒而粗暴的把裡面的古龍水、臥室香氛，各種瓶瓶罐罐搗騰的一片狼藉，之前看見過的Chanel No.5白色盒子已經消失了，他磅地闔上抽屜，試圖在空氣當中捕捉玫瑰、依蘭或者茉莉的奢華香氣，好讓自己的怒氣更加理所當然。

他怎麼就沒想過呢。

祝賀從陽台走進來，他手舉在半空中，像是要解釋的前置動作，但他才開口洋洋就出聲阻止他，「除非你是要告訴我這真的是誤會，否則你就省下狡辯。」

「我非常非常的抱歉。」他邊說邊走近洋洋，「我知道這樣做很可惡，但我就是沒忍住，我很掙扎，可是你也說了如果兩個人真的互相喜歡就不應該錯過。」

「這情況不包含你的那個人是我的女朋友。」

生存指南 09

不甘願就這樣的心，

永遠是最強悍的天賦本領。

洋洋伸出手掌讓祝賀別再靠近他，他現在只覺得胃在翻滾，每個細胞都在用力的尖叫。才媛動作輕巧的溜到書桌旁拿起自己的包包，動作停止很久，房間裡的沉默可以壓碎任何堅硬的物體，哪怕是一顆宇宙大隕石。

「我可以理解你會有多生氣，但是我不想要討論，它就這樣發生了。」事實上才媛愧疚但坦然的表情比較能消滅洋洋想去北韓租借一顆氫彈的念頭，但這只是程度問題。祝賀一臉情不知所起，一往而深的態度反倒讓洋洋氣到想掀開自己的頭皮，彷彿這不是個錯誤，而是他還應該要寬恕的偉大愛情。

「我們不是高中生了，所以我想就直接跳過你罵我哭的尷尬片段，就這樣算了吧。」才媛一手勾著包包，站在原地盯著洋洋，像是在等待他的回應。

洋洋一張口就用力喘息，他知道自己根本沒辦法克制音量，他每一個字都想用吼的，也許是一整天的無力像是劇烈的病毒朝血脈猛烈的注射著，他又昏又疲憊，腦子的悶痛感比在辦公室吹了一天過冷的空調還要難受，

才媛清了嗓子，無語地看著祝賀抖動肩膀，表示自己不管了，踏步就要離開。

「你們誰都不用走，這裡是你家，我離開。」

「你不用走，我們還是可以做朋友。」

「去你的朋友。」洋洋語氣兇惡的程度幾乎要趕上第二次世界大戰的火爆，他甚至都沒想過自己可以這麼憤怒，彷彿怒氣真的可以把這間屋子燒得連灰燼都不剩，他瞪著祝賀，

「不好意思，好像不是我錯事情，我不需要你施捨再跟我當朋友，是我要把你這個爛人徹底

從我生命扔掉，我不知道你的價值觀有多扭曲，但是在我心中當好朋友的小三或小王這是無敵沒有人格的一種行為，是死刑，是浸豬籠扔石頭都不能被原諒的罪惡。」

他從才媛的身邊經過，「我對妳也是一樣的憤怒，但我竟然完全能想像妳的動機與理由，跟他在一起，可不只是多了時尚的配件那麼簡單，而是社會地位往上的奮力一跳，這才是高八度，妳說的對，我們都不是高中生，妳的現實我完全理解，但別指望我諒解，就這樣放生妳已經是我最後的風度了。」

洋洋坐上深夜的公車，他看著每個人都能找到座位，不用搶也不用爭，想著要是外面的世界也是這樣，那該有多好。

他不知道被朋友背叛是這種感覺，像有人把你珍愛的寶貝一件件摔碎，那些尖銳的碎片全都砸進皮膚裡，鮮血淋漓的痛苦。他本來沒有流下眼淚的，但他忽然想起了寅憂，那一瞬間，他立刻從崩潰的邊緣狠狠跌落，不可抑制的哭了起來。他蹲在床邊啜泣，想著那時候寅憂年輕俊朗的臉龐也是這樣的扭曲與悲痛吧，甚至強過自己十倍，因果報應，看看老天饒過了誰，活該呀。他閉上眼，看見穿著運動服外套，一臉笑得精神好看的寅憂身上插著一把利刃，寅憂徒手拔了下來，上面沾滿鮮紅色的血液，他眼睛像兩道彎月，一步步走向洋洋，洋洋顫抖著搖頭，苦澀的眼淚不斷的流進嘴裡，然後寅憂依舊笑著，手舉得很高，忽然間朝洋洋的背上捅進去。

衣服全被冷汗浸濕，洋洋驚醒的時候頭倚在床上，右手肩膀全麻痺了，他疲倦的爬到桌子旁邊，手探向椅子上的包包，凌晨三點半，手機上顯示著祝賀的未接來電，還有一則訊息開頭寫著：「我需要你的原諒。」

「我這輩子都不想見到你。」洋洋很快的被喚起憤怒，他把簡訊傳送後，拿出筆電沒有一絲猶豫的打開word，在開頭的地方敲下斗大的標題：辭職信。

之前每一次面對再大的困難他都沒有動過這樣的念頭，但這次跟過去不一樣了，他受夠了違反道德的工作對象，彷彿他們從來沒有受過教育，粗俗、無理又仗勢欺人，他的朋友因為賀爾蒙背叛了自己，崇拜的導師一如既往在他脆弱的時候給他深深的打擊。

簡潔俐落的三百字，只說明自己疲於媒體圈的工作型態，日夜混亂的作息，太過浮動的職涯未來，謙虛表示自己能力不足又大大感謝了宋承翰的教導。一式兩份從印表機滑了出來，洋洋接過紙張漠然的瞪著白紙黑字。

天空亮了起來，像神話中一樣燦爛的太陽光線，湛藍的天空，台北城依舊有繁華的高樓，熱鬧奔流的車陣，和一個靈魂剛剛枯萎的年輕人。

他睡了一個小時後忽然睜開眼睛，沒調鬧鐘也沒聲響，就這樣疲憊卻清醒的瞪著天花板。他知道除了工作還有要解決的事情。他從櫥櫃裡扔出一堆衣服，HUGO BOSS的外套、Dior長袖上衣、Domma Karan襯衫等等昂貴的高級服飾全攤在地板上，這些都是洋洋從祝賀那裡穿過來的。「有個兄弟分享衣服的感覺不錯。」從前祝賀是這樣說的，洋洋捏著衣服，不禁想他說這句話的時候是真心的嗎，還是在暗示他和才媛早就暗通款曲了呢，一直到早晨六點他就決定放棄糾結了。

太亨到他家的時候兩隻眼睛還睜不開，並且順路帶了蛋餅紅茶，等他一進房間，洋洋就說：「把衣服脫了。」

「喔。」太亨傻傻的點頭，然後動作起來，他把T恤拉到腰間，露出因為年輕而沒有甚麼贅肉的小腹時，忽然警醒，「你要幹嘛呀。」

洋洋丟給他一件咖啡色的Zegna運動衫，「這些都是我不穿的，但終究是很好的衣服，你要是剛好能穿的就儘管拿去，千萬別拒絕，這些比我們的薪水高多了。」

太亨和他的身高差不多，就是比洋洋有肉了一些，不過是洋洋過於纖瘦。大多數太亨穿上去都沒有問題，於是洋洋拿了一個大塑膠袋把這些衣服全都裝進去讓他帶回家。

「不過這些都這麼好你怎麼不穿了，不會是穿過就不要了吧。」

洋洋不知道要怎麼說，因為這些都是祝賀送的所以我不想要了，還是我希望到一個看不懂名牌是甚麼玩意的乾淨地方去工作，到了此刻，他也不願意在太亨面前說祝賀一句話不好，因為他不想把第三人扯進這些紛爭中，並且他還是相信祝賀會照顧太亨的，起碼他沒有一個漂亮女友能讓他覬覦搶奪。

「我要辭職了。」

太亨的驚訝當然不必說，要是連在宋承翰身邊上刀山下油鍋的洋洋都棄械投降了，那自己還要掙扎甚麼呢。

「我能不能跟你一起辭職啊，你能力這麼好都不幹了，別說我不想和葛若男那種人廝殺到最後，就是才媛我也不敢招惹啊。」

洋洋聽到她名字眉頭抽蓄，他心中有巨大的怨恨嗎，他不知道，說是能放手祝福嗎，他也不能肯定。大抵是有種愛他明月好，憔悴也相關的心境。

「你別傻了，都熬到最後階段，拚死也要繼續。」

「我這麼一想，才發覺自己好像從來沒有被公司的那些人肯定過，其實我不是沒有想過也許這一行不適合我，太競爭，太高壓了。」

「哪裡有工作是輕鬆的呀。」他替兩個人泡了一壺洋甘菊，凝神的香氣是他們現在最缺乏的。他向太亨表示上司能夠無視你，同事也可以陷害你，但能宣布輸了的人只有自己。他們靠在床邊，聽著廣播放著CP查理的〈One Call Away〉，洋洋想到不曉得宋承翰的耳機又弄壞或弄丟了沒有，他永遠記得自己走進apple store買了一打的AirPods時店員露出的表情，宋承翰隨手擺又不願意記得放在哪的習慣，幾乎讓一套設備只能撐過三星期，不過也因為宋承翰這種生活用度上的特殊性，讓洋洋在很多店都有超額的積點，而他才不在乎洋洋是私自拿去換行李箱還是吹風機。

他又想到宋承翰最後留給他的話，「我對你很失望。」他才對這句話感到很失望。他晃晃腦袋，把昏昏欲睡的太亨拉起來，他自己不上班不代表他允許朋友公然翹班，「你要知道，不甘願就這樣的心，永遠是最強悍的天賦本領。」

「你會勸我，怎麼就不再撐下去。」

因為我們永遠像個專家的開解別人，然後像個三歲小孩面對自己的難關。

「也許我是不適合待在那裡的人。」洋洋做了一個超乎想像的決定，他把寅燮的故事告訴了太亨，並且連Chris的合約那段落都說了，如果連祝賀都知道這件事，那太亨也應該知道，起碼他可以避著那個男人一些。

「所以我待在那牽涉了太多人，大概離開是最好的選擇。」

太亨因為聽了那些故事震驚的一點睡意也沒有，但他還是希望洋洋能留下來，他離開的時候問洋洋怎麼不一起出發，「就是要遞辭呈，你也是還要進公司啊。」

「今天已經請假了，晚上我再去，以免遇到一堆同事，我可不想燦爛的對人說『嗨，我是來遞辭呈的』，想到都尷尬。」

夜黑風高，流光相皎潔的深夜，祝賀他們看見洋洋走出大廳。祝賀從櫃檯挺直腰桿說：「會挑大半夜送東西的除了聖誕老人也就剩他了。」

才媛滑著手機，一副意興闌珊的說：「所以我們到底要幹嘛，他都要辭職了，難道要綁架威脅他不能這麼做嗎。」

祝賀雙手支在桌上，低低的說：「聽著，我們必須先阻止他離職的事實，至於其他的晚點再說。」

才媛呵呵的笑起來，「早說嘛，你的時光機停在哪裡，快帶我們坐上去啊。」說完她翻了一個白眼。

祝賀無奈的瞥著太亨，「一共兩份，你去人資辦公室，我去找宋承翰的那裡，拿到東西後回到這裡碰頭。」他對著才媛問：「妳跟不跟？」

「反正閒著也是閒著。」才媛狀似很無奈的走去按電梯。

祝賀丟給太亨一支鑰匙，「你自己去找沒問題吧。」

太亨點頭，並說：「公司裡還真的是沒有你進不去的地方。」

才媛緊緊跟在祝賀身邊，高跟鞋在幽暗的長廊發出喀喀喀聲響。祝賀摟著她的肩，「我們都清楚洋洋會離職有一半原因是因為我們兩個，妳要他怎麼在公司待下去。」

才媛似乎沒有把他的話聽進去，毫無回應。

進到敞開的辦公區域，才媛立刻把祝賀拽到地上蹲著，用手摀住他的嘴。

「別起身，那裡有人。」

他們鬼鬼祟祟的探頭，宋承翰跟程喬正在說話。祝賀和才媛小心翼翼的蹲著移動，轉到葛若男位置的隔板下，才媛張大耳朵，非常好奇程喬出現在這會是甚麼大八卦。

「妳是跟我分手分上癮了吧。」宋承翰不悅的說。

程喬一張漂亮的臉蛋露出痛苦的神色，每次都是這樣，當兩個人的感情又升溫到可以邁向下一步時，宋承翰便會提出結婚的要求，而程喬也便從美夢中醒來，她不會問自己跟Chris扯在一起後悔嗎，人生沒有後悔藥，有時候一瞬間的決定便是要以一輩子負責，今天的她工作圓滿，過了少女情懷總是詩的年紀，也許這樣就夠了。

「承翰，我已經沒有力氣對你說『我喜歡你』了，我很珍惜跟你在一起的每一分每一秒，因為有一天你會找到別的人，她也許比我年輕個七八歲，卻會在你拿出戒指的時候大喊我願意，她對愛情還有衝動，還願意受傷，那都是今天的我沒有的。」

「妳是沒有力氣愛我，還是懶得再愛我。」宋承翰失神的說，「妳希望身邊陪妳的人是誰，我知道有這麼一個人，對不對。」

程喬走近他，把手輕輕地放在他的臉龐上，看著這個男人明明曾經相愛，最後卻還是要分開，她嘆息，這不就是所有愛情重複的主題嗎，她笑問：「其實我一直想問你這些年你過得好嗎？要裝傻的愛著我，一定很累吧。」

他們不再討論彼此的問題，只是有一聲一聲的無奈。最後是程喬先開口，「洋洋又惹事了吧，狀況怎麼樣。」

「越是聰明的人往往都卡在最簡單的問題上，他心性裡有一點去不掉的驕傲，一旦意識到自己被踐踏後便甚麼也不管只要公道，傻啊，他還不到可以談論公平的地位，在我們這個行業，更是痴人說夢。」

「我還想他們這批人選裡面就也就那麼一兩個特別出眾，他是其中一個，能力好又辦事靈活，偏偏還是太衝動，可惜了，不然最後勝出的我很看好他。」

「我就知道你們偏心。」才媛跳起來，一旁的祝賀藏不住只好也起身，搔著後腦勺一副剛巧路過一樣。

程喬盤起手，詫異的問：「你們在這裡做甚麼。」

「我們是想來拿一個送錯的東西，完全沒有聽到你們說甚麼。」祝賀尷尬的笑，並一步一步拉著才媛想離開。

才媛甩開他，「我們聽得一清二楚，而且我們是來拿洋洋的辭職信，他還沒想清楚，一時暈了才交的。」

「那你們來晚了。」宋承翰拿起一張摺疊過的紙，「我已經看過了，而且沒有不同意的地方。」

「最近發生太多事情，他受了打擊，等他想清楚就不會吵著要離職了，能不能就當他沒交那封信。」祝賀不是沒打算真要不行硬搶也是一招，不然呢，事情都已經荒唐到這地步了。

「不行，他要為自己做的決定負責，這裡又不是遊樂園，想來就來想走就走。」

才媛看上去頗不耐煩，「你要是不答應，我就把你們兩個的事情昭告天下。」

宋承翰哼得笑出來，「那就麻煩妳了。」

「我答應。」程喬看了一眼宋承翰，「辭職信又還沒送到人事批准，大半夜的計較這麼多幹嘛，而且你短期要再訓練一個像洋洋這樣的人，換十個助編也抵不過一個他。」

眾人面面相覷，場面怪異到不行，四個人各有各的打算，程喬跟洋洋的約定仍舊作數，於公於私她都不希望他離開，祝賀有虧欠，才媛有說不清的餘情，至於宋承翰，他說：「告訴他我要一份近三年教宗跟各國元首會面的資料，明天我進辦公室之前他要送到桌上，還有告訴葛若男不用再替我拿衣服了，我確定他真的是色盲。」

潛伏任務宣告完成後，才媛冷冷對著祝賀微微一笑：「現在只剩下一個問題，請問誰去把洋洋叫回來上班？」

太亨苦著臉，「我試過，就是失敗了我們才在這裡。」

祝賀本來做好了一整夜不睡覺的準備，他想就是打到洋洋手機沒電他也得跟他說上一個字，沒想到他播過去的第一通洋洋就接了起來，並且用很平淡的語氣問他有甚麼事。

「給我一個解釋的機會，懇求你。」祝賀說。

連續幾天高強度的工作轟炸，不只洋洋，他們所有人都累癱了，就連精力旺盛的祝賀也有點吃不消，喉嚨清嗽幾聲。他的高級公寓瀰漫著依蘭花的香氣，他揚著手對著冒著白煙的琉璃精油壺使勁搧著，顯然也是第一次使用這個玩意，確保了燈芯不會熄滅同時又不會燒起來釀成大火這才滿頭大汗的在沙發坐下。他張開雙腿脖子枕著椅背，明明是自己家卻像是闖空門的一樣不自在。

他尷尬的說：「我幫你準備喝的好嗎，果汁、可樂，還是你想喝奶昔。」

「我不是口渴才到你家的。」

「洋洋，我們不能再這樣互相冷戰下去，你必須相信我。」

「到了今天我只願意相信兩個人，一個是我自己，另外一個絕對不是你。」洋洋坐到另外一張沙發上，「你一直在欺騙我，就像一個永無止盡的謎團，你為什麼在公司竄來竄去，為什麼會出現在酒店和總經理爭吵，為什麼背叛我和才媛在一起，每一件事我都不知道，而且這些事情都跟我有關，我有權利知道。」

「你知道的事情都是真相，至於你不知——」

「——哦，你對我有甚麼事是真的。」

「除了謊言都是真的。」

「是除了這句話之外的都是謊言吧。」

祝賀無奈的嘆氣，像是下定決心的說：「其實在認識你之前，我早就知道你的事，知道寅憂的事，關於祝寅憂的一切我都清楚。」

「我告訴過你天底下姓祝的人多得去了，難不成你是他借屍還魂要來報復我的？」洋洋說到這裡露出驚懼的表情，「你是嗎！」他的眼光流轉在祝賀白皙的皮膚上，這跟寅憂即便天天在太陽下晃蕩卻永遠比自己白一個色度很像，他開始回憶起寅憂死亡的相關訊息，他確定自己在某一天沒去補習班的晚間新聞裡看見了學生跳樓的新聞，按照醫院和時間地點都不可能出錯，學校也收到通知了。難道是世紀大騙局！他要以一個新的身分展開生活，鬼故事也沒人這樣說的吧，可畢竟自己也沒盯著寅憂棺材入土，誰知道木棺裡裝著的是塑膠娃娃還是真的寅憂呢。

祝賀抓住洋洋，這讓他渾身發抖卻不能落荒而逃，他右手搭上祝賀的手背，感覺到人類的溫度並不能安慰他的驚恐。

祝賀緩緩靠近他，洋洋徹底投降的閉上眼睛，「你到底想幹嘛。」

「我是他的哥哥。」他輕輕地在洋洋耳邊說。

「你這句話連你自己都不信，還指望我被你騙到。」

「我自己不相信還要別人相信的那叫情話，但我現在跟你說的都是真心話，我真的是他的哥哥。」

洋洋覺得吸入胸腔的每道空氣都涼颼颼的，他說：「拜託你告訴我寅憂死了，死得透透的。」

「他要是聽到你這麼說一定難過死了。」

洋洋惡狠狠的看他，他再得不到答案他就預備去挖墳了。

「死了。」祝賀到吧台幫自己倒了一大杯伏特加，他又拉開大理石桌面上方的櫥櫃，拿出一個馬丁尼杯也倒了一些，再從冰箱裡開了一瓶雪碧混進去，完成後他便放到洋洋面前。「我發誓從現在開始我不會再隱瞞你一丁點了，你儘管提問，我會連第一次都告訴你的。」

洋洋揚起一個皮笑肉不笑的應付笑容，但接過酒杯，「先從你那個顯赫的家庭說起，甚麼亂七八糟的關係啊。」

「也說不上甚麼顯赫，當然是有一點錢的家族，不過把自己背景隱藏起來的是你吧，你從二十歲便生效的信託基金是多少人撞破頭都沒有的好運，就算我們是被稱為有錢的人家，你背後盤根錯節的親緣譜系才是真正的勢力家族。」

「你調查過我。」

「我哥哥祝豪之調查過你，全部的資訊都在一個牛皮紙袋裡寫得一清二楚。」他不由自主的笑起來，「不過看你那張臉和脾氣，誰會覺得你是吃過苦的呢，學生的時候享受最頂尖的教育資源，還在大學就是專欄作家，要風是風說雨是雨，憑運氣，誰相信，幸運女神是你媽不成。」

「你父親的工作是甚麼，他的私人偵探查到那裏便停住了。」

「軍情局。」洋洋沒有賣弄玄虛，他喝了一口酒水，比較濃郁的氣泡酸甜味道很順口，「我身邊的朋友只有寅憂知道，我們交換任何秘密，這就為什麼我告訴你我很常去陽明山賞花，我家人到那裏可不都是觀光而已，不過你也別把我爸的單位想得太神奇，他們也辦考試招考，你要想也可以報名啊。」

「報名跟能上是兩件事，有名額也未必會給你，吃力不討好的事我才不做。」祝賀哈哈哈的笑起來。「難怪你總是不怕壞人，比起你父親跟你說的床邊故事，你碰見的那些傢伙可愛多了吧。」

「天下的烏鴉一般黑，天下的壞人一樣賤，哪個我遇到都頭痛，而且他也不支持我走這行，這就是為什麼我的信託基金沒有啟用，他完全不支持我做這一行拋頭露臉。」

「這我就支持你了，以你的才華，應該做些創意的事，進入單位啊恐怕是身不由己，不過話又說回來，難怪你一般不肯告訴人，說出來人家還不纏著你問東問西。」

「我以前還想要是真的在外面被欺負了，我說不定會跑回家對老爸老媽大哭一場，不過截至今日為止我都還沒這麼做過，大概是不想讓他覺得我為自己選擇的生活感到後悔吧。再說了，工作上被不長眼的老頭主管們刁難，難道要他去跟人手起刀落啊。」

「父親做軍情兒子搞文藝，這就像大白鯊生出一隻尼莫一樣，多浪費。」

洋洋想就連希爾頓千金派瑞絲有著跟帝國一樣的身家，都能把自己的前途毀得一乾二淨的，他就是有再不平凡的父輩資源，跟她比起來，連個小火光都不能算，又何必想倚仗家庭呢，靠自己是最實在的。

「別光說我，你在公司也只是像在玩，說得像你繼承父母大志了一樣。」

「你不是一直問我進公司的目的是甚麼嗎，很簡單，為了經營權，我的家人並不特別希望我回到台灣，要是能一輩子待在美國，恐怕他是樂見的。」那天祝賀告訴洋洋最後一個秘密，便是他的出身並不光彩，是父親在外面的小孩，這也是為什麼他和寅憂都是Chris的弟弟，卻在Chris眼裡有著截然不同的觀感。

「你說這麼多，還是沒解釋到為什麼你會跟才媛扯在一起。」

祝賀低下頭，「這是我唯一要乞求你原諒的事。」

「我沒有辦法原諒你。」洋洋想都沒想便告訴他，「起碼現在不行，我怎麼面對你和才媛走在我面前，應該視若無睹還是避而走之，很多事情我都可以豁達看待，但這件事我不行。」

「你可以氣我，多久都行，但我找你來是要告訴你，不要就這樣離開公司，把你的世界讓給討厭的人值得嗎。」

可是我不討厭你們，這樣的想法在心中萌生後他才清楚自己究竟是甚麼態度，他說：「我沒有辦法在公司撞見你們。」

當洋洋又把滾燙的跟火山熱岩漿沒有差別的咖啡遞給宋承翰時，他才相信自己又回來了。回到原點，即便第三次世界大戰爆發或海水淹過一半城市，只要看到宋承翰那張讓人心悸的臉孔，就代表明天太陽還是會出來，人類的文明依舊沒被消滅，否則他怎麼能如此刻薄又時髦的坐在自己面前。

「準備出去採訪嗎。」亞蓀朝他走過來說。洋洋要準備要跟著前輩去立法院採訪，一大堆的人捧著印有公司牌徽的麥克風，你擠我推，受訪的人又愛說不說，他真心不喜歡這種工作內容，這還不如去跟拍明星吃火鍋有趣。

「還是要去吃午餐？」

這個年輕男人實在很討喜，上次的企劃都結束後，亞蓀才告訴洋洋其實兩人早就認識，洋洋納悶難道全天下的人都跟自己有一段過去不成，要是這樣到了二十八歲就該有個小女孩打開他家門，對他說：「你是我爸爸。」他自娛娛人的笑起來。在媒體高壓又不能隨意亂說話的工作環境下他的小劇場越來越多，本來只限於用在暗罵大野狼。

洋洋最近和亞蓀走得很近，祝賀依然待在公司，洋洋很訝異自己就這樣原諒了一個第三者，難道他心裡很賤的認為橫刀奪愛才是真愛嗎？又或者正如那句愛情裡不被愛的才是第三者，他對祝賀表達他還沒想清楚要怎麼面對他們兩個，他也不想關注，不過並不需要祝賀的離開作為補償，第一這無法挽回或補償甚麼，第二如果自己真的對他恨之入骨，那麼他的離開也並不能緩解。

活動部是他現在敬而遠之的單位，如果有需要他不是找太亨就是亞蓀，他還是會和祝賀打招呼，有時候兩個人也可以互相微笑，對著一則滑稽的新聞笑著評論，卻總有甚麼不對勁，大概就像曾摔落地面的花瓶，就算沒碎裂，外觀完整，你還是覺得肯定有不知名的一小處凹了一角。

洋洋和亞蓀變成混在一起的朋友還要感謝兩張禮券，那天洋洋在宋承翰一堆牛鬼蛇神送來的票卷中發現了按摩館的票，很多明星都曾在那間店被拍到，洋洋知道宋承翰鐵定不會去，他怎麼可能讓一般人碰到他的身體呢，除非是撿骨入殮吧。他邀請了亞蓀，而他也欣然同行，就是在溫熱的海鹽鋪在他的背上，按摩師手法流暢的按壓時，亞蓀在隔壁的床上說：

「你真的不記得我啊。」

洋洋很訝異，亞蓀會穿三宅一生的藍毛衫也會穿H&M的Ｔ恤，氣質沉著優雅，比起祝賀又少了些紈褲子弟的風流氣息，多完美呀，這樣的人自己怎麼會不記得他呢，如果他們曾見過，自己是絕對不會忘記的。他說是在高中時代，「所以你沒印象是很正常的。」亞蓀善解人意的說著。所以這更不可能了，高中校園耶，裏頭全是一堆長相沒甚麼特色，男生不是衣服鬆垮就是刻意訂做得緊繃，有著過度曬黑的皮膚，或者是紅腫發炎的痘痘，而這個現在看起來帶點成熟模樣的亞蓀顯然不會有那樣的過去。洋洋覺得剛剛的思想太過刻薄，一定是在才媛身邊待久的關係，不過無所謂，很快自己就會恢復不時尚但是很善良的價值體系了。

「校際交流活動，你可能記得我們學校有兩個很出風頭的人，一個長得很俊美，模樣有點囂張，但絕對討人喜歡的男孩子，另外一個和你們的球隊玩得很開心，當天還錯過所有課堂參訪。」

「天哪，我記起來了。」他的浴巾披在身上，坐了起來說：「那兩個同學就像我和寅憂，不過他們關係看起來不怎麼好，總之我記得了，你和他們兩個都是學校的學生代表，當天晚上我們還一大群人去唱ＫＴＶ。」

有了這段過去的一面之緣，他們都覺得太晚交上朋友了，後來在公司裡亞蓀就變成了洋洋最好的搭檔，他也漸漸少去茶水間。他有時會想，大概有些人漸漸走遠，不再互相照面就是最好的散場問候了吧。

NOTE

生存指南 10

木秀於林，風必摧之。

行高於人，眾必非之。

上次的分組節目雖然洋洋所在的組別收到很好的回響，製播程度和線上產品沒有差異，甚至短短四集還賣給了大陸的影音平台，獲得了極高的評價，不過連帶惹出來的風波卻也不能忽視，於是在這樣的情況下公司無法給予他們全面的肯定，最後讓全體十人互評，提交此次企劃的心得與檢討，以決定誰去誰留。

「你不會被淘汰的，不用那麼擔心。」

「你真的這麼想嗎，葛若男肯定給我最低分，我都沒好意思給自己打好看一點的分數。」

最後結果出來時洋洋嚇壞了，他竟然是倒數第二，差一點就要收拾包袱走人。他不知道自己是要驚嘆這種不幸中的大幸，還是為低名次的分數感到憤怒。洋洋還沒跟宋承翰主動提起這消息，他倒是先開口問：「你對這樣的評價感到滿意嗎。」

洋洋沒忍住笑兩聲。

「完全不合理，我做出來的成績大家有目共睹，難道我幫公司簽下的合約是假的嗎，那些錢是金紙嗎，一看就知道他們打分涵蓋私人算盤，肅清勁敵，看別人跌倒好坐穩位置，真不可取。」

「所以說你不知道問題在哪。」宋承翰的眼神中帶著憐憫，當然也可以解讀成一種上對下的鄙視，「木秀於林，風必摧之。行高於人，眾必非之。當你向所有人證明你的能力之後，你就已經得罪了所有人了，這時候你只能低調，否則便會是這種下場，你這次還有墊背純屬你幸運，但下次明槍暗箭能不能躲過就看你的本事了。」

洋洋怎麼會不懂這個道理，漢朝公卿忌賈生，多少人都困厄在這種燦爛的悲劇裡，他不知道自己到底要到甚麼時候才能習慣糟糕的社會規則，但起碼不是現在，他對這個評鑑結果嗤之以鼻，如果這要做數，乾脆把他們丟到擂台上讓他們揮拳互毆，看誰能獲勝就給他一塊金牌好了。

他就是能冷靜看待自己是倒數第二這件事，也不能不為最後一名的名字感到惶恐，這次評鑑的最差人選是他的朋友：太亨。

理性上洋洋知道他不該做任何舉動，但既然他認為這一切是荒謬的，就無法因為自己不是要捲鋪蓋離開的那個人便無動於衷。反正他惹的麻煩也不是一件兩件，多一筆也不太顯眼。

他跑去找程喬，張口就批評這個結果，「我們互相評鑑根本不足以做為參考，作為當事人怎麼可能客觀的去評斷競爭者的表現呢，裡面有太多算計和策略，我認為這樣的方式太不正式，不能作數。」

程喬聽了半天還以為洋洋是最後一位，搞清楚來龍去脈後她說：「那你的意思是當作沒有這回事嗎，就算不談這份名單排序，你們之中總有最差勁的一個，而他就必須要離開，難道你是要告訴我你知道那人是誰，然後讓我直接把他送走？」

「我也不去評斷誰好誰壞，只是一定有更好的辦法。」

洋洋希望程喬再給他們一次機會證明自己，既然是要在能力上競爭長短，就應該回歸到新聞專業上，於是他提出以一段短時間為考核，每個人各自選材報導，在有限時間裡獲得的新聞點擊與各種實際收益，以此做為評斷依據。

程喬聽了他想法後說：「我是不介意給你們五天時間讓你們證明自己的價值，只是洋洋，你知道他最終還是要與你競爭的對吧，你現在這樣幫他，倒頭來還是要和他爭鋒相對。」

「我知道，但就算他會離開公司，我也不希望他是以這樣的方式離開。」

太亨知道洋洋為他爭取到這個機會，眼淚直接流了下來，「我都不知道要怎麼感激你，你不該這麼做的。」

「我知道如果今天易地而處，你也會這麼幫我的。」

洋洋還沒想好自己該報導甚麼，是公益題材，還是最賺眼球的名人八卦呢。但他決定暫時先把自己擱置一旁，他相信時間到了他的大腦自然會配合想出生存的好點子。他先和一個離過三次婚的名女人取得聯繫，她來頭可大了，第一任丈夫是軍官，那時她不太引人注目，只是默默交際了許多達官貴人，第二任則是企業家，從這時開始她便活耀於大眾的眼中，利用夫家的錢精準投資了一系列醫美，在前兩年賺得盆滿缽滿，而第三段剛結束關係的老公，除了給她一個可愛的兒子，還有天母的兩套房產。能把婚姻經營得如此風生水起，多了不起的人物啊。

「你怎麼能約到她作訪談，自從她又離婚後不是一向拒絕媒體的採訪嗎。」

他們走進一間相當大的公寓，大約有七十坪，兩間打通的格局，客廳大得嚇人，兩頭大象在這裡玩耍都不成問題。地板鋪著厚重的灰色花紋地毯，家具相對華麗精緻，天鵝絨的紅色三面沙發，中間一張長桌滾著金邊，上面擺著英式三層下午茶，傭人問他們是喝咖啡還是新鮮泡好的奶茶，將他們安頓好後，留他們獨自在客廳。

洋洋竊笑，「當然是以宋承翰的名義啊，所以你要說服她作為你的採訪對象，現在她的離婚風波還在話題上，你如果能寫出一篇獨家，基本上流量肯定沒有問題了。」

她穿著一件Vionnet黑白雙色的連身衣裙，出現在他們面前微笑說：「你們好，講電話的時候沒想到你們這麼年輕，稱呼我何姐就行。」

洋洋倒是有點意外，聽她的事蹟會想像她是一個強悍又犀利的女子，幾句交談卻只覺得她溫溫和和，懂得傾聽，讓人感覺不到壓迫感，外表看上去也就是一個保養得宜的中年女人。

「我們這次來主要是對何姐的故事很感興趣，網路上當然有片段的述說，不過我想多半是傳聞，不僅失真可能還多有誤傳，如果妳能夠信任我們，讓我們把妳的生活心聲寫成一篇簡單的報導，不但可以讓大家理解妳，甚至還能鼓勵很多在職場上有心進取的女性。」洋洋說完看了一眼太亨，太亨便積極的接著他的話說了下去。

「所以你們感興趣的部份是我的事業，不是離婚的八卦了？」她一雙眼睛忽然露出深深的笑意。

洋洋他們當然要寫到感情世界，只是沒料到她會那麼直白的說破。

「一個成功的女性，大家自然而然會好奇她的情感生活，如果婚姻帶來的學習或者是體悟是妳事業成長的一個重要環節，那我們當然也會很感興趣，不過只要是妳不想說的，我們不會問，更不會寫。」

「你倒是會說話，那你們要給我多少採訪費用，給你們採訪又對我能有甚麼好處。」

洋洋有些擔心這場會面已經破局，如果不能成功說服她接受採訪，剩下的時間再去找其他題材怕是來不及。他看到窗邊一組高台子上擺著兩個相框，裡面是何姐跟他兒子的合照，她寵溺看待孩子的目光足以證明這女人非常疼愛她的孩子。

洋洋心中有了打算，說道：「我們沒有辦法給出費用，坦白說來之前我完全忽略這點，不過，我可以保證如果妳讓我們採訪，我們會給妳一個新的機會讓大眾重新認識妳，無意冒犯，我個人很欽佩妳，但對於妳這樣遭遇特殊的女性來說，社會上有各種不同於我的評價。」

「我活到現在，還會在意那些嗎。」

「以前不會，以後便會了，因為妳不僅只是一個商場上成功的女性，更是一個負責的母親。」洋洋看見她的眉頭微微凝起，看向自己的眼光變得嚴肅而用力，他繼續說：「等何姐小孩越長越大，他會聽到別人對他母親的看法，如果有人不理解而肆意亂說，他聽在心裡會受傷，妳知道他受傷便會難過，於是妳會在意，並且在意得不得了。」

太亨放在大腿上的手抓緊褲子，緊張的看著洋洋。

「妳有值得讓人效法的特質，這個世界的眼光是那麼的狹隘，為什麼不讓我們把妳的好故事讓大眾看見，妳可以不在乎有一些些人討厭妳，但妳鐵定不反對多一些些人開始喜歡妳。」

她拿起面前的咖啡啜了一口，手輕輕的撫著裙擺，像在思考，看不出任何的情緒。直到她再開口時，眉上的神色讓洋洋露出了笑容。

「你有沒有興趣來我公司上班，我還缺個能言善道的公關。」她笑說。她接受了洋洋的邀約，不過卻指定洋洋撰稿，這跟他想的完全不一樣。

「太亨寫得比我更好，妳完全可以放心，若是到時候他的稿子妳不滿意，何姐隨時跟我說，我再來重訪都沒問題。」

「你沒問題，我不見得有時間啊。」她看著他們兩個傻愣愣的錯愕而微笑，「這樣吧，你們一個報導我的生意經，等於變相幫我的公司打廣告，反正我沒收你們的採訪費，就用這個相抵了，另一個人則採訪我的婚姻生活，也不算枉費你們這一趟來的目的，如何？」

洋洋笑著和她握手，感激的說：「我們一定會用心的。」

隔天一早太亨就到何姐的公司進行採訪，而洋洋則是下午去到她家裡訪談，兩個人聊得很愉快，她對感情的態度很大方，談及過去的婚姻並未扮演起受害者的角色，只說：「其實真的沒有爭吵或誰劈腿外遇，就是不愛了，這麼簡單，我第一次離婚的時候考慮很久，那時候天天失眠，白天醒來就去心理諮商，我一直覺得沒有衝突的婚姻不應該失敗，所以一直不敢想到離婚。」

洋洋感嘆的說：「但沒有衝突，便沒有激情，一段太過平淡到雙方無感的關係，最後就變成了兩相沉默，是不是？」

「你真的很聰明。」她看著洋洋瞇起眼睛笑問：「你知道世間錯過哪兩樣東西最遺憾嗎？」

「在能好好讀書的時候輕易放棄，和不敢挑戰真正感興趣的工作？」洋洋張著眼睛，他不覺得這是答案，但他想不到其他的。

「你說的也沒錯，不過我說得肯定更深刻些，一是錯過在你面前開走的車子。」她才說完洋洋就笑了，可不是嗎，記得上學的時候急匆匆趕到公車站時，看見公車就這樣緩緩開走，心裡何止是遺憾，更有怨恨。

「第二，是錯過一個你真正在乎的人。」

洋洋的笑聲倏忽停止，他有種雞皮疙瘩爬滿手臂的感覺。很多人都說應該在一起的是那個愛你的，而非你愛的人，但是換個角度想，難道沒有愛的細水長流就一定勝過倉促而轟轟烈烈的愛情嗎。

這趟訪問結束後，何姐很認真地對洋洋發出工作邀請，「媒體業太操勞了，待遇也未必多好，我的聯繫方式你收好，我歡迎你隨時來為我工作。」

公布結果的那天，洋洋根本不敢點開內部系統看流量，如果說有甚麼是他在這份工作學到的話，那就是宋承翰很久以前跟他說的，媒體圈子是瞬息萬變和出人意外的，也許這次努力的結果不是太亨落馬，而是自己呢。

一進公司，亞蓀就傳來訊息，說光昨天一晚上他的報導就衝破十萬點擊率，他坐到位置上，連電腦也沒打開，就回復趕緊問了那太亨的成果如何，亞蓀立刻笑說：「你們的新聞綁在一起，盤踞前三，一堆老記者可要傻眼了。」

萬幸啊，洋洋想。

總算所有前塵風波都告一段落，洋洋趴在桌上，累到不想動彈，他甚至想拜託葛若男去幫宋承翰準備午餐，他現在唯一想做的就是買一張飯店的度假券進去關個一年半載，甚麼也不管。

葛若男對著一臉精神不濟的洋洋說：「你是對著螢幕在思春，還是從倒影看見自己的蠢樣被氣著了。」

洋洋抿嘴抬起頭，微笑向他說：「都不是，就是剛剛寫了一條車禍造成兩死的新聞，我就想，天天都有人意外往生，就是不知道甚麼時候才輪到你呢。」

「我如果發生車禍那也是因為我開車朝你撞過去。」

洋洋拿起冷掉的咖啡喝了一口，「是不是沒能把我除掉讓你很不爽，你大概以為那次評鑑就是我能走到最遠的地方了吧。」他頭悶悶作痛的感覺越來越清晰，連續一周每天睡不到五小時快讓他快喘不過氣來，他早上還吞了四顆維他命C膠囊，希望能讓身體知道自己還有活下去的念頭。

「我是很失望啊，不過也有別的收穫。」

「是啊，現在十個人變成九個人，你自以為又離勝利更進一步了。」

葛若男搖搖頭，「我只是很高興你終於變得跟我一樣，或是說你終於做出跟我一樣的事。」

「你剛剛出了車禍嗎，到底在胡說八道甚麼鬼。」

他對洋洋說：「你保住了金太亨，不就是就踹走了另外一個人，那個本來能繼續留下的傢伙就因為你爭取的第二次機會被淘汰了，你以為你跟我不一樣？」葛若男哈哈哈的笑起來，「其實我們一樣自私。」

洋洋沒有話可以反擊，因為他有些相信，相信葛若男並非嘲諷。

好幾個晚上洋洋都在思考，也許他和才媛、祝賀之間的問題也正是因為微妙的競爭現實而變得複雜，如果他們是相遇在學校，一切便會簡單些，問題大概真的可以僅只是愛與不愛而已。

在五月的最後一天，端午連假的大白天，洋洋沒有力氣出去晃盪，躺在家裡享受近乎黃金般珍貴的悠閒，宋承翰到了首爾度假，洋洋幫他訂的機票，他打電話的時候網上能查到的飯店都已經沒有空位，而這時候搬出宋承翰的名字也沒有用，於是洋洋只能打給旅行社，當他說自己任職的公司時對方還以為是哪個旅遊團出包，緊張的連話都說不清楚。最後解決事情的辦法印證了一個真理，有錢能使鬼推磨，他們把一個旅行團的位置單獨切割出來，把裡頭的機加酒行程賣給洋洋，結果當洋洋搞定一切將單據列印出來得意的放到宋承翰面前時，宋承翰看了看說：「你讓我自己去是甚麼意思。」

洋洋瞪大眼睛，「你需要我陪你去嗎！」他們不是那種可以一起旅遊度假的朋友關係吧，而且在台灣被他奴役就很慘了，一想到在別的國度還要服侍他，估計那個地方這輩子他都不會再去。

如果眼神是刀，洋洋大概已經被宋承翰大卸八百塊了，「我跟你說過我是要和朋友一起去，你趕快去加訂，不要再拖拖拉拉的，難道把事情做得又慢又差勁是你的興趣嗎。」

洋洋深吸吐納了一口氣，他確定宋承翰只說挑一個近一點的地方並且要是都市，就這兩句描述而已，但他能跟宋承翰抱怨嗎，當然不行。於是他又得再去跟旅行社拉鋸戰一次，管他們是不是需要再把一個人踢出旅行團，反正孽都是宋承翰造的孽，將來需要下地獄的絕對不是自己，上帝必須把宋承翰列為首要人物，否則實在太對不起地球上的其他生靈了。

正他洋洋躺在床上享受盛世太平時，一個許久不見的電話響起。

洋洋放下餅乾，拍了兩下手接起來說：「粽子節快樂。」

「一點也不快樂。」祝賀的聲音聽起來很鬱卒，完全沒有平常一點精神抖擻的活力。

「今天大好假日你沒場子好玩啊。」洋洋其實不想跟他閒聊，他們還沒恢復到那種友誼關係，雖然他想或許有天會有一件事情再度把他們湊在一起，比如誰真的成為主播，眼前的這一切都成為人生一個雲淡風輕的片段，但絕對不該是今天，因為此刻他只想躺在床上當一個幸福的頹廢少年。

「我跟才媛分手了。」

洋洋的餅乾掉到地上，他對空眨了三下眼睛，不能相信自己聽見的事情。

他彎著腰，明知對方不會看到，但還是露出質疑的表情，「你不是要我安慰你吧。」

「不是，但我想這個消息或許能安慰你。」

洋洋尷尬的笑一笑，心想到底要喜還是要悲。祝賀問能不能見他一面，洋洋理所當然地拒絕了，第三者就算分手那也是分手的第三者，並不會突然從罪徒變成賢者。

掛掉電話後，他腦裡一直盤旋著這件事情，終於忍不住滿肚子困惑，他打了電話給才媛，他本來以為會聽到沉悶的聲音，起碼也絕對不該是現在狂歡的背景音樂。

「妳在哪裡啊。」

「哈嘍洋洋，我們在唱歌，我這裡有點吵，你等我一下。」她走出包廂，又接起來說：「你要不要過來，都是廣告部的同事，不過亞蓀也在，他有說早上問過你，但你這個人就是太懶了，假日悶在家裡幹嘛。」

洋洋質疑她和祝賀的情緒反應不應該要對調比較合理嗎，「妳跟祝賀分手了？」而且看情況，洋洋斷定是她把祝賀甩了。

電話另一頭沉默片刻，才媛用很平靜的語氣說：「是啊，分手了。」

「你們在一起這麼不容易。」洋洋說出這句話時自己都尷尬，他們可是冒著會失去朋友和違背道德的條件下走在一起，現在才兩個月左右，就已經走到山窮水盡了？難道是祝賀老毛病又犯了，這就是他說的感情上的嫖客嗎！

「他告訴我他的真實身分，我不認為這樣的他還有繼續在一起的必要。」

哦，你是說迷人的他竟然還有一個多金的家庭真是讓人失望嗎，洋洋完全搞不懂他們這些人談感情的邏輯，他更不明白自己，因為他開口幫祝賀說話，「隱瞞和欺騙在感情中的確很傷，可是又不是他裝作有錢其實是個債築高台的窮鬼，也許他只是想讓妳認識真正的他，這也很好理解啊，見錢眼開的人這社會也不是沒有。」

才媛又沉默了一會，才緩緩開口：「我也以為我會開心，這不是跟撿到寶一樣嗎，但是回家想了一想，我為什麼要給人考驗，我的家庭不差，自己條件又沒一丁點不好，他考驗我，那我能不能叫他跳火圈試驗他啊，而且……和他在一起的時候我才想清楚了一些事。」

洋洋對他們是無奈了，前女友和小王真是一種神奇的生物。

才媛轉了話題，「你到底來不來啊，我們還要續攤呢。」

「宋承翰好不容易不在台北，我終於能好好休息了。」

「老大也出國了，你們那位不會也是去首爾吧。」才媛說。

對話到此結束，洋洋卻無法不去想這一切，太荒謬，太煩心。他窩在沙發上輪轉電影台，周星馳又在點秋香，他又往後轉了幾台，這是他的習慣，確認好所有電影頻道的節目後，才能安心的挑選真正想看的片子，但他放棄了，深夜的電影不是情色就是殺人魔與厲鬼亂竄。他轉到新聞台，螢幕上竟然是宋承翰的預錄重播，他看著那張英俊同時雙眼放電的臉孔，心裡浮現的是自己在街上狂奔，手機不停的響，回到辦公室還要被這位主播白眼的可憐境地，現在不僅是身體不舒服，連心裡也不舒服了。他舉起遙控器轉回電影台，對著一臉清純的鞏俐說：「這麼多年過去了，還是妳活得最好。」

到了半夜兩點的時候，洋洋的手機不安分地叫了起來，他矇著眼睛拿過電話張口就說：「你的外幣我在行李箱的夾層有放了一點。」他以為是宋承翰到了不能刷卡的地方，因為當初他問宋承翰是否要替他換錢時，宋承翰用不可思議的眼神盯著他說：「你覺得我會到不能刷卡的地方嗎，韓國的原始部落？」但洋洋知道真到了宋承翰需要用的時候倒楣的還是自己，所以他偷偷的替他換了一萬台幣藏在行李箱。這點倒是顯示了宋承翰對洋洋的放心，他的五個戶頭裡面有兩個洋洋能隨意提領，用於他的飲食、洗衣、各種單據或者幫他跑腿時的私人支出，按月製成表單向他說明所花之處就行，不過洋洋懷疑他根本就沒認真看過，因為他曾經在極度疲憊和憤怒的時候寫下：心好累所以我要坐計程車回家，後面附註八百塊，宋承翰連提都沒提過這件事。

「你他媽的到底在說甚麼！」電話那一邊這樣吼著。

洋洋驚醒，用罰跪的姿勢坐在床上，他判斷了一下情況，宋承翰現在人在那裡，他的飛機出了意外嗎？哦，上天開眼，但這不可能，所以大概是行李在運送過程丟了，不過他是用宋承翰的信用卡刷的費用，並且再三交代所有行程配置都要是最頂級的，他的行李應該在嚴格控管下首先滑出輪盤。難道是他沒有替他把休閒服裝放進去嗎，還是Ann Demeulemeester的長外衣在運送途中皺了而他因此氣惱的睡不著呢？電話那端又呢呢喃喃的說著聽不懂的字語，洋洋忽然覺得不對勁，宋承翰就是再氣急敗壞，也是個不會說髒話的人，因為他不帶髒字的攻擊更能有效的羞辱對方。

「你是誰啊。」

「我是誰你都不知道，你太太太沒良心啦。」

洋洋聽出來了，說話的人是祝賀，但是不是平常的祝賀，他鐵定喝瘋了。

「幾點鐘啊，半夜不睡覺打來擾民，你人在哪？」

「你家！」洋洋爬到客廳，打開電燈，「你是喝到東西南北都分不清楚了吧，你不在我家，你在你家，現在滾到床上去睡覺，有事情明天再說。」

從外面傳來汽車喇叭聲，在深夜的巷弄顯得特別清晰，洋洋哀號一聲，外套都沒穿就跑了出去。祝賀醉醺醺地倒在駕駛座上，他的車是斜斜的橫在別人店鋪門口，打翻了兩盆店家的黃金葛，洋洋管不了這塊，先把祝賀運了上去，嚴格說來是半拖半拉。

祝賀躺在洋洋家的地板，眼睛時張時閉，「我爸我媽怎麼就這麼不愛我呢。」

「你現在是酒醒了還是還瘋著。」

「洋洋，是我對不起你，但我們和好吧，我的日子真的太苦了，忙著跟我哥作對，忙著替自己找一條活路，我不偶爾混帳一下我都不知道自己是不是還活著。」

洋洋抓了一件外套穿起來，他邊咳嗽邊說：「你能不能明早再跟我談心，現在大半夜啊，你不睡覺我要啊。」

「我生病了。」他從地上翻起身子，抓著洋洋的腳，模樣看起來可憐兮兮，「頭好痛喔。」

洋洋摸了一下他的頭，也不知道是酒喝太多還是真的發燒，祝賀的額頭真的挺燒燙的，洋洋拿了一件大浴衣給他換上，「你給我老老實實的睡覺，明天一早再跟你折騰。」

祝賀根本沒停消，一個晚上都在喃喃自語，還從外面的沙發爬進床上，死活要找人對話，洋洋覺得這人怎麼那麼嘮叨呢，直到天快亮的時候，祝賀才終於肯閉上眼睛默默睡去。

快到中午的時候，洋洋在一個夢裡被咳醒，那種身體疲倦卻被喉嚨的不舒適感強行喚醒的感覺糟透了，就像洗澡洗到一半熱水忽然變成跟大海一樣冰涼的溫度，並且沐浴乳泡泡還在身上沒沖乾淨。

結果祝賀酒醒之後，依舊頭好壯壯跳來跳去，他照三餐窩在洋洋家裡，而洋洋開始病痛了起來，便也沒力氣和他爭執。到了收假那天，洋洋都還沒能恢復精神，倒是兩個人的互動貌似恢復成過往的樣子。

祝賀穿著一件3.1 Phillip Lim的黑色飛行夾克，姿態輕鬆帥氣的倚在茶水間門口，也就是擋在那裡，反正所有原本要進去偷閒的人和他嘻嘻哈哈幾句便也像達成目的的回到位置上繼續苦幹。

「你只跟他睡了一個晚上就被傳染成這樣，怎麼辦到的，你們是疊在一起睡嗎。」才媛送上一碗外出時買的雞湯表示慰問。

「妳才跟他疊在一起。」洋洋反擊，但他說完便覺得訊息量太過龐大，好在沒時間擔憂這句話，他又劇烈的咳嗽起來，在這樣咳下去沒準會把腎臟也咳一顆出來。

「我也不知道我的傳播力這麼強。」祝賀倒了一杯熱水，不知道從冰箱的哪裡撈出一顆金黃色檸檬，接著再從流理台上方最右邊的櫥櫃拿出一把水果刀，洋洋從來不知道那是一個櫃子！他一直以為是牆壁的一部分。祝賀永遠知道公司不為人知的大事小事，要是哪天戰爭忽然爆發一定要先跟在他後頭，他一定會找到某個深藏多年的避難洞穴。

他把散發著檸檬香氣的熱水遞給洋洋，「依我強悍的本領，你再跟我多睡兩天說不定就懷孕了。」

洋洋閉著眼睛調整呼吸，害怕稍微氣喘的大些會惹怒喉嚨讓它大咳。他看著祝賀的刀子，說：「趕緊收起來，別逼我動手。」

「為了補償你晚上我請你吃飯。」

「我恨你。」

「今天你的稿子我全幫你寫。」

「我寫的新聞宋承翰都還有得挑剔的，你寫的來替我，他看到還不撕爛我的文憑嗎。」

「你少瞧不起人，我是紐約大學畢業的，怎麼就比不上你了。」

「那是因為你家有錢，要是你肯少混些我估計就是哈佛你家也能讓你踩著鈔票進去，這年頭經濟不景氣，不用捐圖書館，一片能養天鵝的綠地池塘或者帶有地下室的餐廳就行，順帶一提，我恨你。」

祝賀一點也不在意洋洋的攻擊，他的任何調侃或者羞辱的話跟才媛的開玩笑比起來都會變成跟讚美主的頌辭差不多溫馨。有一次車禍民眾的家屬打電話來要申訴，因為的確是對方的責任並且有其他媒體報導失準，本來才媛是要替他發新聞的，但他對才媛說：「可以換一個男的來嗎，我不想給女記者報導這件事。」

「我會替你如實報導的，請不用擔心，現在你可以跟我說……」

「妳們女孩子的邏輯都有問題，這會浪費我的時間。」

「聽你說話才是浪費我的生命。」才媛清晰而篤定的回應，「真是讓我遺憾，為什麼現在躺在醫院的不是莫名其妙的先生你呢，甚麼年代了你還歧視女性，你媽難道是公的嗎，甚麼？你要告我，你覺得我是被嚇大的嘛，好好好，你要知道等會掛完電話我就會發一則你污辱職場女性的新聞，並且登上我們網路版面，半小時內最少會有十幾萬網友看到，霸凌？我利用媒體霸凌你？親愛的，沒錯，我希望你去死，你大可以去跟我主管說，順帶一提，我的上司也是女的，我不確定她的邏輯能不能站在你這一邊，但我知道她的手段比我狠十倍。」

掛完電話後洋洋說：「他當然很可惡，但再怎麼說他家人還躺在醫院呢，妳這麼狠小心以後溜到地獄去。」

「只要那裡有四季飯店和chanel就不成問題。」

洋洋放下杯子繼續咳了起來，他應該要立刻跑到宋承翰面前的，這樣他才能相信自己真的是病到無法工作，昨天他把新聞稿交給宋承翰，並說他知道自己寫得可能不是非常出色，因為他頭痛到無法思考。

宋承翰退後兩步看著他，說：「不要說得好像你沒生病就能表現得很好一樣。」

洋洋憤怒的看著他，嘴上卻說：「謝謝你對我的關心。」他對這一切早就習慣了，月亮又不是天天圓，哪能指望宋承翰日日有人性。

「今天晚上你到我那休息吧，以免你自己死在家中都沒有人發現。」

洋洋還是用「我恨你」三個字表達拒絕。

「你忘了我家是你的衣櫃，生病已經那麼難受、上班已經那麼痛苦，為什麼不穿得好看一點接受病痛和工作的非禮呢。」

洋洋用發燙的腦子思考後說：「你說得很有道理。」

洋洋堅持自己的情況越來越好，但從咳嗽的頻率越來越加劇，並且頭也開始悶痛起來，他一站起來就好像被人使勁往下拖一樣，他開始思考這到底是發燒還是卡到陰。祝賀買了退熱貼放到洋洋頭上，本來今天他約了朋友去酒吧聊天，主要是也想給洋洋解悶，但他看洋洋連揮手的力氣都沒有。

「你說我買甚麼晚餐好，你現在有沒有甚麼不能吃的。」

「不用管我了，你去跟朋友聚餐，讓我靜靜地躺著就行。」祝賀告訴他自己也不怎麼想玩，洋洋也沒力氣再勸他，他閉上眼睛感覺像是三天沒睡覺那樣疲憊，恍恍惚惚他做了個夢，但一陣咳嗽讓他喘醒了過來，傾頭一看才過去十五分鐘。他看見祝賀睡得很沉穩，便也不想再躺回去，雖然他還在痛恨被祝賀傳染，卻沒打算冤冤相報下去，他一頭栽進也很鬆軟的沙發，真皮的冰涼感讓他燥熱的身體感到舒服，他確定自己燒得更厲害了。

就在幾乎要往生的狀態中，洋洋遇見了讓他想直接自盡的事情。Chris把他找來辦公室，洋洋一見他沒有用電話聯絡自己，而是親自到公司來便清楚事情嚴重了。

他說：「前陣子是你幫宋承翰安排出國的。」

「他哪件雜事不是使喚我去做，這有甚麼特別。」

Chris勾起嘴不以為意的笑：「那他是跟誰去你知道嗎。」

洋洋不敢抬頭看他，彷彿自己會被他的目光給燙傷，該死的，他怎麼會知道宋承翰又跟程喬復合了。

「雖然我不想干涉你們的事，不過你已經有家庭了，為什麼還要去招惹程喬姊。」

「你是承認你都知道這一切囉。」Chris從黑色大椅起身，走到洋洋身邊用不懷好意的眼光瞪著他，「我覺得你是忘記了我們約好的事。」

「我不想幫你監視他們，這是不對的，你可以直接對我報復，但不要把其他人牽扯進來。」

「我甚麼時候說過你有選擇的餘地了，我告訴你，如果你再違背我的意思，我真的會把寅憂那件事情昭告天下，到時候你會受到怎樣的對待，你心裡有數，即便不是一輩子，總也能讓你苦了個三年五載的。」

「你預備永遠這樣威脅我嗎。」

「不清楚，也許有一天我會放了你，但我還沒想到那一天是哪一天。」Chris走到門邊，「我能夠提拔程喬到這個位置，我也就能夠摧毀現在這一切，包括宋承翰擁有的，你如果想阻止我這麼做最好就乖乖聽話，否則事情失去我的控制，我也不知道一切會怎麼發展。」

Chris並未直接離開公司，他去找了程喬。

「休假回來一趟心情不錯吧。」他站在程喬桌前盯著她笑說。

程喬的臉色變得很難看，她沒有停下手上翻閱的資料，只說：「我跟他沒甚麼，你回家過節陪老婆小孩，我就不能跟朋友出去走走嗎，我以為是你希望我們的關係保持不互相困擾。」她拎著包包起身，「一起吃午餐嗎？」

Chris抓住她的手，「我不介意妳是拿他打發時間，但是他顯然不是這麼想，我告訴過妳不要再和他往來，我再說最後一遍，如果妳無法和他把關係斷絕乾淨，那我幫妳，我有的是讓他身敗名裂的辦法。」

「你怎麼那麼下流。」

「我要是品德高尚就不會跟妳搞外遇了。」Chris鬆開手，話鋒一轉問道：「我今天過來還要跟妳說另外一件事，主播備選的情況到哪裡了，你們心裡有沒有相中的人？」

程喬沒好氣地看著他，「有幾個人是大家開會都比較看重的，快到最後關頭，過兩天會發布一個試播的名額，算是給他們考驗。」

「我不管你們要過場還是要怎麼搞，最後的人選我已經決定了，北唐洋洋，就選他。」

程喬露出不解的表情，「為什麼是他。」

「他的能力不夠優秀嗎？」

「這倒不是，本來我們特別關注的人選就有他的名字，只是還有另外幾個人的表現也挺亮眼的。」

「那我管不著，既然妳也認為他足夠優秀，這件事就這樣定了，不要拖太久，其他人看是要續聘其他單位還是直接開了妳看著辦，我走了。」

生存指南 11

才華與實力可以炫耀，

但前提是你要有啊！

在洋洋收到最新的警告後，他簡直不知道要怎麼辦，現在不只是自己揹了一顆未爆彈，連宋承翰也是，但他又怎麼可能阻止得了呢。他曾悄悄的對宋承翰打聽澳洲Seven Network工作邀約的事，說：「又過了好一陣子，你給他們答覆了沒有。」

「我早就拒絕了。」

「甚麼！」洋洋驚呼，狂冒冷汗，我親愛的宋大人啊，你怎麼就把唯一的退路給截了呢。

「北唐洋洋。」宋承翰對著露出古怪表情的他喊，「北唐洋洋，叫你不回是怎麼回事，你腦子在想甚麼！」

「我想殺你。」洋洋說完摀住自己嘴巴，都怪平常被他奴役慣了，一個口令一個動作是身體的自然反應。「我我……是開玩笑的，我怎麼會有這種大逆不道的念頭呢。」

「多少真心話都是打著開玩笑的名義說出來的你知道嗎？」

「真的是開玩笑，你想啊，你就是安葬入土肯定也要託夢指使我去給你掃墓獻花的，我會給自己找麻煩嗎，當然不會，我愛你，我景仰你，我崇拜你。」洋洋幾乎是快崩潰的逃離宋承翰血腥的注視中。

他覺得這樣下去恐怕自己會心衰竭而死，於是他跑去找程喬，打算跟她共謀大計，畢竟她可是撒旦身邊的人，如果是那隻惡魔有甚麼軟肋，她是唯一可能知道的人。

洋洋沒把自己為什麼被他脅迫的原因說出來，但程喬像是不意外Chirs會使用這種手段。只是說：「你這小子，枉費我那麼照顧你，都把我出賣了。」

「我可沒有，不過都是矇他的，但能矇過一次兩次，三四五六總被他發現了。」

「在我看來他倒是對你很滿意啊，提前恭喜你，你已經是待定的主播了，告訴爸爸媽媽可以，在公司先別漏口風，估計再耗個一兩個月，所有試驗也就畫上休止，到時候便是你晉升的時候。」

「妳說甚麼！」洋洋驚愕極了，他一點輕鬆一點喜悅也沒有。他想Chris打的主意再清楚不過，只有自己不離開這個公司，他才能一直控制自己，這可怎麼辦，難道在職場的一天就要受制於人一日嗎。

爆炸性的消息並未停止朝他捎去。

「你知道嗎，祝賀被開除了。」亞蓀告訴洋洋的時候表情沒有一點遺憾，差點讓洋洋以為他為此感到喜悅。

「怎麼會這樣呢，甚麼時候的事。」

「別擔心，你要是知道理由鐵定會覺得我們都被他開了一大玩笑。」亞蓀敘述這件事情的語氣像是剛剛才發現祝賀是外星人。

公司收到了一封匿名信，裡面揭發了祝賀是總經理弟弟的事實，更準確來說內容是指出他作為主播備選，其家族卻持有公司最多股份，這是對已離開和仍舊繼續待在公司人選的巨大嘲諷。訊息擴散後，祝賀表明為避免疑慮他願意主動退出，由於他們幾人都已經算是正式員工，主管按優退的薪資批給他，但這聽起來就像是一種變相巴結。不過他作為小少東身分的曝光才是整樁事件最為人所驚奇的娛樂話題。

洋洋當然可以理解祝賀退出的理由，既然身分被發現了，那麼他在不在主播的位置上便也不再重要，他一開始就是為了要打好公司關係，理解上下錯綜的脈絡好為將來籌謀。不過聽見他就這樣離開還是讓洋洋挺震撼的，那麼剩下的人就剩八位了，終於一切都要到盡頭。終於都要到盡頭了。

洋洋跑到廣告部，他推開門張望一眼，沒找到人，轉頭要離開時撞見拎著星巴克紙袋的才媛，她一頭秀髮像灑了亮粉一樣光澤，臉上輕勻的腮紅讓她看起來神采奕奕。

「我正要去找你。」她從袋子裡拎出一杯她最愛的玫瑰蜜香拿鐵，「雖然天氣有點熱，但這個冰的真的不好喝，拿去。」

洋洋單刀直入的問：「是妳對不對。」

「你介意說的清楚一點嗎？」才媛皺眉，拐進辦公室。

洋洋拉著才媛走到牆邊，低聲說：「匿名信是妳寄的吧。」

才媛皺著嘴，抱怨的瞪了他一眼，「為什麼不是葛若男，他天天想把其他競爭者丟到鐵軌上給火車壓，祝賀對他來說也可能是一個威脅，只剩最後幾個人了，他的做法也合理啊。」

「我不反對他有謀殺我們的慾望，但是知道祝賀背景的只有我和妳。」洋洋打量著穿鵝黃色小外套，白色短裙，妝容精緻嬌俏的才媛，他咬著牙齒，更加篤定的說：「我就知道是妳，妳幹了壞事或者得意的時候就會心情特別好的打扮，我猜妳前天寄完信就在挑衣服了吧。」

才媛退開幾步，纖細而濃密的眼睫毛快速眨了幾下，「我每天都很漂亮好嗎，你哪天看我不好看了。」

「還不承認，妳上次戴這個APM Monaco手環是為了慶祝我們熬過三個月實習期，這次是為了慶祝趕走一個勁敵吧。」

才媛下意識的摀住手環，努力的說：「我是為了慶祝……我媽改嫁一周年紀念日。」

「妳媽改嫁啦。」洋洋縮著脖子真心困惑。

「對啊，他嫁給一個在日本賣礦泉水的。」才媛無奈的擺擺手，「好像也賣柳橙汁甚麼的，我查過那個集團還算有規模，估計能給我帶來一份不錯的遺產，當然啦，前提是他們婚姻順利。」說完就自然的朝辦公室走去。

洋洋差點就被唬住了，才媛發現這件事瞞不過去後，便無奈的說：「對，是我說的，但我是為了我們，祝賀他爸媽是公司大股東，這已經不叫內定了，這叫耍人，我們全部都是給人抬轎的，以我們兩個的條件給人抬轎，讓他做夢去吧，你想為什麼他每件事情都無關緊要，因為他心知肚明自己會是獲選者。」

洋洋一時被她說的語塞，「妳想錯了。」

「是你沒想清楚，到底是你的人生安排重要，還是跟他吃飯當朋友重要。」才媛像在摸心愛珠寶的拍拍洋洋臉蛋，「我知道你有腦袋，但你常常對身邊的人判斷錯誤，如果到最後只剩我和你競爭，我一定不耍手段，可是現在要犧牲我們拱別人上位，我就是少一條手臂或斷一條腿，都不可能這麼做。」

「那妳當初何必跟他在一起。」

「你終於還是這麼問了。」才媛聳肩，「沒有和錯的人相處過，怎麼會知道誰才是對的人。」才媛輕輕給了洋洋一個擁抱，「我一直欠你一句對不起，因為我知道你不怪我的，你太善良，也還沒學會計較。」

洋洋把頭抵在玻璃窗上，腦海裡想著自己和才媛的感情，外套口袋裡的手機不斷震動，想也知道一定是宋承翰又找不到他使喚了，他難道就不能憑自己的力量去購買一次食物嗎。才媛從來沒跟他談過祝賀的問題，他過去也沒勇氣質問她，因為他擔心會聽見才媛雲淡風輕地說：「不過是我不喜歡你。」他可以憤怒又爆炸的朝他們咆哮，卻沒勇氣面對來自愛人的不在乎眼光。而剛剛那樣的一句話卻是才媛對祝賀整段感情的評價，「我不喜歡他，或者我不是那種女孩吧。」

很多女孩子衡量身價的方式是看自己有個怎樣的男朋友，但那種女孩是沒有辦法活得驕傲又不受拘束的，而才媛顯然無法那樣生活著，她渴望自己成為有價值的精品，而不是別人產業中的副牌。祝賀風趣、年輕又有錢，如此輕鬆獲得她的芳心，卻又不過是如此短暫的一份露水戀情。

在幸福之外徘徊過的人，才知道幸福的模樣是甚麼樣子。大概她看見了自己的愛情，於是便不再猶豫了。

洋洋忽然興起一個念頭，「妳說妳不願意為別人抬轎，這有幾分道理，換作是我也不甘心參加一場輸贏早就注定的遊戲，我接下來要跟妳說的話還沒有人知道，無論妳怎麼做我都不會怪妳。」

洋洋把自己已經做為內定人選的事情告訴了才媛，她邊聽邊皺起眉頭，最後說：「我就知道。」一臉不高興地轉身離開。

結果試播人選出爐後，洋洋反覆看了三遍信件，確認自己沒有眼花。三個人名：北唐洋洋、方才媛、葛若男。洋洋不敢相信才媛竟然沒有去揭發自己，她為什麼沒有這麼做，她已經明白了事實，難道以為自己在開玩笑嗎。

洋洋找到她，只問：「為什麼放過我。」

才媛聳聳肩，「因為我相信你不是那樣的人。」

「可是我說的是真的，如果妳對我說得置之不理，妳再努力都沒有用，因為我已經被定下了，妳真的明白我的意思嗎。」

才媛看著他一臉認真笑了起來，「說你傻你還不信，是不是在你心中我就這麼唯利是圖，如果對我來說有更重要的東西呢。」

洋洋愣愣地看著他，吞了一下喉頭，「妳不是對我下不了手吧。」

才媛低下頭，輕輕笑著，「我相信自己足夠優秀，也許他們在看過我的表現之後會認為我才是最好的選擇，到時候你可不要哭。」

整件事情脫離了洋洋的預想，才媛是對自己還有感情嗎，早不堅持晚不表露，偏偏選在這個需要她開刀的時機，上天和月老是聯合起來玩他吧。

興許是壓力過大加上操勞，洋洋過敏了起來，一張臉紅癢到面目全非的程度，他對著鏡子紅了眼眶，不斷告訴自己不要小題大作，並且忽略剛剛醫生告訴他「可能會留疤，但你男孩子不要緊」的惡劣語氣，一滴眼淚落了下來，滾燙的滑過每一吋發癢的肌膚。他開始遺憾沒聽老爸的話乖乖準備考試，他一定能在公家機關得到一份體面又尊貴的工作，就算如今鐵飯碗不再那麼鐵，也總比他現在端的水晶華盤穩固多了，也許穿著聚酯纖維的襯衫去翻閱政府公文比不上披著Fendi的外套跟潤娥做訪談那樣來得開心，但他的真厭倦努力了，甚麼越努力越幸運，不努力就不會成功，他現在只知道不努力一定會很輕鬆，

到了試播那天，洋洋收到了太亨的簡訊，他祝福洋洋今天一切順利，並表達自己不願意再待下去了。

「你怎麼好端端的這麼喪氣呢。」洋洋心虛的朝電話裡的他說：「你忘記我們熬夜寫報告，幾天幾夜為了何姐那幾則新聞差點連肝都賣了，你都熬過來了，現在離最後關頭那麼近，你卻要撒手。」

太亨嘆息，但語氣平靜，「從那時候我就該知道的，如果不是能力那麼好的你幫助我，我早就離開了，而且人人都說這份試播名單基本上就是決選三的陣容，前陣子祝賀走了，如今你又獲勝在望，我實在不想也沒意義再爭下去。」兩方沉默無語，一邊是對自己不抱期望，一邊是深知現實殘酷，最後太亨說：「這九個月太累了，但值得，因為我看清了自己的極限，謝謝你洋洋，無論如何我都不會忘記你曾經那麼無私的幫助我。」

掛掉電話後，洋洋坐在主播的更衣室發呆，他覺得好恐懼，身邊空蕩蕩的，當初一起努力的朋友全都不見了，這是必須的嗎，眼前的一切在十多年後都會變成一場笑話嗎。

宋承翰走進來，雙手兜在口袋看著洋洋，「西裝選得不錯，你穿暗藍色看起來很銳利，沒那麼傻了。」

「大BOSS，你現在是那麼成功的主播，你是怎麼走到這裡的。」

洋洋忽然覺得自己跟宋承翰之間的距離好遙遠，像是他一輩子也無法成為那樣的人，他熱愛這份工作嗎，他為了向寅憂道歉而來到這裡，有沒有在一瞬間他也和寅憂有了同樣的心願呢？他還有自己嗎？又或者那只是一個支持他在畢業後走向職場一個不會放棄的動力罷了。他不知道，他只覺得這一切無法使他快樂，但不快樂卻又不能說明他不愛。

宋承翰走到他身旁，伸出手指端正了下洋洋的衣領，「只要你能洞悉別人的慾望，同時又不被自己慾望所綑綁，那麼你就可以踩著任何一個擋在你面前的人抵達權力的最高峰。」他盯著洋洋的雙眼：「我問你，現在你最想要的是甚麼。」

「我想睡覺。」

如果這是在電動而宋承翰的殺機可以具象化，洋洋大概已經被砍得支離破碎了。

洋洋脫下西裝，把擱在一旁的電腦和資料通通丟進包包，「我要去找太亨，他大概是要準備辭職，我不能看他這樣放棄。」

「今天是你們首播的日子，連線網路放送就等同於正式一樣，未來你登上主播檯也打算這樣想走就走嗎。」

宋承翰剛剛是暗示自己會有變成主播的那一天嗎，洋洋竊喜，但手上的動作沒有停下來，他確定自己已經把宋承翰晚上的新聞稿列印好放在他桌上，張口便說：「我必須要請假，太亨想辭職，現在只有我能攔住他，你不知道他走到今天花了多大的努力。」洋洋知道自己不應該把別人的瘡疤拿出來說嘴，但他必須讓眼前的大野狼有一點人性，只得誠實相告：「他從小是領低收入戶津貼長大的，他說了，如果這一年不能在台北找到工作，他就待不下去了，這很可能是他一輩子扭轉命運的唯一一次機會，你知道社會的階級有多可怕嗎，它會一代又一代的複製，只有微乎其微的可能讓他們往上爬，我必須幫助他留下來。」

宋承翰張口笑了起來，「你以為這樣很熱血很感人，那你自己呢，這也很可能是你唯一一次機會，自己都快溺死了就不要想著拯救別人。」

「我只是想請個假。」

「只是請個假？你是把上班當做是上學對吧，還不用父母簽名多愜意啊，北唐洋洋，你知道你想要坐的位置有多競爭嗎，他的名額比國考還少，難度比空服員還高，像我們這樣正經有規模的公司更是別人擠破頭拿刀互砍都想進來的。」宋承翰的模樣看起來很苦惱，不耐煩的說：「我可以允許你請假，第一是你本人生病，但必須是有即刻的生命危險，甚麼感冒發燒的別來跟我開玩笑。」這個洋洋深有體會，他知道除非自己是要移植眼角膜，否則病假就別想了。「第二是你要為家人奔喪，這我會給你四十八小時的假，我並非不通人情。」

還有第三嗎，洋洋在心中嘲諷自己竟然能在這樣的人底下工作這麼久，他死後一定會上天堂的。

「第三除非你要時間打辭職信，那你可以請半天。」

「我必須得走。」撂下這句話之後洋洋頭也不回的離開房間。

洋洋找到了太亨，他在公園散步，遛著隔壁鄰居家的黃金獵犬，他看著洋洋滿頭大汗的模樣驚嚇極了。

「你不是應該在播新聞嗎。」

「我們現在跳上計程車應該還來得及。」洋洋也並不是很在乎，他就是想刻意出錯，要是自己不爭氣有了大家目睹的失誤，這樣即便是Chris也無法保證他一定能成為最後的那個人，想到這他就舒服多了。

「你讓自己差點錯過這個機會就為了把我找回公司。」太亨抱著黃金獵犬坐在車上對洋洋說。

洋洋摸著大狗的頭，笑說：「我可沒有忘記你們為了我夜闖公司，跟盜墓一樣的把辭職信搶回來的事情。」

兩個人一條狗回到公司的時候，才媛剛剛播完，還有十五分鐘就輪到洋洋播下一節，宋承翰瞪著他，「你還回來幹嘛。」

「完成我的任務啊。」

「你的表現非常不專業，簡直幼稚。」宋承翰把剛剛洋洋丟在椅子上的西裝扔給他，「你就準備在大家面前出糗吧，等一下你要是念錯一個字，就不用回辦公室了。」

「大BOSS。」洋洋喊住轉身離開的宋承翰，「如果真有我當主播的那天，你就要替我買咖啡、檢查稿子的錯字，還要去乾洗店拿我的西裝外套。今天你怎麼虐我來日就怎麼還我。」洋洋抱著待會要播的新聞稿，昂著頭說。

「你作夢。」宋承翰看都不看他。

「做人心胸這麼狹窄，我還不希罕呢。」

「真有那一天，我頂多替你泡杯三合一，其餘免談。」承翰的語氣一如既往的冷淡，但洋洋卻忽然覺得這頭大野狼主管其實也沒那麼壞嘛。

最後的五位人選是由總經理親自到公司宣布的，大家看這個排場，自然能理解還有其他重要的訊息會傳達，不會是餐廳多了一道蝦仁燴飯這種小事。那天洋洋的表現鎮靜無缺點，或許是他放開手的緣故，人不怕失敗後，就也沒甚麼能影響自己表現的。程喬告訴他在真材實料的評分上，他是毋庸置疑的前三，不要為了Chris的決定而質疑自己的能力。

亞蓀被淘汰了，他倒是看得開，說自己還是到能正常上下班的公司比較妥當，洋洋知道他有退路，便也不那麼替他遺憾，而他真正感到抱歉的是太亨，因為最後的名單裡也沒有他。

「我一點也不意外啊。」太亨說。

洋洋不知道怎麼安慰他，有時候當你能做的都已經做盡了，剩下的除了安份接受命運的發展，其餘便再也不能。

「你這趟路沒有白走，起碼讓我認識了你這麼好的朋友。」洋洋笑說，他向太亨告別，自此公司果然就剩他孤伶伶了。

洋洋、才媛、葛若男以及兩位編輯部的備選生是最後五人名單，最遲不過兩個月一切便真正畫下終止。洋洋頭疼得不得了，對於勝利他當然有渴望，不過想到要受制於人不知道多久，他便又希望自己能被刷掉，但無論是哪個選擇，都不是自己能輕易下定決心或者由得他控制的。

「這五位主播新星自今日起不會再隸屬任何部門，直接掛在新聞中心的主播群裡，讓我們給他們一個鼓勵的掌聲，肯定他們努力到現在。」Chris率先拍起手，並朝洋洋的方向冷冷地看過去，「此外我還要跟大家宣布一項人事命令，不諱言，這對我來說是一件特別開心的消息，我的弟弟，也就是很多同事已經認識的祝賀，從今天開始也會加入公司的團隊，一起為集團做出貢獻和努力。」

祝賀從門口走進來，模樣像是在紅毯上等待攝影師拍攝的帥氣明星，Chris的臉色別說有多蒼白，一點也看不出他有一點「特別開心」的情緒。洋洋為此感到愉快，總算能看見他頭痛了。

Chris如此鋪張的安排祝賀的初登場，就是要讓所有人都知道這個年輕小夥子就是空降，最好別人認為他沒有一丁點能力，不過是倚仗家裡的富貴公子，如此一來便也不能威脅自己在公司的來日地位。

洋洋對他的歸來倒是喜聞樂見的，熟人一個個走了，看見他又依然晃過來盪過去，怎麼說也還是挺趣味。

「你就靠股息悠哉過日子就好了，沒事跟人演甚麼《甄嬛傳》啊。」洋洋敲了下祝賀辦公桌上的名牌，笑說：「文藝中心主任，請問一下你預備做甚麼大事業好震驚父母，讓他們也分幾座城池給你統轄。」

祝賀穿著一身藍西裝，十足的菁英派頭，「別玩笑我了，我必須動作啊，要甚麼都不做董事會還真以為我沒能力可炫呢。」

「才華與實力可以炫耀，但前提是你要有啊！」

祝賀沒好氣一愣，說：「搞文藝這種事情你最擅長，當做功德幫幫我。」祝賀腦子裡是有構想的，他打算擴建影劇部，首先便是發行娛樂周刊，利用公司現有的網路便能很輕鬆的填充刊物裡的內容，如此一來是先熟悉業務，二來拉近跟相關部門的關係，等到周刊成熟，自己便把影劇部吃下，影劇部獨立出來變成由他主管的影劇中心，他也就有了自己的一支人脈派系，好跟Chris展開對抗。

洋洋除了準備每天上台半小時的主播功課，還要張羅缺人手沒資源的文藝中心，一天晚上他忽然有了奇想。

「你說我好不容易走到比較輕鬆的階段，現在又被你拐來賣命，我會不會太悲情了，又不是將來這公司有我的一半，我需要這樣嘛，我至於嘛，我容易嘛。」

祝賀捧著咖啡做小伏低的遞給洋洋，「我不是還給你掛特助頭銜，你現在領的是兩份薪水啊，你做一個月你同學賣血運毒三個月都趕不上，這樣真要還不滿意，你說你還要多少，大不了我把自己的那份薪資貼給你。」

洋洋嘿嘿嘿的接過咖啡，模仿宋承翰刻薄的眼神說：「吸管呢，我看起來像野蠻人嗎。」他當然不是在薪資上抱怨，就這個數字他都敢拿回家跟父母炫耀一番了，何況再往上提高，刊物的決策祝賀已經都放膽給他執行，有錢又有權，還不夠功高震主啊。

「我是想你既然輕易信不過人，但也不能總是找影劇部的人支援，你說給他們津貼，有良心的感謝你厚道，腦子不清楚的還喊不希罕呢，人手還是要再多一兩個的。」

「你的意思是要招人了？」

「是，但不麻煩，我們怎麼不找太亨跟亞蓀回來呢，比起再重新找，哪裡有比他們熟悉公司的，而且就是說從其他媒體挖人來，那些前輩也未必跟我們合得來，我們年輕，最煩那些仗著資歷輕視我們的，你之前在公司還是小基層的時候又不是沒吃過他們的虧。」

祝賀對這個提議完全附和。等洋洋去找時，亞蓀回自己家裡幫忙了，後來洋洋才知道原來之所以他會對紙媒和行銷熟悉，正是因為他家是開網路書店的，而他雖然不能再加入他們，卻承諾會在周刊的銷售上給於重點支持，有了他的幫助，果然周刊兩周的銷量都在預期數字之上，這可洗去對文藝中心有所質疑的聲浪，起碼證明這個機構不是擺設，而是能有發展的。

而洋洋最在意的便是太亨回來了！

「你看我們三個現在又聚在一起了，多好啊，你們都跟著我，等我把這間公司拿下，肯定給你們好吃好喝的。」每次他們在公司加班的時候，祝賀便拎著消夜對他們這樣大放厥詞。

洋洋私底下跟祝賀協調，讓他把特助的位置換給太亨，「一來是我不那麼缺錢，二是我也實在忙，宋承翰那裡雖然葛若男分了一半事情，不過我總覺得他不太高興，對我說話好像又更惡劣了，我之前在他身邊熬了那麼久，可不想毀在最後。」

洋洋這麼說是有原因的，自從他們直隸新聞中心後，他就不用再做編輯部的工作，但宋承翰對他分心到祝賀的項目裡頗有微詞，「你到底想不想當主播，做人心不要那麼大，你兩邊跑，不要這邊沒顧好，又惹人非議，祝賀的那個部門不僅僅是做得起來做不起來的問題，你也不是沒眼睛，公司的派系鬥爭你能不參與就別瞎攪和，自己有幾分能耐還不清楚嗎。」

洋洋重新分配時間，一天半日仍舊跟著宋承翰，他確信自己是有獲得他認可的，因為自從他再次掌管宋承翰的飲食後，他竟然從宋承翰那裡收到一條稱讚，正確來說是宋承翰對葛若男的批評，「他好像從來沒有活過一樣，我叫他幫我預約一家好吃的餐廳，結果他竟然問我是要去饗食天堂還是momo甚麼鬼的壽喜燒，是他的日子過得太苦還是他的品味真的太差。」宋承翰用嫌惡的表情敘述完整件事情後，他抬起眼皮瞥了洋洋一眼，說：「從這些細節來看，你比較像是跟我生活在同一顆星球的人類。」

洋洋想著，他說我們生活在同一顆星球耶，他不是沒有懷疑過這是否為一種變相羞辱，但他確信宋承翰那句話是把兩人放在同樣的框框裡，於是他就更不確定這到底是一種榮耀還是恥辱，他可是絕對不會因為星巴克店員在杯子上寫了一句加油外加笑臉就讓人重新跑腿一趟。

宋承翰這邊關係緩和了一些，祝賀那就有意見了。

「你現在已經不是編輯部助編，更不是他助理，怎麼還老是給他跑腿啊，這不是壓榨嗎。」

「他還是我導師啊，新聞業哪個不是一個帶一個，我總不能傍上你這棵樹就把他拋開吧，而且你是一跟草還是一棵樹都還未可知呢。」洋洋見他表情認真，只得哈哈一笑帶過。

「你把他當導師，卻忘記他不是你一個人的導師，我本來不想說的，誰知道你不知好歹，我才是能幫助你的那個人，今天在會議上有討論了最後主播人選的提案，你知道宋承翰推薦的人選是誰嗎。」

「那還用說。」洋洋篤定是自己，他可是說過他們是同一顆星球上的人，自己人當然互相支持。

「希望你的『那還用說』是指葛若男。」

「你說甚麼！他推薦的人是葛若男。」

祝賀哼哼一笑，「我也納悶，不過這是事實，不信你自己去問他。」

洋洋知道後心裡當然不愉快了，他差點想在宋承翰的燻鮭魚裡投毒，這傢伙怎麼回事，難道他們星球上的人民都互相殘殺嗎。

在為他送完咖啡後，宋承翰一摸到杯子就說：「你失去知覺了嗎，我甚麼時候喝過涼掉的咖啡。」說完便抬起杯子要洋洋接過去。

「我怎麼知道甚麼溫度正好，也許葛若男清楚呢，你找他好了。」

「你長本事了，敢這樣跟我說話，估計明天你都能對我揮拳了吧。」

洋洋勇敢地說：「你怎麼能推薦葛若男呢，我以為這點我們有共識。」

宋承翰笑出來，一臉荒謬，「我跟你有甚麼共識？」

「你認為他的能力比我好嗎。」洋洋說得很慢，像是怕宋承翰沒能聽清楚，這個問題對他來說太重要了。

「你連咖啡都不知道怎麼泡，你這人有甚麼能力。」

洋洋憤怒起來，瞪了咖啡一眼，怒氣沖沖地離開他面前。

他坐在自己位置上，不能遏止的怒氣和羞恥感幾乎要淹沒他，他怎麼會天真的以為宋承翰已經完全在站自己這邊了呢，他有清楚說過嗎？沒有，你或許是比葛若男會選餐廳，但這不代表宋承翰會認為在專業素養上你贏他。洋洋仔細地想了一遍，發覺是自己一時獲勝心變得好強，Chris說要內定他的事情影響了他對整件競爭的判斷，他一方面比任何人都有自信，卻又要所有人都肯定他的實力，他想到這便有一點懊惱。正打算到茶水間重泡一杯咖啡的時候，他聽見裡頭有人說到宋承翰的名字。

「最近北唐洋洋那幾個新人要選出登台主播了吧，這些年輕人運氣真好，我們那時候要是有這樣的機會，不知道少熬幾年。」

另一個人語氣篤定的說：「我看多半是宋承翰底下那兩個人會上位，沒看每次出鋒頭都是他們，惹事的也是他們，但有誰離開公司了，這不擺明了嘛。」

「你是說他背地裡安排自己的人啊，這也是，他自己不是也被傳過是靠關係嗎，現在有了徒弟，還不依樣畫葫蘆，不過你說他們兩個他該選誰呢。」

「今天開會他就表態的很清楚啦，他安排的就是葛若男，只能說那個洋洋運氣不好。」

洋洋這時才明白，宋承翰正是偏心了才在所有人面前和自己切割，如果自己現在已經在鋒頭上，而他又還推舉自己，那即便他進了公司，也會被別人說是安排好的，只有在這些人以為他是被放棄的那個，他才能讓大家相信他不是靠導師照顧才上位的。

洋洋懊悔自己想法太簡單，不過他又怪宋承翰不肯直言，自己冤了他倒也不算太冤，多泡幾杯燙死人的咖啡補償他就是。

程喬和宋承翰外出用餐，也正說起這件事。

「你真的認為葛若男比洋洋優秀啊。」

宋承翰了然於心的一笑，「妳明知我的想法。」

「我覺得你這麼做是對的，畢竟洋洋肯定是最後的人選，現在讓大家多一份同情和可惜，以後也就多一分肯定和認同。」

宋承翰放下刀叉，不解的問：「他怎麼就肯定是最後的人選了。」

「我們總經理的命令。」程喬放下麵包，看了宋承翰嘆了一口氣，「他讓洋洋監視我跟你的一舉一動，大概是獎賞吧。」程喬這麼想無可厚非，因為當初她也就是以主播之位為獎品誘使洋洋為她辦事，雖然立場不同，但手法是一樣的。

「我倒是低估他了，想不到他這麼會演，我還真的以為他是個單純的小孩子。」

程喬搖頭，「你也別想多，誰沒有一點無可奈何，他還年輕正需要機會。」

宋承翰沉下神情，面容看起來陰鬱而不快，只說：「那我便隨他了。」

生存指南 12

保全你自己就是周全別人。

文藝中心的刊物發行的很順利，但說成果大到已足以徹底整合影劇部還是尚有差距，於是祝賀透過之前的實習經驗，覺得網路節目大有可為，並且洋洋的兩次規劃都曾取得過巨大成功。

「我要你再製作一次，像以前那樣。」

洋洋搖頭擺手，那兩次簡直要累翻他，好像每分鐘都處在兩千公尺快跑那樣緊繃，並且都為他帶來毀滅性的後果，「果斷拒絕，你找誰都好，我負責刊物的文字整理就忙不過來了。」

祝賀把洋洋拉到自己的皮革座椅坐下，捏著他的肩膀，哀求的說：「拜託你一定要答應，周刊現在已經上軌道，太亨可以負責一半，我也剛面試了兩個雜誌編輯過來，現在還多了一個業務，程喬姊也把我們的版面納入公司洽談的板塊，你看，都安排好了，你就專心致志的騰出手為我製造新企劃吧。」

洋洋看他的模樣是不會放棄了，「說吧，哪個明星，從大西洋還是太平洋來的，你給我多少資源，多久時間。」

祝賀把他的椅子轉過來，「這個明星你鐵定熟，我要你針對他們兩個做出網路新聞的企劃，以我們公司現有的新聞頻道作為競爭對手。」

「你瘋了吧，我是公司的主播，哪有幫人打擊自己公司的。」

祝賀激動的握住他的雙手，「你不幫我打擊他們，他們就要來打擊我了。」

洋洋傻眼的看向他，「那你主播要用誰，不要告訴我你要我去挖宋承翰過來，他不會理我的，我們最近關係降到冰點不說，他也從來不熱心別人的事情，即便你心臟病發在他面前，他也不會幫你叫救護車。」

「我才不用他，我要用你，還有太亨。」

網路新聞的製播相當隱密而低調，又因為核心人物就是洋洋和太亨，而幕後編輯也是他們，所以這次不用配合明星時間和一堆難如登天的要求，製作起來相當順利，一直到網頁上線的前三天，這個消息才在公司驚天的散開。

「你到底在胡搞甚麼。」宋承翰對洋洋這麼問，洋洋知道最近他完全沒把跟宋承翰的關係處理好，最嚴重的便是他不再吩咐自己去做任何一點小事了。洋洋想必然是那天他因為宋承翰推薦葛若男而爭執惹出的禍端。

「祝賀的想法其實挺好的，現在大家都用手機，我覺得說不定能獲得成功，這樣他也就能站住腳跟，我沒理由不幫他。」

「難道因為被內定，所以開始肆無忌憚的想怎麼玩就怎麼玩嗎？北唐洋洋，你的考核還沒有結束，你知道有多少人對這個企劃提出反對嗎，你已經完全陷入這場鬥爭了，他失敗了終究還是祝家的人，沒人敢對他怎麼樣，可是你呢，到底要樹立多少敵人惹出多少風波你才甘願低調。」

「你在說甚麼內定不內定的。」

「要去跟祝豪之報告我已經知道了嗎。」

洋洋無可辯駁，他不能解釋自己為何要這麼做，更不知道宋承翰誤以為自己是靠出賣他來換取上位。

「這件事我不否認，但我從來沒有向他說出會傷害你和程喬姊的事情。」

「你說是就是吧。」宋承翰翻開報紙，讓洋洋離開自己的視線。「對了，從今天開始你就移去文藝中心的辦公室，我這裡用不到你了。」

「你要我離開這裡嗎。」洋洋不敢相信自己聽到的，「我就算幫祝賀播新聞，也還是可以幫你——」

「——不用了，我說的話很清楚，我這裡用不到你了。」

洋洋低著頭，他感到鼻酸，他張口欲言，卻知道宋承翰是個說一不二的人，不知道為什麼，這是他最難過的一次，比起之前所有的災難和風波帶給他的打擊。

一滴眼淚沿著臉龐滑落，他無聲的抹去，轉身離開。

祝賀的網路新聞獲得令人滿意的迴響，如同之前洋洋操辦的企劃案一樣完美。更在程喬的默許和才媛的用心協助下，一周後便獲得兩家合計高達四百萬的廣告投入，同時間影劇部成立同樣的製播規模小組，一併交由祝賀指揮打理，雖然此舉不等於將該部門變成中心放入祝賀的手中，但大家都知道不過是礙於時間太過短暫，不方便在影劇部裡做大規模的職位升降，只是明眼人都知道，影劇部基本是劃分在祝賀的勢力範圍了。

這件事情唯一的傷害，便是在新聞中心裡的新星候選考核上。

「北唐洋洋並非本科系出身，能晉級到現在已經不容易，他應該努力塑造專業形象，而現在竟然明目張膽地去和公司新聞對衝的網路端播報，第一破壞他個人價值不說，對我們單位也毫無尊重可言。」

針對這樣的評價，新聞中心的經理是支持的，「我們主播之所以被認為專業，不同於明星，正是因為我們對曝光機會的高標準要求，北唐洋洋雖然在網路聲量獲得很好的迴響，這點作為主播的影響力是不容忽視，但整件行為未免媚俗，他到底想做網紅，還是主播。」

一面倒的言論，幾乎壓垮洋洋過往累積的任何成績。

經理開口對宋承翰問：「你做為他的導師，他這次在文藝中心的工作有沒有事先跟你匯報。」

「北唐洋洋有告訴我，基於各位所說的提點和憂慮我也都有提過，但我尊重他作為公司員工有自己選擇發展方向的自由。」宋承翰滿臉陰沉，一下失神將手上的筆落在桌面。

經理在台上宣布，「今天我們要列出決選三的名額，除了葛若男和方才媛沒有異議，我們要投票決定北唐洋洋是否就此脫離此徵選，既然他已經是公司的員工，又在文藝中心祝經理底下辦事，我看我們不如放飛，這也不算虧待他。」

「如果沒有人有意見的話，我們開始投票。」

「我有意見。」宋承翰端看著全場，「如果他願意放棄現在的網路播報，各位是否就能沒有疑慮了，他的能力與形象都在當初的所有人選之上，我們為什麼不能當作他只是去上一個電視通告看待呢。」宋承翰朝經理勾起嘴唇笑，「我記得你去上政論節目的時候講外星人和鬼故事也說得很開心，我們也並未因此質疑過你的專業不是嗎？」

大家面面相覷，又好笑又尷尬的看著經理。

最後經理只得結論，「如果他從文藝中心退出，好好回到新聞中心裡做事，那這次的事件就當作是部門之間的協助，承翰，你同意嗎？」

「你們同意就行了。」

從新聞中心蔓延開來的緊繃氣氛瞬間遍及全公司，文藝中心一時成了反抗新地標，大家都感受到派系之爭的開打，每個部門的大老都頭疼得不得了，搞不清楚究竟是要服從舊主祝豪之，還是如今風向已經轉到了小少東祝賀的身上。董事會只對於文藝中心在媒體業颳出的旋風感到喜悅，但新舊之爭並未置可否。

「你如果還想保住工作，就離開文藝中心。」宋承翰把洋洋叫過來，這樣說著。

「我不懂這之間有甚麼好衝突的，我一樣專注我新聞的品質，也並沒有拿自己的形象開玩笑，更何況同一間公司的業務，還怕誰踩了誰不成。」

「我不是在問你，只是告訴你，你想怎麼選我都無所謂。」

當這件事情程喬告訴才媛時，她的反應倒是冷靜很多，「該死的老頭們，不就是已經出了一個年輕又高人氣的宋承翰，現在擔心要是在冒出一個洋洋，這兩個人都能重開一台新聞頻道了，真是難看的嘴臉。」

程喬聽她這麼說哈哈笑起來，「我到希望妳去那些人面前說一說，把他們的心聲都吼出來，看他們丟不丟人。」

才媛第一時間找的不是洋洋，而是葛若男。

「洋洋的事你有甚麼看法。」

葛若男忙著把宋承翰的燉雞胸放到盤子上，店家把玉米筍和奶油蘑菇醬分別裝在兩個小盒子，他兩眼發昏，還要自己搞起擺盤。

「我沒有看法，倒是恭喜妳，現在就是我們兩個的競爭了。」

才媛像是皮毛豎起的貓，憤怒的對他說：「他跟你同一個導師，你們一起共事十個月，難道就沒有一點友好互愛的精神嗎，你這個人能不能再禽獸一點。」

「你沒聽說這根本是派系鬥爭，還有那些資深主播自己的心眼，這問題是我友不友愛就能解決的嗎。」

「你要是願意，倒是還有辦法。」才媛把盤子拿過去，幫他淋上醬汁，解決了他一直不敢下手的問題，「投鼠忌器！如果他們堅持要犧牲掉洋洋，我們作為剩餘待選的兩位就不幹了，他們不可能有勇氣撒手全放，那這十個月才是真正的大笑話。」

葛若男皺起眉頭，「妳說得貌似有點可行，不過還有一個問題。」

才媛等待他的回應。

「我不願意啊。」

才媛哼的摔開杯子，「早知道你會這麼說，你以為我就沒辦法嗎，我告訴你，少了洋洋，再少了我，你等於是備取中的備取，我就不信這樣選出來的優勝者他們好意思端出來，堂堂一家大公司的新秀主播竟然是選無可選的角色，你就是坐上去也沒臉給大家看。」才媛說完拿了筷子把燉雞胸插了幾個洞，笑說：「再去跑一趟吧。」

才媛把自己的想法告訴程喬，程喬本來就有一分意思是屬意她，於是借力使力，把她的意思傳進了新聞中心，這下可好，洋洋不妥協，才媛不比了，整個企劃反倒被徵選者反客為主，一切也正如才媛所想，這樣的情況下他們無法直接宣布葛若男為最佳人選，此案現在已經是個大家等著看的笑話，要是流出公司，那便是集團的恥辱，新聞業的笑柄。

葛若男知道後對才媛氣到想滅了她，好不容易盼到這般田地。沒幾天他便按耐不住想找才媛理論，他到廣告部時看見Chris和程喬正在談話，他在門邊等候，卻聽見了兩個人曖昧的對談。

「你可不可不要把我跟你之間的事扯到洋洋他們身上，你是個大人，這樣對他們不公平。」

「公平，得罪我的人沒資格跟我談公平。」Chris背離程喬，「他的事現在變得很棘手，我要妳去勸他離開文藝中心，保證不再幫助祝賀，這樣我或許還能替他轉圜。」

「然後呢，你要繼續折磨他，還是對付誰，我覺得在你身邊好累，你總是在爭在鬥在控制一切，哪怕是一天，你能不能放過大家一天，不要讓你身邊的人都那麼辛苦。」程喬悲傷而無奈的瞪著窗戶。

「我不會讓妳離開我的。」Chris走到她身後擁抱她，「我並不希望讓妳感到痛苦，但是洋洋和祝賀，還有覬覦妳的人，我都有不能放過的理由。」

「午安啊，總經理。」Chris走出廣告部辦公室，倚在長廊牆上的葛若男笑著跟他揮手，「不知道有沒有這個榮幸可以到您的辦公室小坐片刻。」

Chris關上門，語氣有些惱怒，「你想說甚麼，你要告訴我剛剛你偷聽了我和程喬的對話是嗎。」

「我是都聽到了，不過我沒打算說出去。」

「那我不懂你為什麼還要在這浪費我的時間。」

「你身為新聞業的大人物不會不懂吧，保守秘密是要代價的，我需要足夠的獎賞，你知道要忍住秘密不跟人說，特別是我的周遭一堆狗仔和記者，那抵抗誘惑的決心就要更大了。」

「你想要錢？」

「我想要錢，但不是支票，而是主播的月薪。」葛若男起身，他手心用力握拳，「北唐洋洋如果擺著不理便是半出局了，我想如果最後只剩我跟方才媛的話，總經理一定有辦法讓我成為最後的優勝者。」

「你威脅我？」Chris笑了起來，「我給你一個機會讓你收回剛剛說的話。」

「我為什麼要收回，如果這消息曝光，你和你的家族會受到多大的打擊，而且你的弟弟也就能趁空上位了。」

「我告訴你，你要想威脅我還早呢，要說隨便你，不過我敢保證，只要這件事情散播出去，我會用我的所有人脈與資源，斷絕你在這個行業的一切發展，你應該要明白這個圈子很小，如果我封殺你，你恐怕只能改行了，還有，這不是威脅，而是我的遊戲規則，你如果想玩，我奉陪。」

葛若男微微顫抖，他一時被慾望矇了眼，膽子一大就挑戰了Chris，他知道自己要是膽敢爆料肯定便沒有生路。於是他去找了祝賀，秉持著敵人的敵人就是朋友的想法。

「你說我哥和程喬？」

「你不敢相信吧，你哥竟然搞婚外情，對象還是我們天天見到的女主管。」

祝賀兩條長腿伸在桌上，擺出驕橫的表情，「都幾百年前的新聞了，我以為你要告訴我甚麼大秘密，就這樣？你指望我幫你甚麼，除掉才媛、洋洋，還是幹掉我哥？」

「你不打算做甚麼嗎？」

「我打算啊。」祝賀拿起電話，按了人資的分機號碼，在這之前他說：「我記得你給了洋洋不少苦頭吃吧，過去我們都是備選生，沒有個誰高誰低我還不好意思對你怎麼樣，現在論職等我是你上司，總該給你教訓了。」

洋洋正巧走進祝賀的辦公室，看到他們兩個還有些傻眼。

「正好，來來來，一同見證他的最終結局。」

祝賀對著電話說：「我是祝賀，我有一個人事通知請你們現在處理一下，新聞中心的葛若男出賣公司機密被我抓到，請立即註銷他的員工資格，遣散費還是發給他，勞健保限他一周內轉出，主管核章也不用送到新聞中心了，我這裡簽，對，就是我本人，你不是真的要我找總經理來辦這件事吧，不符合規定？我拿著我家的股權辦事怎麼不合規定了，我開除一個人還要辦全民公投啊，對，對，好，那就麻煩你了。」

葛若男當場楞在原地，洋洋也是。

「你不能這樣把我開除，我要申訴。」

「我想我哥大概威脅過你一遍了，我就不重複，你要去爆料也好，不爆也罷，反正這棟大樓是沒人能挽回了，葛若男，你機關算盡就該自食惡果，把自己賠進去是你活該。」

葛若男抬頭挺胸瞪著祝賀，也仇視著洋洋，他沒有再說一句話的離開辦公室。

「葛若男，你等一下。」洋洋追了出去。

「也對，總該給你笑話我的時間，換做我是你鐵定開心死了。」

「可是我不是你。」

葛若男強撐的笑臉落了下來，他憤恨的咬著牙齒，瞪著洋洋，「到現在你還在裝好人，你真的是要噁心死我了。」

「我不知道你做了甚麼，我也很討厭你，可是有一句話你還是說對了。」

「你一定會輸嗎。」他輕蔑的笑。

「你說我很自私，這是沒錯的，正如同假使是太亨離開我會去救他，而你我不會，我不想讓你覺得我故作清高，所以那句你說對的評價，我是認同的。」

「除此之外你還有要說的嗎，這可是你最後的機會。」

洋洋愣愣地看著他，笑問：「你真認為我跟你是同一種人嗎。」

葛若男仇恨的眼光疲軟下來，他搖搖頭，「不，我們不同，因為我沒你那麼傻。」他荒唐的笑起來，看了洋洋一眼，不再多說。他們互相對罵，齜牙咧嘴，爭鋒相對，你死我活，到了最後，不過是一句笑語：「我沒你那麼傻。」大概兩個人的不合，也就是不願傻和那麼傻的衝突吧。

祝賀愉快的敲了總經理室的門板，擅自進入，說：「親愛的總經理，我剛剛開除了一位員工，因為沒有按照正常程序，所以來跟你報告一聲。」

Chris看都不看他，「這幾天很得意吧，爸爸在家裡也說你出息了，我還在想呢，你要長到幾歲才會開始跟我爭權奪利。」

祝賀走到他桌子面前，抽走他手上的文件，看著他說：「我對你的辦公室沒有興趣，對你有的一切也並不想奪取，我只是要屬於我的那一份，我擁有的不應該是曼哈頓的一間公寓和永遠餓不死的信用卡，我才一直在想，我在國外那麼久你們會不會來接我，會不會希望我回到家裡，可是沒有，你們巴不得我永遠待在那裡，離你們遠遠的，最好能死在那不要讓你們看到。」

「作為一個第三者生下來的小孩，你說話會不會太大聲了。」

「你這會別說得太早，誰知道哪天你會不會也有一個跟我一樣的孩子呢。」祝賀轉過身，半靠著桌子盤手說：「我剛剛把葛若男開除了，他拿你的破事來告訴我，希望我成全他的心願，也避免你可怕的對付他。」

Chris起身走到他面前，露出不解的神色，「你沒讓他去說這件事？」

「我為什麼啊？搞垮你就是拆了祝家的一根柱子，對我有甚麼好處。」

「你想要甚麼？」Chris很平靜，盯著他雙眼問：「直說吧，應該不會要我寫支票給你，你想要的是我手上的股票？」

祝賀不禁笑出來，「那你能給多少啊。」

「三分之一。」他快速的答，「作為你保密這件事情的代價，不是感謝，因為你得到你想要的了，再多我也不會給，你同意的話我把契約書讓人擬好再送過去給你。」

「我怎麼會有這種哥哥呢。」祝賀面容難過，沒有一點玩笑，「甚麼都不用，如果你願意給些甚麼，我希望你放過洋洋，你折磨他夠久了，利用他對寅憂的歉疚，這樣的你讓我覺得非常可惡。」

「你沒有面對寅憂的死亡，憑甚麼對我說教。」

「他真的死了嗎。」祝賀的腳步停在門口，「如果他死了，你為什麼不能放下，到底你是因為寅憂對洋洋感到憤怒，還是因為不肯讓寅憂就這樣從此與你毫無關聯，想要找個倒楣的聯繫，你真是個病態的人。」

祝賀漫無目的走往前走著，他對這個哥哥並不恨，他能理解家庭被破壞的痛苦。以前小時候他和媽媽住在一起，他總想問自己的爸爸去哪了，他的媽媽告訴他爸爸有別的家庭，那有也有一個女人，還有兩個他爸爸的孩子，他好討厭那一家人，恨為什麼他們把自己的爸爸搶走，所以每一次看到父親他都很生氣，希望爸爸不要再離開。直到長大，他才發現寅憂跟豪之大概也會有這樣的心情，並且他的媽媽才是破壞別人的那個，理解自己的仇恨，又怎麼用相同的理由去恨另外一個人呢。

「祝賀，你怎麼了。」才媛朝他走來，他想都沒想就把才媛摟入懷中。

「你在幹嘛，這裡是公司。」

「一下就好，不要推開我。」他呢喃，「因為沒有人喜歡我。」

才媛的手騰空晾在祝賀寬廣的背後，她聽見祝賀的心跳，觸碰到他的嘆息，感覺得到他排山倒海的巨大悲傷，她輕輕拍著他，「怎麼了，誰給你刺激啦。」

祝賀沒有說話，他把頭埋在才媛的頸肩，半晌才說：「怎麼沒用我送妳的香水。」

「我丟了。」

「丟了？」

「是，我沒想去追憶錯誤的過去，沒有用的東西，再好都是垃圾。」

「為什麼妳明明對我有感覺，卻愛著愛著想起了洋洋，而最後拋棄了我。」

才媛抬起頭看他，他的眼睛流過淚，在發光，在傷感。「因為你愛我的時候你拼命讓我知道你有多好，而洋洋愛我的時候，他只努力的讓我知道他會對我很好，你或許比較有錢可以讓我活得比較輕鬆，但也許我還沒世故到可以對真心完全不希罕的地步。」

「這時候妳對錢又不屑一顧了，妳們女人，永遠是個謎團。」

「我才沒這麼說，我自己也搞不清楚，如果不是我真的以為我愛你，那我不會傷害洋洋，多荒謬，我竟然讓到手的鴨子飛了。」

祝賀聽了這段話，哼哼哈哈的笑起來。是誰說付出真心的愛情是一種賠本生意，它總會在關鍵深刻讓你虧得血本無歸。早知道，便不輕易入場了。

「他是對的人，那我呢？」

「你是我永遠不變的關懷。」才媛的眼眶紅了，「前提是我有空的話。」

「妳和洋洋一定要幸福，因為你們都是我很愛的人。」

「一定會的。」才媛先鬆開手，往前方走去。

這一天，決定撂開手的人不只才媛一人，還有程喬。她把洋洋找來約在一間小餐館，洋洋到這裡外帶過餐點，因為宋承翰喜歡這裡的羅宋湯，即便洋洋總覺得那不該是最好的味道，但他明白了，最好吃的一頓飯，是因為和某個人一起吃過後，才變得無可取代。

「你後悔到公司上班嗎？」

洋洋搖頭，「就算重來一次我還是要這麼做，所以不後悔。」

服務生為程喬送上紅酒，她晃著紅酒杯，笑說：「可是你不像剛來的時候那麼愛笑，那麼快樂了。」

洋洋做了一個調皮的表情，「有誰在工作裡是快樂的，沒哭就偷笑了。」

「你說得對，沒哭就偷笑了。」程喬告訴洋洋她要離開了，因為她喜歡的男人永遠不能把她視為最重要的那一個，而喜歡她的男人，她卻不能把他當成最要緊的那個。

「妳跟大BOSS說了嗎？」

「不要告訴他，不要告訴任何人，我不走，承翰永遠都不會明白他已經失去我了，我不想耽誤他，但願我的離開，也能讓豪之冷靜一點，這個男人擁有的太多，太讓人不安了。」

程喬開車送洋洋回家，在車上他問：「為什麼告訴我。」

「因為你是少數能跟他好好相處的人。」

這句話逗樂洋洋了，現在不僅宋承翰本人說他們住在同一顆星球，還有旁佐證人說他們能夠好好相處，難道同類人跟友善相處的定義已經退化到不開槍互射並說同一種語言就是了嗎。

程喬的車離開後，洋洋站在門口很久，他一直猶豫，他想起了那次採訪，何姐對他說的，最遺憾的事，便是錯過一個你真正在乎的人。他攔了一部計程車，急匆匆的趕到宋承翰他家。當他砰砰的拍門而宋承翰穿著睡衣開門時，他有種後悔的感覺湧上心頭。

「你有沒有想過有一天會死在我家。」

「今天不行。」洋洋擠進他家，「程喬姊要離開了。」

洋洋泡了兩杯咖啡。宋承翰的家裡擺著一台咖啡膠囊機，洋洋自己住後一直想買一台，而宋承翰竟然從來沒有使用過，只孤零零讓它在廚房裡忍受孤單與寂寞，洋洋決定要把它帶回家，他不懂這個男人的生活，明明家裡有方便到不行的機器，卻寧可要出門買回來喝，難道他有義大利血統嗎。

「你特地來告訴我這件事情，是希望我怎麼做。」

洋洋像個幼稚的小孩重複他的話，「希望你怎麼做？你怎麼會問我這個問題，你應該去阻止她，我受夠所有人都被逼著離開，你愛她不是嗎，去告訴她這件事，要求她把你當成最要緊的人，因為你才是值得她天長地久的對象，不是甚麼莫名其妙的Chris。」

「你真的這麼想嗎。」宋承翰盯著冒煙的咖啡，「你是為了彌補甚麼才來跟我說的吧，總經理知道嗎，你就不怕得罪他。」

「我從來沒有幫他做事，起碼都不過是敷衍他而已，我的話就說到這裡，愛去不去隨便你。」洋洋說完便起身要離開，想到甚麼，回頭拔了插頭抱起可愛的咖啡機。

宋承翰沒有起身，他用幾不可聞的聲音說：「謝謝你過來。」

洋洋頓住腳步，不敢相信剛剛聽見的聲音，他沒有回頭，只是荒唐的勾起一個微笑，想起他們是同一顆星球人類的笑話。

上帝彷彿把所有目光都集中在了這棟銀灰色的辦公大樓，大概是人間的新聞讓祂感到無趣，於是祂輕輕一揮手，風起雲湧，春去也，飛紅萬點愁如海。一池萍碎。洋洋在寒冷的夢境中驚醒，他看見自己被困在一座小島上，而那裡只有宋承翰統治著一群大野狼，為了活下去他必須給宋承翰幹活，而每天只能得到兩根胡蘿蔔和一盤青草。

醒來後他泡了一個熱水澡，在橙花沐浴鹽的香氣中又瞇了二十分鐘。

公司的所有人依然冷靜而秩序的工作著，洋洋也依舊進門便竄到文藝中心，關上那扇門後他貼在那裡站了三分鐘，慶幸所有的麻煩至少都擋在外頭，現在他們等於有一間加大版本的茶水間。

暴風雨前的平靜只維持到中午，洋洋點開公司的臉書新聞頁面，每一個社群都發布著同樣的消息，「150億巨媒少東淫行揭露！王子歸來成帝國的淪陷？」

聳動的標題短時間內造成海量的點擊，不過二十分鐘的時間已經有四百則轉發，這還只是其中一個頁面的轉載數字。標題下附著一張祝賀赤裸上身，神情高亢舉杯的照片，看起來跟電視劇的夜店拍攝照差不多，可惜的是這是真實偷拍，帶來的是無法估計的巨大損失。

文藝中心的電話沒有一分鐘的停過，就連洋洋的私人手機也響個沒完。接上來全是要確認八卦的記者，「聽說你是在祝經理的部門做事，你對於這次披露的消息有甚麼看法，他在國外真的酒池肉林嗎，他對於此事有甚麼要澄清或者反駁的。」

祝賀在辦公室裡皺著眉頭，他看著洋洋和太亨，無奈的笑：「你們不是真的覺得我有甚麼『淫行』不可告人吧。」

「那張照片已經給大眾太多訊息了，看起來你就是一個荒唐的富貴少爺，雖然裡面的敘述放在一個明星身上並不過份嚴重，可是做為一個公司經理人的身分，還能再更不適當嗎。」太亨的模樣像是生病的難過，「我覺得情況糟透了，我們要不要聯繫公司法務來處理。」

「公司法務哪個不是我哥的人，這事多半也是他的傑作。」祝賀很快的收到家裡人的斥責，命令他立刻離開公司回家閉門思過，等風波過去再說。他哪裡肯聽，氣沖沖的就到Chris的辦公室。

才一到門外頭，Chris的助理就立刻迎上來，「祝經理，總經理等你很久了，請進。」

「吃過午飯沒有。」Chris微笑的問，他面前擺著一份冒著香氣的牛排。

「你總算認真動手了，不就是看董事會開始認同我，爸爸那裡也對我沒甚麼意見，緊張了吧。」

「就你那點小花招想跟我鬥，還太早了，你在國外喝香檳汽水的時候我都不知道跟人殺到哪裏去了。」Chris切了一小塊牛肉，走到祝賀面前把叉子遞給他，「你只能吃到這一口，其他的無論我吃不吃，你都不能碰。」

「我從來沒有想要搶走屬於你的，我只是要我的那一份。」

「關鍵是沒有東西是屬於你的，我不給，你就別想拿到一丁點。」

祝賀把叉子扔出去，直接砸在他的桌牌上，「是嗎，我手中好歹也有9%的股份，我們祝家一百五十億的流動市值少了我就不完整了，狗急也會跳牆，不要逼到我無路可走。」
「我給你路，你已經失去董事會的支持了，現在我要收購你手中持有的股權，價錢我不會虧待你，拿了錢隨便你要回美國還是留在台北，只要滾出我的公司就行，既然遲早是我的地盤，能早一天把你轟出去，我就不願意多留你一天。」
祝賀抬頭挺胸，拍了拍衣襟，「你該猜到我不可能接受的。」
「第一，我並非要你白白讓出，不過是拿錢跟你換，嚴格來說我還不樂意，不過是你沾上祝家的姓才有這些便宜可佔，再者，我或許還可以提供你一點額外獎勵。」Chris揪著祝賀的外套，氣勢迫人的說：「只要你答應，從此我不會再為難你，給你的就是你的，你就是祝家的二少爺，並且連同你的好朋友北唐洋洋我都可以放過。」
「事業對你來說還真是重要，聽起來你是勢在必得了。」
「不要答應他。」洋洋闖進來，把祝賀拉開，「你要是現在妥協，這些日子你到底在忙甚麼，你現在向他低頭，一輩子都要對他低頭。」
「你自己的事都處理不好了，還想攪和別人的，全都腦袋不清楚了嗎。」Chris回到自己座位，頗有興致的看著他們，「洋洋，你忘記你不能得罪我，除非你準備好讓自己接受公審了。」
「我們拒絕跟恐怖份子談條件。」洋洋盤起手，他頭抬得高高，這是他第一次用睥睨的姿態面對Chris，他清楚這意味這甚麼，但他累了，他釋懷的張開笑容，「你的遊戲應該要結束了，但是這一次，是由我決定。」

他想拉著祝賀離開，但卻拽不動人。祝賀徬徨的看著他，眼底有抱歉，「洋洋，我想我可以答應他的，這樣對你也好，我也能對你補償了。」

洋洋透徹的臉孔扭曲起來，他哽咽地搖頭，「在職場上誰都保護不了誰，別傻了，當初我以為我能幫助太亨，結果阻止了甚麼，祝賀，保全你自己就是周全別人。」他沒能讓祝賀跟自己一同離開，於是只拋下一句話，「你要是同意簽字，我永遠也不會原諒你。」

回到辦公室，洋洋趴在桌上哭了好一會，他打給了宋承翰，那頭接起來，他問：「你覺得我能做好一個主播嗎。」

沉默了很久，宋承翰才說：「你為什麼想成為主播我一直不明白，你總是在抱怨無關緊要的小事，當葛若男汲汲營營的爭取每個表現機會，而你只是因為有趣或者那可以證明你很棒才去做，你就好像來選修課程的學生，高興了便卯足全力，疲倦了便擺臉色給所有人看。你之所以能做好我交代的每件事情，是因為你想讓我滿意，而葛若男最關心並不是他的上司是否微笑，能讓他朝主播位置前進一步的事才是他重視的，他在追逐他的夢想，而你，我不知道，單純為了工作？還是你根本不知道你要的是甚麼，我看不見你的熱情，就好像你不過是在服勞役一樣。」

洋洋不敢相信他會對自己說出這麼長篇幅，不是在交代他要訂的餐廳，或者哪件他憑空幻想出來的藝術品還是家具，他在談論自己，他一直都在注意自己的一舉一動。這太嚇人了，洋洋說不出話，直到電話另一端傳來掛斷的聲音，他才緩緩的放下手機。

洋洋把太亨找來，他做了從進公司以來最大的一個決定，他必須打鐵趁熱，因為一旦他清醒過來，便很可能沒有勇氣這麼做了。

洋洋寫好了報導，他存到後台。他換上一套海軍藍色西裝，那本來是他準備邁向成功的那一天要穿的，但現在正是最好的時候。

太亨猶豫的看著他，問：「我們能不能商量一下，這太冒險了。」

「新聞一播送完你就把稿子發出去。」洋洋站上主播檯，導播的手指倒數著今天的網路新聞直播，五、四、三、二……一切都到盡頭了。洋洋首先播報了當年的女高中生意外新聞，接著影像畫面切斷，只特寫他，他緩緩開口，「其實這是一個失真的報導，今天我是要來揭露真相的。」

各家媒體不分立場都紛紛擷取了這段影片，瞬間所有新聞焦點在這一小時匯聚到了洋洋身上。他把當初的事件完整公布，他抹掉臉頰上的淚水，清了喉嚨說：「那時跳樓身亡的祝寅憂是無辜的，因為阻止他的人是我，該受到譴責的人，是你們現在看見的我，從來都不是他。」網站的瀏覽量爆破到最高，驚天的意外關注，瞬間湧破留言窗口的訊息不斷增加，正反兩面相交，雖然有針對他的負責給予支持的，但更多人用惡毒的言語批評他的懦弱。

看著新聞底下的評論就像在觀賞一部暴力紀錄片，鏡頭搖搖晃晃的，每個人都大聲咆哮著兩三句話，彷彿不甘願被世界遺落，齜牙咧嘴的隱藏在鍵盤下大放厥詞過足乾癮，關掉網路後，走到大街上的他們依然是一個忙於生活的平凡人，不受霸凌他人罪責的小老百姓。

「人言可畏，人言可畏，人言如此可畏。」洋洋喉頭發燙的吐出這幾個字。

可不是嗎。

「北唐洋洋的事件大家怎麼看。」不僅新聞中心的相關人員，連同公司各層主管都一起為此突發事件招開臨時會議。

「我們必須把文藝中心正式納入公司新聞體系的一項環節，他們在社群發揮的影響力已經徹底超越我們所有對外端點。」營運部的主管嚴正提議，「這是一個絕佳的進場時機，新聞的熱度削減非常快速，我們勢必要緊接著對文藝中心的網路新聞做出升級與規劃，否則白白浪費一次盤踞網路社群受眾的機會。」

雖然有人質疑這件新聞的負面效應不容忽視，但對於這次網路新聞帶動的邊際商機卻不容否認。

新聞中心的經理統整意見後，對祝賀問：「祝經理，你是否準備好文藝中心的下一步了。」

祝賀抬起頭，看了Chris一眼，不禁失笑，「當然，我等很久了。」

「那關於北唐洋洋我們該如何處理，他是主播新星的最後人選之一，這次他成就了網路新聞，但對他個人來說，不僅他帶來的議題重挫他的螢幕形象，並且他的播報態度也有損專業，泣不成聲或許有很大的娛樂渲染力，但對於主播兩個字，太過輕浮了。」新聞中心的幹部與主播多半不中意洋洋前番與今時的表現，沒有異議的欲將他剔除。

「他作為這次事件中最重要的核心，怎麼能說切割就切割呢。」祝賀拍桌否決，「你們新聞中心要怎麼定奪我不干涉，但在我這裡，是不會開除他的。」

「文藝中心作為公司正常體系的一部分，必須和我們共同進退，這不是你一人想或不想可以決定的。」

網路的惡評帶動了所有風向，一時之間洋洋成為眾矢之的，而他也沒再回到公司。兩日之後，宋承翰收到一封洋洋寄送的信件，標題為辭職信，內容只簡短寫著：「我想要快樂，而這裡沒有。」當天下午，宋承翰便批准核章，連祝賀都還來不及收到通知，木已成舟。

「都準備好了嗎？」祝賀看著準備走上主播檯的太亨。

太亨點頭，「希望我們的努力能帶來改變。」

這天是洋洋離開的一個禮拜過後，他們全都聯繫不到他，好像這個人忽然蒸發了，消失了。祝賀隱隱的擔心，如果他和寅憂那麼契合，那麼多年後受到同樣待遇的他，會不會……選擇同樣的結局。

新聞畫面裡的太亨播報了洋洋那日播映後的各種回響與反應，逐漸涼卻的水溫又沸騰起來，大眾們再次熱議，怪奇節目、政論名嘴不能倖免都要對此表達幾句看法，而物極必反，酸民們惶恐起自己的輿論造就了新的受害者，進而導致洋洋自傷。

才媛到了祝賀辦公室，丟給他一張紙板，上面是最新一期的週刊封面設計。

祝賀笑問：「甚麼時候妳也對文藝中心的業務感興趣了。」

「我總得為他做點甚麼，他不回來，我怎麼跟他決出最後的主播人選。」才媛酸澀一笑，「把他找回來吧。」

隨著太亨的報導，風向開始轉向鼓勵與支持，大眾開始以持平的眼光論斷這次事情，心理醫師、社工、律師等等凡是能說上話的都為此苛責社會亂象，更有恐怖傳聞表達洋洋已經深受迫害，走上跟寅憂相同的道路，於是洋洋徹底由黑翻紅，被歸於正確的評價。祝賀一點也不意外，每次公眾議題不都是這樣輪迴嗎。諷刺呀，大家樂於盲目的鞭打，卻惶恐自己是捅進最後一刀的事主，這就是社會，這就是輿論熠熠生輝的生長與衰滅。

生存指南 13

去一個讓你快樂的地方。

洋洋在商超拿起文藝中心發行的周刊，封面人物竟然是自己，他驚奇又不敢相信，其中一段標題寫著：「待選新星勝利者的公布，無限期延至北唐洋洋的歸來！」。看到內文，文章編輯寫著方才媛三個字，洋洋不禁失笑，果然還是她手段厲害，逼得自己不得不出來。

洋洋看見才媛走進餐廳，依然是印象中的漂亮樣子，耳環是她最愛的tiffany玫瑰迷你碎鑽，她說：「幾周不見，你看起來精神很好。」

「我把手機的網路停了，過回山頂洞人的生活，不神清氣爽都難。」他們兩個不著邊際的聊著生活瑣事，直到洋洋感慨說起：「我到現在還是不知道很多年後我會不會功成名就，但我肯定，妳一定會是事業有成的漂亮女性，也許身邊還有個跟妳一樣優秀的男人。」

「洋洋，我還喜歡你。」

洋洋笑了起來，「妳的直白還是很能嚇到我。」

「如果你也是，就不要放棄我，我們都不知道以後會怎麼樣，一晃眼幾年就過去了，你回頭看過去的一年，事情多得嚇人，我已經清楚自己的心，那你呢。」

「我真的累了，我只想遠離這一切。」

「我不會等你。」

「我不要妳等我。」洋洋懇切地說，他握住才媛的手，「但也許某一天我會傳訊息約妳喝咖啡，希望到時候妳不要拒絕。」

他喜歡才媛，他也知道祝賀喜歡才媛。他很懷念從前大家一起熬夜趕企劃的日子，祝賀拎著一大袋零食，太亨跟他一起拆開每包餅乾抱怨裡頭全裝著空氣，嚷著要寫報導控訴業者，在咖啡因不能再有效喚醒他們的意志時，才媛就會逼迫他們灌下更大量的咖啡……多可愛的日子，但洋洋也鬆了一口氣，有些事情美在它是回憶，而不是如今。

「公司希望你回來，你現在成了善良與誠實的代名詞，新聞中心的長官認為有你的加入可以讓台內的新聞變得更有說服力，並且即便你要求身兼文藝中心的職務，他們也不反對了。」才媛吸氣，搖搖頭說：「你不會答應的對嗎。」

分手的時候，洋洋給了才媛一個擁抱，「妳是那個獲勝者，這一年妳的能力證明了一切，妳比我強，無庸置疑。」

才媛紅了眼眶，「那當然，我一開始就知道自己會贏了。」她抿嘴微笑，在掉下眼淚之前告別了洋洋。

洋洋接到一通電話，那是他常常替宋承翰拿衣服的一位專員，他說宋承翰有一件東西未領，問他甚麼時候過去拿。

「你能打給他讓他自己過去嗎。」洋洋說完自己都覺得不可思議，他乾脆讓宋承翰去做志工算了，對方的笑聲顯然也是這樣表達。

沒有辦法，洋洋只得自己抽空跑一趟，一走進Louis Vuitton的大門洋洋就湧起了無數幫宋承翰跑腿的記憶，頓時便有些生氣，自己都已經離職了還要給他差使，有沒有這麼好的售後服務啊。

店員拿給他一個做成禮品包裝的橘色盒子，洋洋抽出深藍色緞帶下紙卡裡的信封。宋承翰未拿走的是一條該品牌與藤原浩合作的男士披巾，黑色漸層印花圖案，細緻而時髦。店員揚起一個該是給大戶宋承翰而非自己的笑容，洋洋竊想這來自高級服飾業的微笑，真是嚇死人哩。

他拆開白色小信封，看著紙卡上有宋承翰的簽字，以及一句話。

片刻，洋洋露出微笑，想著今天月亮又圓了。

又到了山山寒色，煙淡霜天曉的深秋季節，休息了三個月，洋洋重新為來日打算著。他穿著一件卡其色風衣，襯著裡頭簡單乾淨的白色襯衫，脖子上是那條宋承翰送來的披巾，他快步走進熟悉的咖啡館，剛剛一進門櫃檯店員便立刻像看見天神降臨一樣兩眼放光，快速的說：「熱咖啡馬上就好。」不但加強了「熱」字的語氣，還散發著自信與虔誠的光彩，當然他也順帶問了聲：「你是要拿鐵對吧，甚麼口味的，冰的還熱的。」

洋洋暗想，哦，你記得我那個變態主管要沸騰溫度的黑咖啡，卻不知道我一向喝榛果拿鐵，這還真是理所當然。每次外帶他總能得到乾淨沒有任何畫記的白色咖啡杯，明明不在生產卻還是特地為宋承翰保留的灰色紙巾，這點洋洋親自向店長再三確認，如果你們已經更換了紙巾的提供廠商，請不用因為宋主播曾經說過：「你們的紙巾看起來很別緻。」就每次都精心的附贈舊的樣式，但店長不僅沒領情，還一副洋洋說了甚麼會害他得癌症的言論，回應：「既然宋主播喜歡，我們很樂意做這一點小事配合他的喜好，我可不想因為一點小事破壞他品嘗咖啡的心情，你難道沒有聽他說過那句魔鬼藏在細節裡嗎。」洋洋僵硬的微笑，首先那句話是緣於英文中The devil is in the details的翻譯，不是他前無古人後無來者的新創，第二，你真的以為宋承翰會在意紙巾的款式或顏色嗎，那不過是洋洋隨意為宋承翰送出的感激。比如每次要訂爆滿的飛機艙位，他也會對著電話那頭的小姐說：「宋主播剛剛進攝影棚，他走過來拉著我的手要我一定告訴妳，他好感謝妳的耐心協助。」於是不但有了機位還自動豪華升等；又或者是打死也不肯外賣的義式餐廳，他會狀似遺憾的說：「他說過你們的波菜鮭魚燉飯是他見過最有生命力的一道料理。」宋承翰要是知道他這麼說還不拿鶴頂紅灌爆他喉嚨嗎，但誰在乎呢，這些跟鬼故事一樣不可能的謊言，總能讓要服務宋承翰的人眉開眼笑。

不過這都是過去式了。

「我已經離職了。」

店員煮咖啡的手停了下來，一臉震驚，彷彿洋洋是說誰死在他們家店門口一樣，他問：「那他怎麼辦？」

這真是個可愛的問題，他從來不覺得宋承翰沒有自己可以使喚會是問題，他確信在澳洲那裡會有一個金髮版本的自己供他差遣，也許不只一個。對，Seven Network依然向他提出第二季的邀約，而他也欣然前往，大概是台北對他來說也沒有任何能感到開心的事了吧。程喬在那次跟洋洋說完話後，隔幾天便以要回到美國進修專業為理由向公司請了長假，速度極快的離開了。

「我一直忍著沒跟你要他的簽名，現在你告訴我你不在他身邊工作了。」

洋洋像是做了很糟糕的壞事，被老師拿著棍子指責的學生，他尷尬的笑一笑，卻沒得到諒解。他說：「他是個主播，又不是甚麼電影明星。」店員的表情更加憤怒，好像他偷運了大麻還宣稱這不過是可愛的零嘴。洋洋垂下肩膀，投降的說：「我有克里斯・漢斯沃的簽名海報，或是如果你認識坂口健太郎，我也可以給你他的簽名照，再不然就只剩下Coldplay的簽字專輯，你想要哪個都行。」

洋洋沮喪了搖搖頭，一副洋洋竟然想拿次級品來打發他，他才不會被騙的睿智模樣。他在付錢的時候看見皮夾塞的那張字條。他低著頭瞥了店員一眼，隨便了，他喜歡惡魔我何不給他地獄。

「驚喜吧。」他把字條遞給他。

店員彷彿接過散發閃爍金光的聖旨，恭敬的念起來，「去一個讓你快樂的地方。」

洋洋希望這個店員不會因此衝動離職。

洋洋拎起榛果拿鐵喝了一口，綿密的白色泡沫覆蓋在他嘴唇上。螢幕裡是他新撰寫的求職履歷，在填寫過去工作經驗時，他很訝異自己在那邊有十一個月的時間，甚至再差兩個禮拜就是一年。他還沒決定好要不要把這份經歷讓下一個老闆知道，在網路與電視機前小有名氣的臉孔雖然是蜜糖般的加分，但一想到要是被問起為何離職，甚至那個主管根本就看過自己的新聞，無論是花邊還是真正的播報，這都讓他懶得解釋。

Chris走進門的時候洋洋差點沒有放聲尖叫，他來這裡幹嘛，他怎麼找到自己的，他一直掌握自己的行蹤嗎？

洋洋看著他在自己身旁坐下，神情跟著正常人沒有差別，但他怎麼可能是個正常人呢。

「最近忙甚麼。」

洋洋決定鎮靜的回應他，「在打算之後要怎麼過，休息好一段時間了。」

「你之後想去哪裡，回到主播台，進入編輯部？以你現在的條件，即便不是我們公司，同行也都會為你敞開大門的。」他稍微靠向椅背，眼睛打量著洋洋的上衣和褲子，「聽祝賀說你都沒跟他聯絡，你在想甚麼，你躲著我還說得過去，不至於連他都避著吧。」

「你到底來這裡幹嘛，我們才不是那種會一起喝下午茶的關係。」

「你清楚從你把一切都公布的那刻開始，我就沒有理由恨你了，或者……我並未真正的想對你做過什麼。」

學生時代他跟寅憂是同學，畢業後他和跟祝賀是同事，現在又來一個不想當希特勒改當慈善大亨的Chris嗎，騙誰啊，他不想再跟祝家兄弟綑綁在一起了，他們可能某種程度上是他生命中的守護者，卻更絕對是摧毀使徒，他肯定自己如果想要過上平凡的日子，就不該接受Chris的幫助，誰知道自己哪天又不小心踩到老虎尾巴。

「接受我的幫助對你的職業生涯有百利而無一害，我知道這對你是最好的。」

「我不是寅憂。」洋洋脫口說出，但他不後悔，「也許我是你唯一一個能分享關於他記憶的人，但你不能把我當成他，我的人生無論多好多壞都是不容你置喙的，後來我才發覺，你不是恨我，而是把我當成沒有死去的他，也許每次我的小小反抗在你眼中都像是過去的寅憂吧。」

氣氛瞬間冰凍起來，洋洋不發一語的盯著自己微微發抖的手。

Chris沒有說話，靜靜地盯著洋洋的履歷，像是在發呆。洋洋開始緊張起來，他憤怒了嗎，他是不是打算探詢他有可能到哪間公司任職，準備把魔掌再度伸向他呢。

他伸出手指對著洋洋任職欄位的空格敲了一下，快速的在鍵盤上把集團名稱打上，又把洋洋原本有填上的十一個月改成一年，「如果有需要主管推薦信的話聯絡我，這不算是特別關照，你的上司宋承翰離開了，程喬也飛去了美國，剩下最適合做這件事的人應該是我。」

洋洋很高興發現到是自己過度緊張，但他就是無法放鬆的面對公司裡的一切人事物，「從甚麼時候開始，你意識到自己願意放過我的。」

「你是一個善良的人，不惜為朋友用盡全力，我不會忽略在我眼前發生過的事。」

「你不是一直覺得是我的自私害死了寅憂嗎。」洋洋趕緊補充，攤開雙手說：「我不是怪你，反正我也這麼想。」

「那你應該跟我一樣別再固執了，當初我威脅你如果不為我做事，我就要把過去發生的一切大白天下，你的掙扎很真實，但最後你寧可讓我毀了你也不願意出賣他們來保證自己的平安，祝賀還告訴我，最後關頭讓他不要妥協的是你。」Chris搖搖頭，有一絲絲的懊惱，他瞪著褐色桌面靜靜地說：「寅憂最後曾說過『洋洋是我的朋友啊』，我想我現在才理解這個意思，他並不是責怪你身為朋友不肯幫他，而是慶幸，只是慶幸曾經跟你當過朋友，一直看見你跟祝賀，我才相信是這樣的。」

Chris推門離開，他站在離洋洋桌位最近的玻璃窗外停下腳步，朝他露出感慨的微笑，並輕輕的張口，洋洋知道他是說：「我很抱歉。」隨後又揚起標準的雅痞笑容，帶著點得意。洋洋很確定他最後露出心疼與歉疚的情緒，對他來說可能是近十年來唯一一次恢復人性的時刻。

洋洋忍不住微笑起來。他抬起手朝窗外揮了揮，心想：快走吧，想嚇死誰啊你。

他曾經痛恨公司裡那些毫無人性的傢伙們，就連祝賀跟才媛他也曾詛咒過希望他們出門時忘記帶錢包或者行動電源，但現在他好愛他們，覺得他們是世界上最可愛的一群人，即便也許不會再見到了。

還是不要再見的好吧。遠遠懷念，才彌足珍貴。

洋洋捧著咖啡紙杯，香醇的拿鐵正涼到好處。他一個人走在台北，偶爾寂寞，偶爾對未來充滿憧憬，有時也會為何去何從感到徬徨，不過這又有甚麼關係呢，他依然欣賞這座浮華又功利的城市，如同他深愛暮春的飛花，天晴後的微雨和被落日照紅的雲和霞。

無論如何，明天又是新的一天。

（全文完）

青春文學02　PG1849

要有光
FIAT LUX

浮華世界：
職場生存指南

作　　者　明星煌
責任編輯　喬齊安
圖文排版　莊皓云
封面設計　楊廣榕

出版策劃　要有光
製作發行　秀威資訊科技股份有限公司
114 台北市內湖區瑞光路76巷65號1樓
電話：+886-2-2796-3638　傳真：+886-2-2796-1377
服務信箱：service@showwe.com.tw
http://www.showwe.com.tw
郵政劃撥　19563868　戶名：秀威資訊科技股份有限公司
展售門市　國家書店【松江門市】
104 台北市中山區松江路209號1樓
電話：+886-2-2518-0207　傳真：+886-2-2518-0778
網路訂購　秀威網路書店：http://www.bodbooks.com.tw
國家網路書店：http://www.govbooks.com.tw
法律顧問　毛國樑　律師
總 經 銷　易可數位行銷股份有限公司
地址：231新北市新店區寶橋路235巷6弄3號5樓
電話：+886-2-8911-0825　傳真：+886-2-8911-0801
e-mail：book-info@ecorebooks.com
易可部落格：http://ecorebooks.pixnet.net/blog

出版日期　2017年8月　BOD一版
定　　價　300元

Printed in Taiwan

國家圖書館出版品預行編目

浮華世界 : 職場生存指南 / 明星煌著. -- 一版.
-- 臺北市 : 要有光, 2017.08
面； 公分. -- (青春文學 ; 2)
BOD版
ISBN 978-986-94954-2-4(平裝)

857.7 106010665

讀者回函卡

感謝您購買本書，為提升服務品質，請填妥以下資料，將讀者回函卡直接寄回或傳真本公司，收到您的寶貴意見後，我們會收藏記錄及檢討，謝謝！

如您需要了解本公司最新出版書目、購書優惠或企劃活動，歡迎您上網查詢或下載相關資料：http:// www.showwe.com.tw

您購買的書名：________________________________

出生日期：________年________月________日

學歷：□高中（含）以下　□大專　□研究所（含）以上

職業：□製造業　□金融業　□資訊業　□軍警　□傳播業　□自由業

　　　□服務業　□公務員　□教職　□學生　□家管　□其它_____

購書地點：□網路書店　□實體書店　□書展　□郵購　□贈閱　□其他

您從何得知本書的消息？

□網路書店　□實體書店　□網路搜尋　□電子報　□書訊　□雜誌

□傳播媒體　□親友推薦　□網站推薦　□部落格　□其他__________

您對本書的評價：（請填代號　1.非常滿意　2.滿意　3.尚可　4.再改進）

封面設計____　版面編排____　內容____　文／譯筆____　價格____

讀完書後您覺得：

□很有收穫　□有收穫　□收穫不多　□沒收穫

對我們的建議：________________________________

____

____

____

請貼
郵票

11466
台北市內湖區瑞光路 76 巷 65 號 1 樓
秀威資訊科技股份有限公司 收
BOD 數位出版事業部

（請沿線對折寄回，謝謝！）

姓　名：________ 年齡：________ 性別：□女 □男

郵遞區號：□□□□□

地　址：________

聯絡電話：(日) ________ (夜) ________

E-mail：________